Diogenes Taschenbuch 20174

de
te
be

Patricia Highsmith

Der Geschichtenerzähler

Roman

Aus dem Amerikanischen von Anne Uhde

Diogenes

Titel der amerikanischen Ausgabe ›The Story-Teller‹
Titel der englischen Ausgabe ›A Suspension of Mercy‹

Die deutsche Erstausgabe erschien 1967 im
Rowohlt Verlag unter dem Titel
›Mord mit zwei Durchschlägen‹
Umschlagzeichnung von Tomi Ungerer

Erstmals ungekürzte deutsche Ausgabe

Veröffentlicht als Diogenes Taschenbuch, 1977

100/86/29/12
ISBN 3 257 20174 5

Für
Betty, Margot, Ann
und all die anderen

I

Das kleine zweistöckige Haus, in dem Sydney und Alicia Bartleby wohnten, stand mitten auf dem flachen Land von Suffolk. Die zweispurige gepflasterte Landstraße verlief zwanzig Meter vom Haus entfernt. Der Eingangsweg war mit abgeschrägten Platten belegt; an seiner Seite standen fünf junge Ulmen, die das Haus ein wenig von der Straße abschirmten, und auf der anderen Seite bildete die hohe dichte, zehn Meter lange Hecke einen noch besseren Schutz. Deshalb hatte Sydney sie auch nie geschnitten. Ebenso ungepflegt war der Rasen vor dem Haus. Das Gras wuchs in Büscheln; an einigen Stellen war es von Hutpilzen verdrängt worden, die sich kreisförmig in den Boden gefressen und kahle grünbraune Stellen hervorgerufen hatten. Hinter dem Haus war das Grundstück besser gehalten; sie hatten einen Gemüse- und Blumengarten und einen Zierteich von etwa anderthalb Meter Durchmesser; in der Mitte hatte Sydney einen kleinen Haufen bizarrer Steine einzementiert. Aber die Goldfische, die sie dort zu halten hofften, wollten nicht am Leben bleiben, und auch zwei Frösche, die sie dann hineinsetzten, hatten bald das Weite gesucht.

Die Straße führte in der einen Richtung nach Ipswich und London und in der anderen nach Framlingham. Hinter dem Haus verlor sich der Besitz im Ungewissen, es gab keine sichtbare Abgrenzung; als nächstes kam ein Feld, das einem Bauern gehörte, sein Haus war aber von hier aus nicht zu sehen. Die offizielle Anschrift der Bartlebys lautete Roncy Noll, aber der Ort lag zwei Meilen weiter in Richtung Framlingham. Sie besaßen das Haus seit anderthalb Jahren, fast so lange, wie sie verheiratet waren. Es war zum größten Teil ein Hochzeitsgeschenk von Alicias Eltern gewesen, aber sie und Sydney hatten tausend Pfund zu dem Kaufpreis von dreitausendfünfhundert Pfund beigesteuert. Es war eine recht einsame Gegend hier, was Gesellschaft und Nachbarn betraf; aber Sydney und Alicia hatten jeder ihre eigene Arbeit – Schreiben und Malen –, sie waren den ganzen Tag zusammen und hatten ein paar Freunde in der weiteren Umgebung gefunden. Immerhin mußten sie jedoch für jede Schuhreparatur und jede Flasche Tusche fünf Meilen weit nach Framlingham fahren. Das war wohl auch der Grund, warum das Nachbarhaus immer noch leerstand. Das solide zweistöckige

Haus, mit Klinkerfassade und spitzem Giebelfenster, sah von außen besser aus als das ihre; aber sie hatten gehört, es sei innen manches defekt, denn es war seit fünf Jahren unbewohnt, und die letzten Bewohner waren ältere Eheleute gewesen, die nicht die Mittel für Verbesserungen gehabt hatten. Das Haus lag etwa zweihundert Meter von dem ihren entfernt, und Alicia blickte ab und zu aus dem Fenster, nur um es anzusehen, auch wenn es unbewohnt war. Zuweilen fühlte sie sich schrecklich einsam, als lebe sie mit Sydney irgendwo am Ende der Welt.

Durch Elspeth Cragge, die in Woodbridge wohnte und Mr. Spark, den dortigen Hausmakler, kannte, erfuhr Alicia, daß eine Mrs. Lilybanks das Haus nebenan gekauft hatte. Sie war eine alte Dame aus London, berichtete Elspeth und fügte hinzu, das sei schade; junge Eheleute wären als Nachbarn sicher netter gewesen.

»Heute nachmittag ist Mrs. Lilybanks eingezogen«, verkündete Alicia erfreut eines Abends in der Küche.

»Hm. Hast du sie gesehen?«

»Nur ganz von weitem. Eine etwas ältliche Frau.«

Das wußte Sydney. Sie hatten beide Mrs. Lilybanks schon einmal kurz gesehen, vor einem Monat, als sie mit dem Makler erschienen war. Vier Wochen lang waren dann Handwerker überall im Haus herumgekrochen, hatten geklopft und gehämmert, und nun war Mrs. Lilybanks also eingezogen. Sie mochte etwa siebzig sein und sah so aus, als ob sie, wenn man im Sommer etwas lärmende Parties veranstaltete, sich prompt mit ein paar kurzen Zeilen beschweren würde.

Sydney machte sorgfältig zwei Martinis in einem Glaskrug zurecht und schenkte ein.

»Ich wäre noch zu ihr rübergegangen, aber sie hatte zwei Leute bei sich, und ich dachte, die blieben vielleicht über Nacht.«

»Hm«, sagte Sydney. Er war mit der Zubereitung des Salats beschäftigt, das war immer seine Aufgabe beim Dinner. Er stützte sich automatisch mit der Hand auf den Vorratsschrank und zog heftig an der Schranktür, um den Senf herauszunehmen; die Tür klemmte etwas. Beim Wiederaufrichten paßte er nicht auf und stieß mit dem Kopf gegen einen vorstehenden Deckenbalken. »O verdammt.«

»Na, Liebling«, sagte Alicia abwesend. Sie hatte gerade die Bratröhre geöffnet, um nach dem Fleischauflauf zu sehen. Sie trug enge hellblaue Hosen, die wie Blue jeans geschnitten waren, dazu eine blaue Hemdbluse aus Baumwollstoff, die ihr eine amerikanische Freundin geschickt hatte. Die strähnig blonden Haare hingen ihr kunstlos bis fast auf die Schultern. Das schmale, hübsche Gesicht war gut geformt, mit weitauseinanderstehenden blaugrauen Augen. Auf dem linken Hosenbein war ein dunkler Farbfleck zu sehen, der sich auch durch häufiges Waschen nicht hatte entfernen lassen. Alicia malte in einem nach hinten gelegenen Zimmer im ersten Stock. »Morgen werd ich aber wohl mal vorbeigehen«, sagte sie jetzt, immer noch mit Mrs. Lilybanks beschäftigt.

Sydneys Gedanken waren inzwischen zu dem Nachmittag zurückgekehrt, den er mit Alex in London verbracht hatte. Herrgott, da redete sie schon wieder von dieser Mrs. Lilybanks! Konnte sie sich nicht einmal nach ihm und seiner Arbeit erkundigen, wie es jede andere Ehefrau getan hätte? Sie mußte doch wissen, daß ihm jetzt alles andere wichtiger war als diese neue Nachbarin. Deshalb entgegnete er auch nichts.

»Wie war's in London?« erkundigte Alicia sich endlich, als sie im Eßzimmer bei Tisch saßen.

»Ach, wie üblich. Steht alles noch am selben Fleck.« Sydney lächelte gezwungen. »Auch von Alex nichts Neues. Leider auch keine neuen Ideen.«

»So. Ich dachte, dir wär heut morgen eine Erleuchtung gekommen, als du so wild auf die Maschine eingehämmert hast.«

Sydney seufzte irritiert, aber das Thema wollte er auch nicht wechseln. »Ach, mir war da so ein Gedanke gekommen, aber jetzt hänge ich wieder fest.« Er zuckte die Achseln.

Letzte Woche hatte der dritte und letzte der eventuellen Interessenten die dritte Fortsetzungsreihe abgelehnt, die er und Alex geschrieben hatten; das meiste hatte er verfaßt, von Alex stammte nur die Fernsehbearbeitung. Das hieß drei oder vier Wochen harte Arbeit, mindestens vier Treffen mit Alex in London, eine detaillierte Zusammenfassung und dazu der fertige einstündige Teil Eins: geschrieben, sauber geheftet und verschickt an einen, zwei, drei mögliche Käufer. Das alles war jetzt im Eimer, und der heutige Tag obendrein. Siebzehn Shilling für die Rückfahrkarte von Ipswich nach London, acht Stunden Zeit und allerhand physische Anstrengung, dazu noch die Enttäuschung, als Alex' großes, dunkles Gesicht sich beim Nachdenken schweigend bewölkte, daß man sich am liebsten die Haare ausgerauft, die Schreibmaschine in den nächsten Bach geschmissen hätte und selbst hinterhergesprungen wäre.

»Wie geht's Hittie?«

Hittie war Alex' Frau, eine stille Blondine, die ganz aufging in der Sorge um ihre drei kleinen Kinder.

»Wie immer«, sagte Sydney.

»Habt ihr über deine neue Idee gesprochen, die mit dem Mann auf dem Tanker?« fragte Alicia.

»Nein, mein Kind. Das war ja die, die gerade abgelehnt worden ist.« Wie konnte sie das vergessen, sie hatte doch die Teilfassung gelesen und auch das Exposé. »Ich weiß nicht, ob ich es dir schon gesagt habe – bei meiner neuen Idee geht es um eine Tätowierung. Ein Mann läßt sich tätowieren, damit man ihn für einen anderen hält, der angeblich tot ist.« Er hatte jetzt nicht die Kraft, ihr die komplizierte Story auseinanderzusetzen. Er und Alex hatten einen Detektivhelden namens Nicky Campbell geschaffen, einen jungen Mann mit einer ganz bürgerlichen Beschäftigung und natürlich einer Freundin; dieser Nicky hatte laufend etwas mit irgendwelchen Verbrechen zu tun, er löste geheimnisvolle Fälle, erwischte Bösewichte und kämpfte mit Fäusten und Revolver – aber niemand kaufte die Geschichten an. Alex hatte zwar die Hoffnung noch nicht aufgegeben – er hatte vor zwei Jahren eine Sendung an das Fernsehen verkauft, seitdem hatte er fünf oder sechs weitere Stücke geschrieben, die er aber nicht losgeworden war. Jetzt hatte er umgeschwenkt und versuchte, eine Serie mit Fortsetzungen zu verfassen. Er war insofern gut dran, als er eine feste Stellung in einem Verlag hatte. Sydney hatte keine Stellung und hatte seinen letzten Roman noch nicht verkauft; allerdings waren zwei Romane von ihm vor einigen Jahren in Amerika veröffentlicht worden. An festem Einkommen hatte er etwa hundert Dollar monatlich; Dividenden aus Aktien, die ihm ein Onkel in Amerika hinterlassen hatte und die viermal im Jahr ausgezahlt wurden. Hiervon und von Alicias etwas größerem Einkommen von fünfzig Pfund im Monat lebten sie, davon wurden Ölfarbe und Leinwand, Schreibmaschinenpapier und Kohlebogen und Farbbänder gekauft, das Handwerkszeug, das so wenig einbrachte. Alicia hatte mit ihrer Malerei bisher ganze fünf Pfund verdient, aber sie brauchte damit auch nicht ihren Lebensunterhalt zu bestreiten und nahm ihre Arbeit daher auch nicht so ernst wie Sydney seine Schreiberei. An Luxusgütern leisteten sie sich nur Alkohol und Zigaretten, aber das allein war beinahe schon zuviel des Luxus'; es war, als rauche man zusammengerollte Zehnshillingnoten und ließe sie in Rauch aufgehen und trinke dazu geschmolzenes Gold. Seit Monaten hatten sie keine neue Schallplatte gekauft. Den Fernsehapparat hatten sie von einem Händler in Framlingham gemietet. Die meisten Engländer hatten ihre Apparate gemietet, denn es kamen dauernd neue Modelle auf den Markt, und wenn man einen kaufte, war er bald wieder unmodern. Sydney fand, er brauche einen wegen seiner Arbeit mit Alex.

»Willst du es denn noch weiter mit Alex versuchen?« fragte Alicia, als sie den letzten Bissen auf die Gabel spießte.

»Was denn sonst? Ich finde es auch gräßlich, Tage so wie heute in London zu vergeuden, aber wenn es dann doch mal klappt, dann hat es sich ja wohl gelohnt.« Ein plötzlicher Zorn erfaßte ihn, er haßte Alicia und das Haus, am liebsten hätte er das Thema fallengelassen und die Erinnerung an den Nachmittag mit Alex ausgelöscht. Alicia reichte ihm die Salatschüssel – mechanisch nahm er sich etwas, dann zündete er sich eine Zigarette an. Morgen mußte er sich das Exposé noch einmal vornehmen und die etwas dürftigen Ideen, die Alex vorgebracht hatte, ausspinnen oder verbessern. Schließlich war es seine Aufgabe, sich die Stories auszudenken, er hatte die Phantasie, und von ihm kamen die Haupteinfälle.

»Liebling, der Mülleimer heute abend. Du vergißt ihn nicht, nein?« sagte Alicia so sanft, daß es Sydney zum Lachen gebracht hätte, wenn er besserer Laune gewesen wäre.

Wahrscheinlich hatte Alicia ihn zum Lachen oder mindestens zum Lächeln bringen wollen; aber er nickte nur geistesabwesend mit ernstem Gesicht und begann sich jetzt auf den Mülleimer zu konzentrieren, als sei das ein größeres und bedeutsames Problem. Die Müllabfuhr kam nur alle zwei Wochen, es war also schon recht unangenehm, wenn sie vergaßen, die Abfälle draußen an den Straßenrand zu stellen. Ihr einziger Abfalleimer von unzureichender Größe stand immer am Straßenrand, aber dort hinein taten sie nur Büchsen und Flaschen. Papier wurde verbrannt, Gemüse- und Obstreste kamen auf den Komposthaufen; da jedoch auch Orangensaft und Tomaten und vieles andere in Dosen und Flaschen geliefert wurde, war der Eimer am Ende der zweiten Woche stets zum Überlaufen voll, und im Geräteschuppen sammelten sich hochgefüllte Pappkartons schon Tage vor dem nächsten Abholtermin. Meist regnete es dann auch noch am Abend vorher; Sydney trug dann die Kartons durch den Schlamm nach draußen, setzte sie neben dem Mülleimer nieder und hoffte, daß sie sich bis zum Morgen nicht auflösten.

»Ich finde es blöd, daß man sich in England auf dem Lande geradezu schämen muß, weil man Abfälle hat«, sagte Sydney. »Wieso soll man eigentlich keine Abfälle haben? Das möchte ich wirklich mal wissen. Ob die glauben, daß man nichts ißt?«

Gelassen machte sich Alicia bereit zur Verteidigung ihres Vaterlandes. »Kein Mensch braucht sich zu schämen wegen der Abfälle. Wer behauptet das?«

»Na ja, vielleicht nicht direkt schämen, aber sie stellen es doch so hin«, erwiderte Sydney ebenso ruhig. »Dadurch, daß die Abfuhr so selten kommt, kommt es einem erst richtig zum Bewußtsein – man hält es einem sozusagen direkt unter die Nase. Genau wie die Ausschankzeiten. Wenn einem die Tür vor der Nase zugeschlagen wird, dann wird man erst richtig scharf auf einen Drink, und bei der nächsten Gelegenheit trinkt man dann zwei oder drei.«

Aber Alicia war für die begrenzten Ausschankzeiten, weil dadurch, wie sie meinte, weniger getrunken wurde, und ebenso für die vierzehntägige Müllabfuhr, denn eine häufigere Abfuhr würde die Steuern erhöhen. Diese Diskussion, die sie nicht zum erstenmal führten, dauerte noch etwa zwei Minuten; danach waren beide Teile leicht gereizt, da keiner den anderen hatte überzeugen können.

Das heißt, eigentlich war Alicia gar nicht richtig gereizt. England war ihre Heimat, sie liebte sie und war oft nahe daran, zu Sydney zu sagen, wenn es ihm hier nicht gefiele, könne er ja gehen, aber sie hatte es nie ausgesprochen. Sie neckte Sydney gern, selbst bei einem heiklen Thema wie seiner schriftstellerischen Arbeit, denn ihr erschien die Lösung des Problems so einfach: Sydney mußte sich entspannen, mußte natürlicher und glücklicher sein und nur schreiben, wozu er Lust hatte, dann käme auch etwas Gutes dabei heraus, das sich verkaufen ließe. Das hatte sie oft zu ihm gesagt, aber er kam dann immer mit einer sehr ausführlichen und männlichen Entgegnung und betonte, wie wichtig es sei, gründlich nachzudenken und Publikumswünsche zu berücksichtigen. ›Aber wir sind ja extra aufs Land gezogen, damit du Ruhe und Entspannung hast‹, hatte sie ein paarmal erwidert; das war aber Öl ins Feuer gewesen: Sydney war aufgefahren und hatte gefragt, ob sie wirklich meine, das Landleben mit seinen tausend lächerlichen Arbeiten könne seiner Arbeit zuträglicher sein als eine noch so kleine Wohnung in London. Die Mieten in London waren hoch und stiegen immer weiter, und wenn Sydney ehrlich war, wollte er ja auch gar nicht in London leben. Die ländliche Umgebung sagte ihm mehr zu, und er lief am liebsten in alten Turnschuhen und mit Shorts und Hemden ohne Schlips herum; es machte ihm auch Spaß, im Garten herumzupusseln und gelegentlich einen Zaun auszubessern. Sie wußte genau, was ihm jetzt fehlte: Entweder mußte er ein paar Fernsehmanuskripte an den Mann bringen oder seinen Roman ›Die Planer‹, an dem er immer noch herumschrieb. Alicia fand, er habe jetzt lange genug daran korrigiert, jetzt solle er ihn endlich den restlichen Verlegern anbieten. Sechs hiesigen Verlegern, darunter Verge Press, wo Alex arbeitete, hatte er das Buch gezeigt, außerdem drei amerikanischen, und alle hatten es abgelehnt, aber es gab ja noch eine ganze Menge andere; Alicia hatte von Büchern gehört, die dreißigmal oder noch öfter zurückgegeben worden waren, bis dann doch einer sie schließlich angenommen hatte.

Während sie das Geschirr spülte, warf sie ab und zu einen Blick auf Sydney; er streifte draußen in Turnschuhen umher, die er gleich nach der Rückkehr angezogen hatte. Er hatte die Abfallkartons hinausgetragen und besah sich den Garten im Dämmerlicht; ab und zu bückte er sich und zog ein Unkraut aus dem Boden. Der Salat war gerade eben sichtbar, aber sonst noch nichts.

Sydney blickte immer wieder auf das einsame Licht im oberen hinteren Eckzimmer von Mrs. Lilybanks' Haus. Gewiß ging sie früh schlafen, oder sie sparte mit elektrischem Strom. Vermutlich beides. Es war ein merkwürdiges Gefühl, daß nun jemand so nahe bei ihnen wohnte und zum Beispiel jetzt aus dem Fenster schauen und ihn sehen konnte, wenn auch nur schemenhaft, wie er hinten im Garten umherging. Der Gedanke gefiel ihm nicht. Es wurde ihm bewußt, daß er gar nicht zu dem erleuchteten Fenster hinaufblickte, um Mrs. Lilybanks zu sehen, auf die er absolut nicht neugierig war, sondern um festzustellen, ob sie auf ihn herunterblickte. Aber er sah nichts am Fenster außer zwei gelblichen Vorhängen, die fest geschlossen waren und nichts verrieten von dem, was hinter ihnen vorging.

2

In diesem Augenblick, um 21 Uhr 17, dachte Mrs. Lilybanks trotz des anstrengenden Tages, der hinter ihr lag, noch nicht ans Schlafengehen. Sie war dabei, ihren Nachttisch in bequeme Reichweite neben das Bett zu rücken, und überlegte, ob sie über dem Kamin ihr Gemälde von Cannes (das sie vor fünfzig Jahren auf der Hochzeitsreise gemalt hatte) aufhängen sollte oder das Stilleben aus Äpfeln und einer Weinflasche, das ihre Freundin Elsie Howell (die vor zwölf Jahren gestorben war) eigens für Mrs. Lilybanks' Londoner Wohnung gemalt hatte, als sie nach dem Tode ihres Mannes, Clive Lilybanks, dorthin zog. Langsam ging sie hin und her, räumte ihr Nähzeug in eine Schublade, rückte die silberne Kammgarnitur zurecht, die oben auf der Kommode lag, und merkte dann, daß sie doch zu müde war, um noch weiterzumachen. Aber sie war so zufrieden und glücklich, daß sie noch etwas aufbleiben wollte, um dieses Gefühl zu genießen. Es war seltsam – sie hatte in ihrem Leben mindestens zwanzig Häuser eingerichtet, denn die Arbeit ihres Mannes war mit häufigem Ortswechsel verbunden gewesen, aber dieses Haus würde nun das letzte sein, das sie jemals einrichtete, denn sie hatte wahrscheinlich keine zwei Jahre mehr zu leben. Sie war herzleidend und hatte schon zwei Schlaganfälle hinter sich. Den dritten würde sie nicht überleben, das hatte ihr der Arzt offen gesagt. Mrs. Lilybanks schätzte Offenheit, auch in solchen Dingen. Sie hatte ihr Leben – ein recht langes Leben – genossen und war bereit zum Abschied, wenn das Ende kam.

Mrs. Lilybanks deckte ihr Bett auf, das Mrs. Hawkins am Nachmittag für sie bezogen hatte, ging dann ins Bad und nahm ihre beiden Tabletten – ein Ritual, das stets zum Schlafengehen gehörte. Darauf stieg sie die Treppe hinunter und hielt sich dabei am Geländer fest. Mit der Hand suchte sie an der noch fremden Wand, bis sie den Schalter fand, und machte Licht, nahm ihre Taschenlampe, ging in den kleinen und noch ungepflegten Vordergarten hinaus und pflückte ein paar Stiefmütterchen. Sie stellte sie in ein einfaches, kleines Glas, das sie nach oben trug und auf den Nachttisch stellte. Dann ging sie ins Bad und putzte sich die Zähne – ihre eigenen Zähne, die vorderen waren noch vollständig erhalten, nur sechs Backenzähne hatte man ihr ziehen müssen. Ein Bad hatte sie vorher noch im Hotel in Ipswich genommen.

Aber sie schlief nicht gleich ein. Ihre Gedanken gingen zu ihrer Tochter Martha in Australien, zu ihrer Enkelin Prissie, die jetzt in London war, wahrscheinlich umgeben von lauter jungen Freunden, die in ihrer Wohnung auf dem Fußboden saßen und Rotwein tranken, und denen sie vielleicht gerade erzählte: ›So, heute habe ich Grannie aufs Land verfrachtet. Ziemliche Kateridee von der Süßen. In ihrem Alter so ganz allein aufs Land!‹ Aber insgeheim billigte Prissie Grannies Entschluß und wollte, daß auch ihre Freunde ihr beistimmten, und sie war bereit, Grannie zu verteidigen, falls die anderen sich ablehnend äußern sollten. ›Mrs. Hawkins kommt jeden Tag herüber, Prissie, sogar sonntags, dann trinkt sie eine Tasse Tee mit mir. Und wenn ich mal nicht mehr bin, dann gehört dir das Haus, das weißt du‹, hatte Mrs. Lilybanks am Nachmittag zu Prissie gesagt. Sie lächelte in der Dunkelheit. Einsamkeit machte ihr nichts aus. Ein freundlicher Mensch ist niemals einsam, dachte sie, und sie hatte an so vielen seltsamen Orten in der Welt gelebt, sie mußte es wissen. Mrs. Hawkins hatte außerdem gesagt, sie wolle sie mit einigen ihrer früheren Arbeitgeber in der Nachbarschaft bekannt machen. Rührend, dachte Mrs. Lilybanks. Die Eheleute im Nachbarhaus waren jung und wohnten noch nicht lange dort; das hatte ihr Mr. Spark erzählt. In ein paar Tagen wollte sie sie zum Tee herüberbitten. Sie mußte diese Woche noch nach Framlingham, um einige Kleinigkeiten wie Topflappen und Gardinenstangen zu besorgen. Dazu mußte sie ein Taxi nach Roncy Noll und von dort den Bus nehmen. Früher, in den alten Tagen in Suffolk, hatten sie Frannegan statt Framlingham gesagt. Vielleicht nannten die Bauern es noch heute so ...

Am nächsten Morgen um elf hatte Mrs. Lilybanks gerade ihren Vormittagstee getrunken, sich einen Augenblick auf dem Sofa im Wohnzimmer ausgeruht und war nun dabei, in der Küche aufzuräumen, als Alicia Bartleby erschien. Sie trug einen Teller, auf dem unter einer Papierserviette das Viertel eines mit Orangenguß überzogenen Kuchens lag.

Nachdem sie sich vorgestellt hatte, sagte Alicia: »Leider kann ich nicht behaupten, daß ich ihn selbst gebacken habe. Er kommt aber von einem guten Bäcker in Ipswich.«

Mrs. Lilybanks bat sie Platz zu nehmen und sagte, wie sehr sie sich freue, ihre neue Nachbarin so bald kennenzulernen; sie habe schon daran gedacht, wann man sich wohl träfe.

Alicia wollte sich nicht setzen. »Ich würde so gern das Haus mal ansehen, wenn ich darf. Ich bin noch nie hier gewesen.«

»Nein? Natürlich dürfen Sie.« Mrs. Lilybanks ging zur Treppe. »Ich dachte, Sie hätten sich das Haus angesehen, als Sie Ihres kauften.«

Alicia lächelte strahlend. »Wir hörten, daß hier allerhand zu reparieren wäre – Wasserleitung und so –, deshalb haben wir lieber unser Haus genommen, wo wir nicht gleich soviel hineinstecken mußten. Wir stehen finanziell nicht so sehr gut da und müssen eigentlich jeden Penny umdrehen.«

Das untere Stockwerk hatte drei Zimmer, oben waren auch drei Räume, dazu ein neues Bad. Die Möbel stammten, wie Mrs. Lilybanks berichtete, aus ihrer Londoner Wohnung; es waren geschmackvolle Sachen von guter Qualität, Mrs. Lilybanks mußte also recht wohlhabend sein.

»Wollen Sie wirklich hier so ganz allein wohnen?« erkundigte sich Alicia.

»O ja, das macht mir nichts aus. Im Gegenteil, ich habe es ganz gern«, entgegnete Mrs. Lilybanks fröhlich. »Vor fünfzehn Jahren habe ich schon einmal auf dem Land gelebt, in Surrey. Und verglichen mit damals wird es jetzt eher etwas leichter sein.«

»Haben Sie ein Auto?« Alicia hatte keins gesehen.

»Nein, aber ich denke, ich komme mit den Autobussen schon zurecht. Und der Schlachter und der Gemüsehändler liefern ja ins Haus, wie ich hörte.«

Sie standen im Schlafzimmer. Die Morgensonne zeigte ganz deutlich die seidenfeinen Fältchen unter Mrs. Lilybanks' blauen Augen; der Anblick faszinierte Alicia. Wie war es möglich, daß jemand eine solche Haut hatte und dabei doch so helle, junge Augen? Die Hände waren klein, aber sehr beweglich und elastisch, nicht knorrig wie bei vielen alten Menschen. Die Nägel hatte sie blaßrosa gelackt, an der linken Hand trug sie, wie die meisten Frauen, den Verlobungs- und den Ehering, an der andern Hand einen Smaragdring in Silberfassung.

Mrs. Lilybanks musterte Alicia ebenfalls, ohne sie dabei anzustarren. Was sie sah, gefiel ihr: eine sehr natürlich aussehende junge Frau von etwa fünfundzwanzig Jahren, mit offenen, neugierigen Augen, wie die eines Kindes oder vielleicht eines Malers. Auch der Farbfleck auf der hellblauen Hose entging Mrs. Lilybanks nicht.

Alicia drehte sich lebhaft auf den Fußspitzen und blickte auf das Bild über dem Kamin. »Das ist eine interessante Landschaft. Wo ist es?«

»Cannes«, sagte Mrs. Lilybanks. »Ich habe es gerade vor zehn Minuten aufgehängt. Einer meiner frühen Versuche.«

»Ach – Sie malen.« Alicias Augen weiteten sich interessiert. »Ich nämlich auch, ein bißchen. Aber nicht so richtig wie das da. Meist etwas durcheinander.«

»Meine werden auch schlechter«, behauptete Mrs. Lilybanks mit Augenzwinkern. »Aber ich habe meine Malsachen mitgebracht und hoffe, daß mich die neue Umgebung hier inspirieren wird. Kann ich Ihnen nicht eine Tasse Tee machen?«

Sie gingen wieder nach unten, aber Alicia wollte keinen Tee.

»Wenn Sie jemals mitfahren möchten – ich meine, wenn Sie einen Wagen brauchen, rufen Sie uns doch bitte an«, sagte Alicia. »Unsere Nummer ist vier-sechs-sechs. Ich bin fast immer da, und mein Mann meistens auch.«

»Das ist wirklich sehr freundlich. Ist Ihr Mann auch Maler?«

»Nein, Schriftsteller. Er schreibt Romane; jetzt arbeitet er gerade an einem. Aber er fährt einmal die Woche nach London und arbeitet mit einem anderen Schriftsteller zusammen. Nein, der ist nicht Schriftsteller, es ist ein Freund, der auch schreibt. Sie machen eine Fortsetzungsgeschichte, die sie gern ans Fernsehen verkaufen wollen. Aber bis jetzt hatten sie noch kein Glück.«

Alicia lächelte so strahlend, als habe sie von einem triumphalen Erfolg berichtet. »Mein Mann ist Amerikaner.«

»Ach, wie interessant. Gefällt es ihm in England?«

Alicia lachte. »Ihm gefällt fast alles, glaube ich. Er ist seit zwei Jahren hier. Nein, nicht ganz. Er heißt Sydney. Sydney Smith Bartleby. Komisch, nicht? Irgendwie mochte sein Vater den Namen Sydney Smith so gern. Ich sage immer zu Syd, das ist das einzig Englische an ihm, sein Name.«

»Was für Romane schreibt er?«

»Ach, nichts mit einer richtigen Handlung. Jedenfalls jetzt nicht. In seinen ersten beiden Romanen war mehr Handlung, aber in diesem nicht. Dieser heißt ›Die Planer‹, es geht darum, daß eine Anzahl Leute die Erfahrungen in ihrem Leben vorausplanen und entsprechend danach leben wollen. Es klingt, als hätte es eine Handlung, aber es hat keine.« Wieder lächelte sie. »Er kann es auch nicht loswerden, obgleich es schon seit einem Jahr fertig ist. Die Fernsehsachen haben natürlich richtige

Handlungen, haufenweise, aber auch damit hat er bisher kein Glück gehabt.«

»Ach. Nun, die Kunst braucht Zeit. Sehen Sie zu, daß er nicht den Mut verliert.«

Alicia verabschiedete sich mit dem Versprechen, Mrs. Lilybanks bald zum Essen herüberzubitten. Ihr Telefon war schon angeschlossen, sie hatte die Nummer 275.

Fröhlich lief Alicia nach Hause; auf dem Weg bückte sie sich und pflückte ein Gänseblümchen am Straßenrand, das sie ins Knopfloch ihrer Hemdbluse steckte. Sie kam ins Haus und lief die Treppe hinauf, um Sydney von der neuen Nachbarin zu berichten.

Sydney stand am Fenster seines Arbeitszimmers und rauchte eine Zigarette. Die Tür war angelehnt, deshalb klopfte Alicia nicht an wie sonst, wenn die Tür geschlossen war.

»Du, sie ist sehr nett. Gar nicht steif, sie hat sogar Sinn für Humor, glaube ich. Sie malt. Das eine Bild war gar nicht schlecht. Ich hab aber nur eins gesehen. Du, sie wohnt da wirklich ganz allein, ich war ganz erstaunt.« Alicia war durchaus nicht erstaunt, denn es war nie davon die Rede gewesen, daß Mrs. Lilybanks mit jemand zusammenziehen wollte; aber ihr Bericht geriet ins Stocken. Sydney hatte ein gereiztes Gesicht aufgesetzt und offensichtlich kein Interesse an ihrer Erzählung – wahrscheinlich hatte sie ihn gestört, und er hatte jetzt den Faden verloren ... »Ich fand sie wirklich sehr nett«, fügte sie etwas lahm hinzu.

»Aha«, sagte Sydney. »Sie malt also.« Er warf den Bleistift auf den überfüllten, tintenbekleckten Tisch, wo ein leerer weißer Bogen erwartungsvoll in der Schreibmaschine glänzte.

»Na ja. Sicher bloß so – Zeitvertreib einer alten Dame. Sieht aus, als ob sie Geld hat.«

Am Nachmittag fuhr Alicia zu Einkäufen nach Framlingham und kam erst um fünf Uhr zurück. Sie hatte bei Carley & Webb (dem Gemüseladen, wo sie oft ganz nennbare Beträge anschreiben ließen und trotzdem sehr nett behandelt wurden) Elspeth Cragge getroffen und mit ihr länger als eine Stunde in einem Café gesessen. Elspeth war Australierin, verheiratet mit einem Engländer, und erwartete in drei Monaten ein Kind. Beim Anblick ihres zunehmenden Umfangs erwachte in Alicia von neuem der ungewisse Wunsch nach einem Kind, aber ihre finanzielle Lage sprach im Augenblick dagegen; vor allem jedoch, was wichtiger war, wußte sie nicht recht, ob sich Sydney zum Vater eignete und ob überhaupt ihre Ehe halten würde. Sie wünschte sich ein Kind, sicher, aber ab und zu kam ihr der schlimme Gedanke: Ja, ich möchte ein Kind – aber möchte ich wirklich ein Kind von Sydney? Es war sehr seltsam, solche bösen Gedanken zu haben und gleichzeitig doch in Sydney wirklich verliebt zu sein und gern mit ihm zu schlafen. Und wenn man jemanden lieb hatte, dann hieß das natürlich, daß seine Fehler einen nicht störten oder doch nicht stören sollten. Das Ganze war ein etwas krauses Durcheinander, deshalb dachte sie auch nicht allzu oft darüber nach. Mit der Zeit würde sich das alles schon ändern, das war immer so; und diese Änderung – zum Guten oder Schlechten – wollte sie abwarten.

Sydney kam die Treppe herunter, als Alicia die letzten Einkäufe wegräumte. »Ich werde das Zeug mit der Morgenpost an Alex schicken und ihn bitten, Sonnabend herzukommen, wenn es dir recht ist. Sie kommen dann natürlich beide und bleiben über Nacht, aber ich hab wirklich keine Lust, noch einmal die ganze Fahrt zu machen.«

»Klar, mir ist es schon recht, Syd«, sagte Alicia. Sie dachte an die Bettwäsche und daß sie dann den ganzen Freitag über putzen mußte (Hittie war keine überragende Hausfrau, trotzdem war es bei den Polk-Faradays immer sauberer als bei ihr). Und sie mußte natürlich ein anständiges Stück Fleisch auf den Tisch bringen, Alex und Hittie waren starke Esser.

»Wenn wir das Ding dieses Wochenende nicht fertigkriegen, soll es der Teufel holen. Ich werd dann wohl was Neues anfangen müssen.« Sydney warf den gelben Bleistift so heftig auf den Spültisch, daß er zweimal aufhüpfte und dann in eine Ecke rollte.

Alicia hatte diese Geste schon öfters beobachtet. Wenn Sydney in eine Sackgasse geriet, pflegte er mit Bleistiften um sich zu werfen. Sie konnte sich nicht erinnern, je gesehen zu haben, wie er einen aufhob; zum Hinwerfen schien er aber immer einen bereitzuhaben.

»Natürlich, Liebling, ich freue mich, wenn sie kommen«, sagte sie mit plötzlichem Lächeln.

3

Alicia benutzte die Gelegenheit und lud Mrs. Lilybanks ebenfalls für Sonnabend abend zum Dinner ein. Da sie doch für so viele zu kochen hatte, machte einer mehr nichts aus; und nach fast einer Woche des Alleinseins würde sich Mrs. Lilybanks vielleicht freuen, ein paar Leute kennenzulernen.

Um drei Uhr am Sonnabend nachmittag kamen die Polk-Faradays an, eine Stunde später als geplant, aber sie hatten unterwegs etwas gegessen und hatten überdies einige Schwierigkeiten mit ihrer Halbtagshilfe gehabt, die die Kinder solange versorgte. »Sie hat kein Telefon«, sagte Alex. »Wir mußten mehrere Leute um eine Bestellung bitten, und dann mußte sie ihre Sachen packen und rüberkommen.«

»Sie ist auch Freitag nicht gekommen«, erklärte Hittie noch weiter. »Jemand in der Familie war krank oder sowas.« Hittie hatte ein weiches rundes Gesicht und glatte blonde Haare. Mit der Ponyfrisur sah sie aus wie eine blonde Chinesin.

»Na, nun seid ihr jedenfalls hier«, sagte Alicia. »Wollt ihr einen Drink? Oder sonst irgendwas?«

»Nein, gar nichts, meine Süße«, sagte Alex und schloß Alicia kurz in die Arme. Er war groß und dunkel, sah blaß aus und neigte etwas zur Korpulenz. »Ganz wunderbar, wieder mal draußen zu sein in der frischen Luft. Ach, England im April! Nur daß wir ja schon Mai haben. Ich darf doch meine Jacke ausziehen?«

Sydney kam mit schnellen Schritten die Treppe herunter, nachdem er die Reisetasche der Gäste oben im Gästezimmer untergebracht hatte. »Was soll denn das heißen – kein Drink?« fragte er munter. »Seid ihr unter die Abstinenzler gegangen?«

»Nein, ich –«, Alex zwinkerte Alicia zu. »Nur weil wir ja heute nachmittag noch unseren Verstand anstrengen wollen. Vor Sonnenuntergang müssen wir die Geschichte in Form haben.«

»Ja. Oder wir erschießen uns bei Sonnenaufgang«, sagte Sydney.

»Gut. Ich erschieße dich und du erschießt mich, gleichzeitig«, sagte Alex.

Um fünf Uhr nachmittags waren Sydney und Alex noch nicht sehr weit gekommen. Sydney hatte, wie immer bei der Zusammenarbeit mit Alex, trotzdem das Gefühl, der Story sei etwas Wesentliches hinzugefügt worden, einfach weil noch ein zweiter

Kopf daran arbeitete. Aber er wußte auch, daß er sich täuschte.

Auf dem Rasenstück vor Sydney saß eine große Amsel und pickte im Gras herum. Irgendwo anders versuchte ein Vogel eine Melodie zu singen. Sydney überlegte, was für ein Vogel das sein mochte. Vielleicht ein Buchfink. Jetzt verschwand die Sonne hinter einer Wolke, und Sydney schauerte zusammen. Lähmende Langeweile überfiel ihn. Ein Wunder ... ein Wunder brauchten sie, nur ein Wunder konnte ihnen zu einem Einfall verhelfen, zu einer Idee, die in Sekundenschnelle ins Gehirn eindringt und zum lebensprühenden Funken wird. Er hing dem Gedanken nach, während er Alex' leicht affektierter Redeweise zuhörte (»Nein, Mo-ment mal, Mo-ment mal, Nicky weiß gar nicht, daß sie den Juwelier kennt, nicht wahr? Warum also sollte man oder sollte er dann annehmen, daß sie ihn wiedererkennt?«), und während Sydney ihm darauf antwortete, stieg ihm das Blut zu Kopf; er schämte sich, daß ihm solche Worte wie ›lebensprühender Funke‹ überhaupt in den Sinn gekommen waren. Überdies fürchtete er, daß er keinen solchen Funken mehr erleben werde. Er hatte Nicky Campbell restlos satt und begriff nicht, woher Alex den Enthusiasmus nahm, immer wieder mit frischem Mut an die Sache heranzugehen. Aber Alex hatte ja auch eine Stellung und saß nicht die Hälfte seiner Zeit an diesem Zeug, sondern immer nur ein paar Stunden. Aber er war äußerst scharf auf einen Extraverdienst. Von seiner reichen Familie bekam er nämlich nichts, denn aus irgendeinem Grund, den Sydney vergessen hatte, waren sie mit seiner Heirat nicht einverstanden und ebensowenig mit seinen schriftstellerischen Versuchen. Die Familie stellte irgend etwas in Cornwall her und hätte es am liebsten gesehen, wenn Alex dabei mitgeholfen hätte. Alex hatte Sydney von der Familie erzählt, lachend, aber offenbar doch beeindruckt von ihren Worten. Sydney setzte den ruhigen Dialog mit Alex fort, während er träumend in der Sonne saß, bis er schließlich weder ganz bei Alex noch bei seinen Träumen war, sondern irgendwo dazwischen, in einer Sphäre oder einem Zustand von Leere und Nichts.

Seine Gedanken gingen zu seinem Vater, an den er sich kaum noch erinnerte; er war gestorben, als Sydney neun war. Seine Mutter hatte sich von seinem Vater getrennt, als Sydney sechs war, danach hatte er den Vater nur noch fünf- oder sechsmal gesehen. Der Vater wollte gern Bühnenautor werden und war außerdem als Regisseur an verschiedenen Theatern in Chicago tätig gewesen. Finanziell hatte er es als Regisseur nicht sehr weit gebracht, und von seinen Stücken war nur eins je gedruckt worden, und das auch nur, weil er selbst die Druckkosten übernommen hatte. Sydney dachte oft, es sei sein Fluch, daß er seines Vaters Mittelmäßigkeit, die zum Mißlingen führen mußte, und ebenso seinen heftigen Trieb geerbt habe, etwas zu schreiben, das seinen Namen mindestens hundert Jahre und hoffentlich noch länger lebendig erhalten werde. Steril und beängstigend waren die Augenblicke, in denen er diesen Gedanken nachhing. Sein ganzes gegenwärtiges Leben in England, seine Ehe mit einer Engländerin, die Sorgen nicht zu kennen schien, auch wenn keineswegs alles rosig aussah – schon das Haus, in dem sie wohnten, mit der unzuverlässigen Wasserleitung und den sehr realen und reizenden Schrägbalken, an denen er sich fast täglich den Kopf stieß, der englische Sand, der ihm bei der Gartenarbeit unter die Fingernägel geriet, ja, selbst Alicias Schnarchen, das ihn etwa einmal in der Woche im Schlaf störte; das alles erschien ihm so unwirklich wie ein Stück, das er selbst erdacht hatte, und zwar kein allzu gutes Stück. Vor allem grübelte er darüber nach, warum er hier war, ob nicht eine andere Frau ebensogut zu ihm gepaßt hätte (obwohl er Alicia ehrlich gern hatte und auch mindestens halbwegs in sie verliebt war) und ob er überhaupt eine Frau in seinem Leben nötig hatte. Er hatte das Gefühl, er habe noch nicht alle seine Möglichkeiten eingesetzt, und zerbrach sich oft den Kopf darüber, wie dem abzuhelfen sei. Meist versuchte er es auf die übliche Art, einfach mit harter Arbeit.

Ich hab keine Lust mehr, hier draußen nachzudenken, dachte Sydney plötzlich mit aufsteigendem Ärger, der ihn aus der Halbtrance weckte. Fast hätte er es laut zu Alex gesagt.

»Wir wollen es noch mal vornehmen, Abschnitt für Abschnitt«, sagte er.

Manchmal half das und gab der Sache eine Art Richtung und Schwung; aber als Sydney jetzt Abschnitt sechs nach seinen Notizen zusammenfaßte, war er einfach müde, obwohl Alex fand, die Sache kriege schon Form.

»Nimmt schon deutlich Form an«, wiederholte Alex.

Mittlerweile hatten sie beide Durst auf einen Whisky mit Soda.

Kurz vor sieben zog sich Sydney um und band sogar einen Schlips um, weil er annahm, das werde Alicia freuen, wegen Mrs. Lilybanks. Alex trug natürlich stets einen Schlips zum Dinner; er mußte schon sterbenskrank sein, wenn er je ohne Schlips erscheinen würde, aber dann würde er ja im Bett liegen und sowieso keinen benötigen. Sydney entsann sich eines heißen Tages im vergangenen Sommer, wo Alex sogar zum Picknick mit Krawatte aufgekreuzt war.

»Ob ich mal rübergehe und sie abhole?« sagte Sydney zu Alicia, als sie alle aus irgendeinem Grund in der Küche herumstanden. Alicia hatte gerade den Braten in den Ofen geschoben.

»Ja, du, das wäre nett ... Geh jetzt. Sie muß gleich kommen.«

Sydney stellte sein Glas nieder und ging hinaus. Er war noch in Tennisschuhen und trottete hinüber zum Nachbarhaus. Mrs. Lilybanks' Pforte quietschte. Er zögerte, ging dann aber doch zur Vordertür und nicht zur Küchentür an der Seite, die aussah, als ob sie öfter benutzt werde und deshalb wohl leichter aufging. Er klopfte mit dem schweren Messingring an die Tür. Der Klopfer war frisch geputzt.

Mrs. Lilybanks öffnete.

»Guten Abend. Ich bin Sydney Bartleby«, sagte Sydney mit gewinnendem Lächeln. »Ich wollte Sie abholen.«

»Aber nein, wie nett von Ihnen. Bitte, kommen Sie doch herein.«

Mrs. Lilybanks war offenbar bereit zum Gehen; sie trug einen breitrandigen Hut und einen dunkelblauen Schal mit Fransen, den sie anmutig um die Schultern und über einen Arm geschlungen hatte. Sydney meinte, wenn sie fertig sei, wolle er nicht erst hereinkommen; sie trat nach draußen und machte die Tür zu, schloß aber nicht ab.

Sydney öffnete die kreischende Gartenpforte.

»Ich muß sie mal ölen«, sagte Mrs. Lilybanks. »Sonst verscheucht sie mir alle Vögel. Haben Sie Vögel gern?«

»Ja. Aber ich kenne sie nicht sehr gut.«

»Sie sind Schriftsteller, nicht wahr? Ihre Frau hat es mir erzählt.«

»Ja. Und Sie malen, nicht wahr?«

»Ach, nur so zum Zeitvertreib ... Aber es macht mir Freude«, setzte sie hinzu.

Im Wohnzimmer machte Alicia Mrs. Lilybanks mit Alex und Hittie bekannt, und Sydney ging hinaus, um ihr einen Whisky-Soda zurechtzumachen. Alicia war ganz froh, daß die alte Dame sich für Whisky entschieden hatte, sie hatte schon befürchtet, sie würde Sherry vorgezogen haben, und der Sherry, den sie hatten, war nicht besonders.

Mrs. Lilybanks erkundigte sich bei Hittie, wo sie in London wohnte, und so kam eine harmlose Unterhaltung in Gang. Kurz darauf hörte Alicia, wie Hittie von ihren Kindern erzählte.

Alicia verschwand in der Küche, um nach dem Braten und dem Yorkshire-Pudding zu sehen. Sydney machte den Salat an, öffnete die Weinflasche und füllte den Senf in das kleine Kristallglas mit dem silbernen Deckel, eins der wenigen hübschen Gegenstände dieser Art, die sie besaßen, um den gedeckten Tisch etwas festlicher zu gestalten. Sydney war jetzt sehr aufgeräumt und sang vor sich hin, irgendeine bekannte Schlagermelodie, zu der er einen eigenen, nicht ganz stubenreinen Text erfand.

»Pscht!« warnte Alicia und deutete in die Richtung des Wohnzimmers, denn Sydney war zu einem etwas gewagten Text mit neuer Melodie übergegangen, den er dann abschloß mit:

I picked a peck, I picked a peck, I picked a peck,
I picked a peck of peppers
And they turned out to be you – hu-hu!

»Nun hör doch auf«, sagte Alicia. »Was soll Mrs. Lilybanks von dir denken?«

»Ich singe ja ganz leise«, verteidigte sich Sydney. »Übrigens, ob ich nicht mal ein paar Schlager schreiben soll? Mit meinem Text wäre das Lied viel besser angekommen; das hätte ein regelrechter Hit werden können, so ungefähr wie die Songs von Gilbert und Sullivan. Meine wären noch dreimal besser geworden, verlaß dich drauf.«

Alicia lächelte nachsichtig; es wäre nur schön, wenn er morgens um zehn auch so zuversichtlich wäre.

Sydneys Gedanken waren ebenfalls kritischer Art. Er dachte gerade darüber nach, wie schade es doch war, daß sich hinter Alicias angenehmem Äußeren nur solch mangelhafte Intelligenz verbarg; es gab so viele Fragen, über die er sich mit ihr hätte unterhalten können; interessante Themen, über die es sich zu schreiben lohnte; aber er konnte mit ihr nicht reden, sie interessierte sich für kaum etwas. Damals, als er sie kennenlernte, hatte er Wunder gedacht, wie gescheit sie sei ... Sie war Engländerin und drückte sich immer so vornehm aus ...

»Du, ich weiß nicht, ob das Fleisch schon gar ist«, flüsterte Alicia. »Ich weiß nicht mehr, wann ich es ins Rohr getan habe – um sieben oder Viertel nach.«

Sydney lehnte sich in die Türfüllung zum Eßzimmer und fragte: »Mrs. Lilybanks, entschuldigen Sie, wie mögen Sie Roastbeef am liebsten? Sehr durch oder noch etwas blutig?«

Mrs. Lilybanks hob den Kopf und lächelte. »Wenn es Ihnen nichts ausmacht, nicht zu sehr durch.«

»Schön, dann kann's gleich losgehen.« Und zu Alicia: »Alle Maschinen halt, bitte. Wir mögen es alle gern noch etwas blutig. Mrs. Lilybanks, darf ich Ihnen nachschenken?« Sydney trat vor und streckte die Hand nach dem Glas aus, aber Mrs. Lilybanks zog es zurück.

»Vielen Dank, nein. Eins ist reichlich genug für mich.«

Alle kamen jetzt zu Tisch, die beiden Polk-Faradays mit den noch halbvollen Gläsern. Sydney schnitt den Braten, während Alicia wie üblich einen letzten Blick auf den Tisch warf, nachdem sie sich schon hingesetzt hatte, wobei sich herausstellte, daß zwei Dinge fehlten: ein Buttermesser und ein fünfter Brotteller (der als Untersatz unter einer Topfpflanze auf der Küchenfensterbank stand und erst abgewaschen werden mußte). Dafür mußte sie zweimal aufstehen und hinausgehen. Aber die Teller waren heiß und blieben auch heiß, jeder nahm zweimal, und die Polk-Faradays fanden, Sydney habe sich mit dem Salat selbst übertroffen.

»Der Rosmarin kam auch gerade aus einem frischen Topf«, sagte Sydney bescheiden, obwohl er das Kraut aus dem Garten geholt hatte.

Alex und Hittie unterhielten sich sehr lebhaft mit Mrs. Lilybanks. Man sprach über ihr neues Haus, über die Vor- und Nachteile des Landlebens, und schließlich berichtete die alte Dame von ihrer Familie. Sie habe, erzählte sie, eine Tochter Martha in Australien und eine Enkelin namens Prissie, die Schauspielerin werden wollte und in London mit fünf anderen jungen Leuten in einer Riesenwohnung in Chelsea wohnte. Mrs. Lilybanks gab einige Anekdoten über das Bohèmeleben der jungen Leute zum besten: einmal hatten Prissie und ihre Freunde einen jungen Mann mit Hilfe eines Seils von der Straße zum Fenster seiner Wohnung im zweiten Stock hochgezogen, weil er keinen Hausschlüssel hatte. Nach diesen Geschichten waren alle warm geworden und lächelten und dachten, wie lebhaft und rege Mrs. Lilybanks doch für ihre Jahre noch sei.

In Sydneys freundliche Gefühle mischte sich leiser Neid. Es schien ihm plötzlich, als habe er furchtbar viele Dinge verpaßt, und nicht zuletzt auch seine Jugend. Er hätte sich noch viel, viel mehr von der Welt ansehen müssen, nicht nur Archangelsk, wohin er mit einem Frachtdampfer gefahren war, und die Orte in Europa, die jeder kannte. Jetzt war er verheiratet, und es war aus. Mit der Ehe wurde man offenbar automatisch zum armen Mann, selbst wenn man ein ganz wohlhabendes Mädchen geheiratet hatte. War man allein, so machte Armut gar nichts aus, man konnte jedenfalls noch vieles unternehmen. Aber mit der Heirat war man ein gebrochener Mann, gebrochen an Geist und an Mitteln.

Alicia versuchte, einen großen Stapel Geschirr auf einmal hinauszutragen, dabei rutschte ihr ein Weinglas von den Tellern und zerschellte auf dem Steinfußboden in der Küche. Sydney, der gerade den Kaffee zurechtmachte, fuhr in aufsteigender Wut herum.

»Herrgott, bald hast du das Dutzend wohl geschafft!« Er hatte eine schmerzhafte Vision von nackten Füßen, die über scharfe Glassplitter tappten, obwohl weder er noch Alicia die Küche jemals barfuß betraten und sich außerdem jedes kleine Glasstückchen bequem mit dem Besen zusammenfegen ließ.

Alicia unterdrückte ein kleines Kichern – sie mußte immer kichern, wenn ihr ein Mißgeschick passierte oder sie etwas Falsches getan hatte. »Tut mir leid, Schatz. Aber es ist kein großer Beinbruch – zwei Stück anderthalb Shilling beim Händler in Fram.«

Sydney warf einen schnellen Blick zum Eßzimmer hinüber und stellte fest, daß Mrs. Lilybanks die kleine Szene beobachtet hatte. Sie lächelte ihm aufmunternd zu. Den Rest des Abends gab er sich alle Mühe, heiter und gesellig zu erscheinen. Er beschrieb Mrs. Lilybanks auf ihr Fragen die Fernsehserie, die er und Alex gerade in Arbeit hatten; die Darstellung half ihm mehr, als die nachmittägliche zweieinhalbstündige Sitzung mit Alex.

»Vielleicht sollten Sie versuchen, ein Überraschungsmoment einzubauen«, schlug Mrs. Lilybanks vor, nachdem Sydney ihr niedergeschlagen erklärt hatte, daß er mit der jetzigen Fassung noch gar nicht zufrieden sei. »Vielleicht so, daß die erste Tätowierung nicht echt ist – ich meine die von dem Toten. Daß sie bloß mit Ölfarbe aufgemalt war. Aber weiter weiß ich natürlich auch nicht.«

»Sie haben ganz recht ... Wir brauchen etwas Unerwartetes.

Ich werde mal darüber nachdenken. Tätowierung mit Farbe ... hm.«

Alicia hatte eine Platte aufgelegt, und die Polk-Faradays tanzten zusammen.

»Hoffentlich ist es Ihnen nicht zu laut, Mrs. Lilybanks«, sagte Alicia und beugte sich besorgt über sie. »Wir können auch auf den Rasen rausgehen, wir haben eine Verlängerungsschnur, bloß hat es gerade angefangen zu regnen.«

Mrs. Lilybanks sagte, ihr mache das gar nichts aus.

»Vielleicht möchten Sie auch gern tanzen?« Sydney hatte neben Mrs. Lilybanks' Stuhl auf dem Boden gesessen und sprang jetzt auf. »Dies ist hübsch.« Es war eine sentimentale Melodie.

»Nein, vielen Dank, lieber nicht. Mein Herz, wissen Sie«, sagte Mrs. Lilybanks. »Ich muß ein bißchen Rücksicht darauf nehmen.« Bei der lauten Musik verstanden die anderen vermutlich nur die Hälfte.

Sydney nahm Alicias Arm, und sie bewegten sich mit langsamen Tanzschritten über den kahlen Fußboden, von dem Alicia den Teppich zurückgerollt hatte. Es war ein echter Perser, aber alt und abgetreten. Mrs. Lilybanks vermutete, daß sie ihn nur gekauft hatten, weil er in das quadratische Wohnzimmer paßte. Unauffällig musterte sie das Quartett der jungen Leute, während sie die letzte der vier Zigaretten anzündete, die sie sich täglich erlaubte. Sydney war ein nervöser Typ, der vielleicht eher zum Schauspieler als zum Schriftsteller getaugt hätte. Sein Gesicht konnte starke Gefühlsschwankungen anzeigen; lachte er, so war es ein richtiges Lachen, das er offensichtlich bis in die Zehenspitzen genoß. Er hatte schwarzes Haar und blaue Augen, wie manche Iren. Aber er war kein glücklicher Mensch, das sah man. Wahrscheinlich finanzielle Schwierigkeiten. Alicia war viel sorgloser, ein wenig wie ein verwöhntes Kind, auf die Dauer wahrscheinlich gerade die Frau, die er brauchte. Aber die Polk-Faradays paßten noch besser zusammen; sie schienen völlig ineinander aufzugehen ... Jetzt blickten sie sich in die Augen, als hätten sie sich gerade kennengelernt und seien im Begriff, sich ineinander zu verlieben. Dabei hatten sie drei kleine Kinder. Ach, diese Kinder hatten schon Kinder, dachte Mrs. Lilybanks, und doch waren sie und Clive nicht älter gewesen, als ihre zwei auf die Welt gekommen waren.

Mrs. Lilybanks erhob sich unbemerkt und ging nach oben, um die Toilette aufzusuchen. Sie kam an Sydneys Arbeitszimmer vorbei, einem kahlen Raum ohne Bilder, ein einfacher Tisch diente als Schreibtisch, und an der einen Wand stand ein selbstgezimmertes Bücherbord. Auf dem Tisch stand eine grüne Schreibmaschine, daneben lagen ein Wörterbuch, ein Stapel Papier und Bleistifte. Dahinter ein Fenster ohne Vorhänge. Ein zerknülltes Blatt Papier hatte den Papierkorb verfehlt und lag auf dem Boden. Das Schlafzimmer links war freundlicher, und da die Tür offenstand, hielt Mrs. Lilybanks einen Augenblick inne und blickte hinein. Sie sah ein Doppelbett mit blauer Decke, an der Wand darüber hing schräg eine Art Banjo oder Mandoline. Die Tapete hatte Streifen mit Himbeerranken, an der Wand hingen noch einige abstrakte Bilder von Alicia, darunter eine Kommode und ein Stuhl, auf dem eine blaue Hose lag. Auf der Kommode stand ein großer Spielzeughase, wie ihn Prissie noch aus ihrer Kinderzeit besaß, und ein schöner Spiegel in silbernem Rahmen. Mrs. Lilybanks ging ins Bad, das zwischen Sydneys Arbeitszimmer und dem Schlafzimmer lag. Ihr Blick fiel zunächst auf die lila Handtücher mit der großen gelben Blume und dann auf ein an die Wand geheftetes Zeitungsfoto, das sie, wie sie meinte, vor etwa einem Jahr auf einer Titelseite des *Observer* gesehen hatte. Es zeigte eine Anzahl Jungen aus einer Public School, sie trugen Schuljacken und Regenschirme, und einer machte eine Bemerkung, die in einem Kreis in dem Foto erschien. Mrs. Lilybanks blieb stehen, errötete und lächelte dann. Der Ausspruch war wirklich komisch. Sie wusch sich die Hände am Waschtisch, während ihre Blicke über die vielen Fläschchen glitten, die auf der Glaskonsole unter dem Medizinschränkchen standen. Parfüm, Aspirin, Jod, Deodorant, Nagellack, Rasierpinsel, Talkum, Shampoo, Zahnschmerzmittel, Enterovioform – es sah aus wie die Luftaufnahme von Wolkenkratzern in Manhattan, dachte sie, und dabei war das alles wohl nur das, was nicht mehr in das gar nicht so kleine Schränkchen hineinging. Sie ging wieder nach unten; die anderen sahen sie kommen und drängten sie, noch einen Drambuie oder eine Tasse Kaffee zu trinken, aber sie lehnte ab.

»Ich bleibe noch zehn Minuten, dann muß ich gehen, vielen Dank«, sagte sie.

»Mir ist gerade eingefallen, daß ich Sie sehr gern malen möchte«, sagte Alicia. »Wären Sie wohl einverstanden? Es ist lange her, seit ich etwas Gegenständliches gemalt habe, ich meine Erkennbares.«

»Ich würde mich sehr freuen«, entgegnete Mrs. Lilybanks.

»Ja, wirklich? Sie würden mir wirklich sitzen? Und nicht dabei lesen – ich habe es viel lieber, wenn mich die Leute ansehen oder wenn sie in die Luft sehen. Aber manche mögen nicht soviel Zeit vertun.«

»Ich habe ja Zeit«, versicherte Mrs. Lilybanks.

Sydney bestand darauf, sie nach Hause zu bringen und seine Taschenlampe mitzunehmen, obgleich sie selbst eine bei sich hatte.

Die Polk-Faradays gingen bald darauf zu Bett, sie waren müde von der Fahrt. Alicia sagte, Hittie brauche ihr wirklich nicht beim Abwaschen zu helfen. Sie und Sydney machten sich zusammen daran.

»War das Essen gut, Darling?« fragte Alicia schläfrig.

»Tadellos. Nur schade, daß die Unterhaltung nicht ebensogut war.«

Alicia lächelte etwas boshaft; sie war auf einen kleinen Streit gefaßt. Schlimm konnte es nicht werden, da sie ja Gäste im Haus hatten. So entgegnete sie jetzt: »Na ja, wir sind eben nicht alle Sydney Smiths, das wird's wohl sein. Man tut, was man kann für die Unterhaltung.«

»Das meine ich nicht«, sagte Sydney mit noch giftigerer Freundlichkeit. »Ich meine die reizende Bemerkung, daß meine Schreiberei meine erste Liebe war, aber daß sie schon vor ein paar Jahren gestorben sei, oder so was Ähnliches.«

»Was?« fragte Alicia. Sie hatte keine Ahnung, was er meinte.

Sydney holte tief Atem. »Ja – daß sie vor Jahren gestorben ist, oder daß meine Muse hier nicht mehr wohnt. Das wirst du wohl noch wissen, du hast es ja selbst gesagt. Alle haben es gehört.« Sydney spürte wieder das kurze Schweigen und sah das Lächeln der anderen bei Tisch; aber die Kränkung war nicht so stark wie jetzt der Genuß, es Alicia übelzunehmen.

»Was?« Das kam mit höherer Stimme und kurzem Lachen. »Ich glaube, das denkst du dir aus. Oder es ist deine innere Stimme. Jedenfalls stimmt es ja wohl, nicht wahr? Sonst würde es dich nicht so ärgern. Hast du mal daran gedacht ...«

Er nahm das nasse Geschirrtuch – das sie, wie in England üblich, Gläsertuch nannte – und schlug es ihr ins Gesicht. Alicia starrte ihn an, richtete sich auf und schleuderte die Tasse nach ihm, die sie eben in den Ablaufständer hatte stellen wollen. Die Tasse verfehlte ihn und zerbrach am Kühlschrank.

»Nummer zwei heute«, sagte Sydney, als er sich bückte, um die Scherben aufzuheben. Sein Herz jagte. Er richtete sich auf, die Tassenscherben in der Hand, und bemerkte mit Freude den roten Streifen auf Alicias Wange.

»Du bist völlig unmöglich«, fauchte sie.

»Ja.« Ja, und eines Tages würde er einen Schritt zu weit gehen und sie umbringen. Oft schon hatte er daran gedacht. An einem Abend, wenn sie allein waren. Er würde sie erst im Zorn einmal schlagen, aber dann nicht aufhören, sondern weiterschlagen, bis sie tot war. Er warf ihr einen Blick zu; sie lächelte und wandte sich wieder dem Spültisch zu; vermutlich lächelte sie, weil sie das letzte Wort gehabt hatte, nämlich die zerbrochene Tasse.

»Es wird wohl Zeit, daß ich wieder mal verreise. Dann kannst du abkühlen und mit deiner Arbeit vorankommen«, sagte Alicia.

»Keine schlechte Idee.«

Sie war schon mehrmals nach derartigen Auftritten für ein oder zwei Tage fortgefahren, ohne ihm ihr Reiseziel anzugeben. Hinterher hatte sie berichtet, daß sie in Brighton gewesen war; einmal hatte sie sich auch bei den Polk-Faradays einquartiert.

»Entschuldigung ...« In der Küchentür stand Alex in einem alten Hausmantel, zu weitem Pyjama und weichen Filzschuhen, darum hatten sie seine Schritte nicht gehört. »Hittie trinkt immer gern ein Glas Milch vor dem Schlafengehen. Habt ihr wohl so was im Haus?«

»Aber natürlich, Alex. Syd, holst du bitte mal ein Glas?«

4

Etwa zehn Tage später, in der ersten Juniwoche, war Alicia mit dem Porträt von Grace Lilybanks fertig. Es zeigte sie im Halbprofil, beinahe in Lebensgröße. In der Hand hielt sie ein paar gelbe und dunkelblaue Stiefmütterchen. Alicia hatte es in ihrem alten Stil gemalt, angefangen mit dem Hintergrund und zuletzt auf das Gesicht hin, das sie, als sie so weit war, mit schnellen Strichen hinwarf; es hatte den ganzen Rest des Lichtes eingefangen, das aus der Iris der strahlendblauen Augen leuchtete. Alicia war stolz auf das Bild – natürlich war es realistisch, und Realismus war etwas, auf das man herabsah, für das man sich entschuldigte unter ihren Bekannten, Malern und Nichtmalern, aber es war schließlich auch nicht realistischer als Picassos berühmtes Gemälde von Gertrude Stein, das Alicia und viele ihrer Freunde für ein Meisterwerk hielten.

»Es ist besser als das über dem Kamin«, sagte Sydney. »Hänge es doch dort auf.« Alicia hatte es ihn erst sehen lassen, als es ganz fertig war. Sie hatte oben in ihrem Studio gearbeitet, Mrs. Lilybanks war jeden Morgen um zehn auf etwa eine Stunde herübergekommen.

Aber so weit ging Alicias Stolz nicht; es war immerhin realistisch und deshalb als Kunstwerk doch etwas weniger wert als selbst ihre schlechten Abstrakten. Sie tauschte es also gegen eins ihrer früheren Werke aus, das an der Seitenwand des Wohnzimmers gehangen hatte.

»Doch, es gefällt mir«, sagte sie nachdenklich und betrachtete das Bild. »Vielleicht finde ich bei Abbott einen passenden Rahmen.« Abbott in Debenham handelte mit gebrauchten Möbeln; dort hatte sie auch Sydneys Arbeitstisch, ihr Wohnzimmersofa, die Kommode und manches andere Stück ihres Haushalts erstanden. »Komisch – manchmal kennt man jemand gar nicht lange und kriegt doch eine Ähnlichkeit heraus, nicht? Aber manche Schriftsteller sagen ja auch, es sei schwerer, einen Ort zu beschreiben, den sie ihr Leben lang gekannt haben, als einen, den sie erst seit drei Wochen kennen. Sie kriegen die richtigen Details nicht mehr heraus, wenn sie etwas lange kennen.«

Das stimmte, und Sydney wußte auch genau, was sie meinte, aber die Worte trafen ihn wie eine persönliche und nur auf ihn gezielte Kritik: er saß schon viel zu lange an den ›Planern‹, das wußte er, und Alicia wußte es auch. Er war nicht mehr imstande, die Einzelheiten zu erkennen oder auch das Ganze, er sah es einfach nicht. Und doch war das Buch für ihn die einzige Möglichkeit, in der nächsten Zeit zu Geld zu kommen, deshalb hielt er daran fest.

An diesem Abend fuhren sie nach Ipswich und aßen in einem chinesischen Restaurant, danach gingen sie ins Kino. Als sie herauskamen, hatte der Hillman einen Plattfuß. Sydney zog vorsichtshalber seine Jacke aus und machte sich mit Wagenheber und Schraubenschlüssel an die Reparatur. Alicia fand inzwischen einen Getränkeautomaten und kam mit zwei Bechern voll widerlich süßem Orangensirup zurück. Sydney hätte nach der

Anstrengung gern eine Flasche Bier gehabt, aber das wäre sowieso unmöglich gewesen, denn es war jetzt elf, und die Gaststätten schlossen um halb elf.

»Gut, daß Mrs. Lilybanks nicht mitgekommen ist, was?« sagte Alicia. »Bei diesem Plattfuß. Ich hätte nicht gewußt, was wir mit ihr anfangen sollten.«

»Hm.«

Sie fuhren wieder los; Sydney ließ seinen Becher halbvoll am Straßenrand stehen, weil er nirgends einen Mülleimer sah. Alicia behielt ihren Becher und trank ihn langsam aus. Sie hatten Mrs. Lilybanks gegen sechs Uhr angerufen und gefragt, ob sie heute abend mitkommen wollte, aber sie hatte abgelehnt und gesagt, sie habe heute zuviel im Garten gearbeitet.

»Sie hat doch einen Gärtner«, sagte Sydney. »Sie muß wohl sehr anfällig sein.«

»Ja, aber der Gärtner kommt nur zweimal in der Woche auf ein paar Stunden, aus Brandeston. Cocksedge heißt er.«

»Cocksedge?« wiederholte Sydney lachend. »Gott, was für ein Name. Wie schreibt er sich?«

»Ach, Sydney, das weiß ich doch nicht.«

Und Alicias Mädchenname war Sneezum. Der ganze Name, Alicia Sneezum, klang wie wenn einer nieste. Sydney hatte sie früher damit geneckt und sie beide zum Lachen gebracht, wenn er beim Niesen ihren Namen mit herausprustete.

»Ja, ihr Herz ist nicht in Ordnung, vielleicht hat sie keine zwei Jahre mehr zu leben«, berichtete Alicia beinahe ehrfurchtsvoll, als spreche sie von einer nahen Verwandten.

Alicia hatte sich während der Sitzungen richtiggehend mit Mrs. Lilybanks angefreundet. Sie hatten sich auf eine stille, gelassene Art miteinander unterhalten, die Alicia merkwürdig trostreich fand und die ihr wohlgetan hatte. Sie hatte Mrs. Lilybanks von Sydneys Schwierigkeiten mit seiner Arbeit erzählt, von seiner augenscheinlichen Mutlosigkeit, und hatte sogar ihre Befürchtungen angedeutet, daß ihre Ehe nicht halten werde. Mrs. Lilybanks hatte von der Gewohnheit gesprochen und davon, daß der Alltag auch zu anhaltender Liebe führen könne, und von den gefährlichen zweiten bis vierten Ehejahren. Sie habe, sagte sie, etwas Ähnliches in ihrer Ehe durchgemacht, obwohl ihr Mann in seinem Beruf als Marineingenieur viel Erfolg gehabt habe.

»Für die Aufwartefrau ist das weniger schön. Eines Nachmittags kommt sie rein und findet Mrs. Lilybanks tot im Sessel sitzen«, sagte Sydney jetzt.

»Mein Gott, Sydney! Schauerlich. Wie kannst du dir bloß sowas ausdenken.«

»Na, das könnte doch passieren? Sie ist meist allein. Warum sollte sie es so einrichten und gerade abkratzen, wenn die Putzfrau oder sonst jemand da ist? Na, sie wird vermutlich im Bett sterben wie mein Großvater. Beim Nachmittagsschlaf. Muß sehr friedlich gewesen sein, denn keiner im Haus hat es gemerkt, bis sie ihn aufwecken wollten.«

Alicia war unbehaglich zumute. »Müssen wir noch weiter vom Sterben reden?« fragte sie irritiert.

»Entschuldige. Ich denke mir oft so was aus.« Sydney verlangsamte die Fahrt und versuchte, einem Kaninchen auszuweichen, das im Zickzack quer über die Straße lief und dann nach links einen grasigen Abhang hinaufrannte. »Mir gehen oft solche Einfälle durch den Kopf, weißt du.«

Alicia erwiderte nichts; sie wollte die Unterhaltung nicht fortsetzen. Ach ja, natürlich würde es eines Tages eintreten, und wahrscheinlich während sie und Sydney noch in ihrem Haus wohnten. Alicias Augen füllten sich mit Tränen – sentimentalen und dramatischen Tränen, sagte sie sich vorwurfsvoll. Nie würde sie Mrs. Lilybanks wieder ansehen können, ohne daran zu denken, daß sie jeden Augenblick sterben könnte; und daran war nur Sydneys überflüssige Bemerkung schuld. »Ich wollte, du stecktest deine Einfälle in deine Arbeit, wo sie hingehören«, sagte sie. »Zum Beispiel in deinen Roman.«

»Daran arbeite ich ja, verdammt noch mal. Was glaubst du eigentlich, was ich tue?«

»Du arbeitest am letzten Teil. Vielleicht braucht das Buch schon von Anfang an mehr Handlung. Wenn du noch weiter dran arbeiten willst, könntest du doch versuchen, gleich zu Anfang mehr Handlung hineinzubringen.«

»Und du könntest vielleicht bei deiner Malerei bleiben und mir das Schreiben überlassen.«

»Schön und gut, aber mit den ›Planern‹ ist doch etwas faul, sonst würde es einer nehmen. Oder nicht?« fragte sie, unfähig, sich zu beherrschen.

»Herrgott noch mal«, sagte Sydney und trat auf den Gashebel.

»Nicht zu schnell, Syd.«

»Erst immer aufmuntern, nicht wahr? Die besten Bücher bleiben oft jahrelang liegen, nicht wahr? Und dann heißt es: Damit ist doch was faul, sonst würde es einer nehmen. Was soll ich nun eigentlich glauben? Oder hast du heute abend nur die Absicht, ekelhaft zu sein?«

»Ekelhaft? Ich habe dir einen Vorschlag gemacht wegen der Handlung. Du sagst ja, dir fällt immer so viel ein – bloß nicht auf dem Papier, scheint mir.«

Das saß, und Sydney lächelte mit böser Zustimmung. »Ja«, sagte er betont. Ja, und manchmal dachte er sich auch Sachen aus – Mord, Raub, Erpressung – bei Leuten, die er und Alicia kannten, nur die Leute selbst wußten nichts davon. Alex war in Sydneys Phantasie mindestens fünfmal gestorben. Alicia zwanzigmal. Sie war in einem brennenden Wagen umgekommen, in einem umgestürzten Wagen, im Wald, von einem oder mehreren Unbekannten erwürgt, sie war zu Hause die Treppe hinuntergestürzt; sie war in der Badewanne ertrunken, war oben aus einem Fenster gefallen bei dem Versuch, einen Vogel aus der Dachrinne zu retten, sie war an einem spurenlosen Gift gestorben. Aber für ihn war es am besten, wenn sie zu Hause durch einen Schlag zu Tode kam; dann würde er sie im Wagen irgendwohin bringen, sie vergraben und allen Leuten erzählen, sie sei auf ein paar Tage verreist, vielleicht nach Brighton oder auch nach London. Dann käme sie nicht mehr zurück. Die Polizei konnte sie nicht finden. Und jedem gegenüber, auch der Polizei, würde Sydney zugeben, daß ihre Ehe in letzter Zeit nicht ideal gewesen sei, vielleicht sei Alicia ihm davongelaufen und habe ihren Namen geändert, vielleicht sei sie sogar mit falschem Paß nach Frankreich gefahren – nein, das ging wohl doch zu weit ... Frankreich paßte nicht zu Alicia, das könnte Komplikationen ergeben ...

»Sydney!«

»Was?«

»Du bist am Haus vorbeigefahren!«

»Hm.« Er zog die Bremsen an und wendete.

Mrs. Lilybanks Haus stand als dunkle Fassade im milchigen Licht des Halbmonds, aber in Sydneys Phantasie schien das Haus ihn anzustarren, während er den Wagen den kurzen Eingangsweg hinauflenkte, um ihn dann in der Holzgarage abzustellen. Den Mord an Alicia mußte er viel sorgfältiger planen, besonders was die Beseitigung der Leiche anging, weil sie ja jetzt eine Nachbarin hatten.

Sydneys Gedanken bewegten sich so automatisch und unpersönlich, als befasse er sich mit den Handlungen einer Romanfigur. Nach einer gewissen Zeit bekam er dann Alicias Einkommen; das wäre nett. Ja, er wollte ihre Stimme für immer zum Schweigen bringen – diese Stimme, die ihn unablässig sabotierte. Auch an den Lohn der Tat – Freiheit und etwas mehr Geld – dachte Sydney so unpersönlich und distanziert, als sei es jemand anders, dem er zukommen sollte.

Sydneys und Alex' gemeinsamer Nicky Campbell-Versuch, die Tätowierungs-Story ›Zeichen des Killers‹, wurde vom dritten und letzten Interessenten mit dem Vermerk abgelehnt: »Nicht schlecht, aber schon dagewesen.« Tagelang bohrten die abgedroschenen Worte in Sydneys Gehirn. Er ging ziellos spazieren, immer auf der Suche nach Wald und Feldern; Wald fand er nicht, die Felder waren verlassen und sahen aus, als gehörten sie einem argwöhnischen Bauern, der ihn nach seinem Begehr fragen werde, sobald er den Fuß ins Feld setzte. Und was war sein Begehr? Gar nichts. Das mußte höchst verdächtig klingen. Es war schon besser, man legte sich vorher eine Antwort zurecht, etwa: ›Ich interessiere mich für Kaninchen und dachte, ich hätte da gerade eins im Loch verschwinden sehen.‹ Schließlich stapfte er wirklich über einige Felder, und niemand redete ihn an. Er ging meilenweit, langsam, ohne an Essen zu denken, bis er hungrig wurde; dann war es immer schon nach halb drei Uhr nachmittags, die Gasthäuser waren geschlossen, und er konnte nichts mehr bekommen. Manchmal fand er einen kleinen Krämerladen, wo er ein Päckchen Cheddarkäse und einen Apfel erstand. In dieser Stimmung, gemischt aus Wut und einer gewissen Ironie, kam ihm die Idee für den ›Schatten‹. Als sie ihm zum Bewußtsein kam, wandte er sich um und machte sich nachdenklich und schnellen Schrittes auf den Heimweg.

Der ›Schatten‹ mußte ein Verbrecher sein, der in jeder Sendung etwas Schreckliches unternahm. Die Sache wäre keine Fortsetzungsgeschichte; sie könnte immer weitergehen, jede Story im Programm wäre komplett und in sich abgeschlossen. Die Zuschauer sahen mit den Augen des Schattens, unternahmen alles mit ihm und gingen mit ihm durch dick und dünn in der Hoffnung, die Polizei werde den kürzeren ziehen, was sie auch stets tat. Seine erste Tat sollte ein Raubzug sein, die Beraubung eines eleganten Hauses, das reichen Geldsäcken gehörte, die den

Zuschauern ohnehin nicht sympathisch waren. Die Polizei kennt seinen richtigen Namen nicht, hält ihn aber für einen von drei bekannten Verbrechern, deren Akten den Behörden vorliegen. Das stimmt jedoch nicht. Von ihm liegt noch keine Akte vor, denn er war bisher immer klüger als die Polizei. Und er hat natürlich früh angefangen, schon als junger Mensch. Nein, das ging nicht, das konnte man den Zuschauern nicht beibringen, denn der Schatten hat keine Vertrauten, mit denen er spricht. Das war gerade ein Teil der Spannung: die Zuschauer wußten nie, was der Schatten vorhatte, bis er zu handeln begann. Damit konnte die Gier des Publikums nach Kitsch, Spannung und Gewalt außerhalb der Legalität gleichzeitig befriedigt werden.

Hier brach Sydneys Gedankengang plötzlich ab und löste sich auf; er lächelte und blickte in den blauen, sonnenlosen Himmel. Er hatte beschlossen, Alicias Leiche in einem Teppich fortzuschaffen; er mußte ihn über der Schulter tragen, als sei er zum Beispiel auf dem Weg zur Reinigung. Zu diesem Zweck mußte er erst mal einen kaufen, denn er konnte unmöglich den Fußboden im Wohnzimmer oder in einem der Schlafzimmer nackt und bloß lassen. Aber sein Gefühl sträubte sich bei dem Gedanken, Alicia zu dem Kauf mitzunehmen; er wollte selber zu Abbott gehen und allein einen aussuchen und mitnehmen. Er würde dann sagen – was auch stimmte –, daß er das abgetragene Ding im Wohnzimmer nicht mehr sehen konnte. Alicia hatte diesen Teppich sehr billig gekauft wegen seiner Größe und der roten und blauen Farben, die gut zu den von ihrer Mutter geschenkten blauen Vorhängen paßten. Sydneys Gedanken waren wieder beim ›Schatten‹ angelangt. Er war jetzt nicht mehr sehr weit von daheim und begann schneller zu gehen. Als er zu Hause angelangt war, setzte er sich sofort an die Schreibmaschine. Er legte ein Kohleblatt ein, denn er wollte Alex eine Kopie schicken. Dann schrieb er:

Der Schatten schlägt zu

Der Schatten: Niemand kennt seinen richtigen Namen. Rechnungen läßt er sich an seine Londoner Adresse unter sechs verschiedenen Namen kommen. Er ist 35, schlank, mit braunem Haar und Schnurrbart, ohne besondere Kennzeichen, nur die des Gentleman. Er ist Mitglied eines exklusiven Clubs in der Albemarle Street und spricht Französisch, Deutsch, Italienisch. Er haßt die Polizei und sieht rot beim Anblick eines Polizisten, hat aber niemals einen umgebracht; er trotzt ihnen nur und überlistet sie stets. Er hat weder Partner noch Vertraute, obwohl viele in der Unterwelt (und auch in der Oberwelt) sehr bereit wären, mit ihm zusammenzuarbeiten, denn a) hat er ihnen in der Vergangenheit irgendwann einmal geholfen oder b) bezahlt er jeden Dienst sehr großzügig. – Jeder dieser Streifen dauert etwa eine Stunde und ist in sich abgeschlossen. – Anfang des ersten Teils: Der Schatten ist knapp bei Kasse, das sieht man, als er in seiner eleganten kleinen Londoner Wohnung in St. John's Wood ein paar Banknoten durchblättert. Er lächelt amüsiert. Sein Gesicht ist beredt, aber verhalten, nicht übertrieben; er redet nie mit sich selbst, um dem Publikum seine Pläne klarzumachen. Er handelt. Er geht hinaus und winkt ein Taxi herbei, steigt ein, läßt sich durch gewisse reiche Vororte fahren. Gelassen prüft er die Gegend und macht sich Notizen in einem kleinen wildledernen Notizbuch. Der Fahrer schwatzt mit ihm. Er hat kein Ziel, sondern möchte, wie er sagt, die Stätten wiedersehen, wo er früher einmal gewohnt hat; er war, so erzählt er dem Fahrer, die letzten fünfzehn Jahre in Indien. Allmählich begreifen die Zuschauer, daß er hier die Rolle eines älteren Mannes spielt. Seit er das Taxi bestiegen hat, ist er um dreißig Jahre gealtert. Er steigt jetzt aus und entläßt den Fahrer, und man ist sicher, der Fahrer würde ihn nie im Leben wiedererkennen. Der Schatten geht zwei Straßen weiter und sieht sich das Haus an, in das er einbrechen will. Der Name des Eigentümers steht in seinem kleinen Notizbuch: Rt. Hon. Dingleby Haight, Q. C. Abblenden.

Aufblenden. Ein Vormittag, Lieferanteneingang des Hauses Haight. Der Schatten ist jetzt fast unkenntlich in der Verkleidung eines Klempners und recht amüsant anzusehen. Der Butler des Hauses Haight beharrt, man habe keinen Klempner bestellt, und der Schatten besteht ebenso fest darauf, man habe doch nach ihm geschickt. Sein Arbeiterakzent ist einwandfrei. Er wird eingelassen und ins Badezimmer im ersten Stock hinaufgeführt. Im Boudoir der Dame des Hauses sieht er ein Dienstmädchen. Egal, er hat Chloroform in seinem Arbeitsbeutel. Sein erstes Opfer ist der Butler; dieser bekommt, als er das Badezimmer verlassen will, einen Schlag über den Kopf versetzt. Bei dem (halblauten) Aufschrei des Butlers kommt das Mädchen herbeigelaufen; hinter der Badezimmertür steht der Schatten mit dem chloroformgetränkten Taschentuch, das er ihr schnell vors Gesicht hält. Sie sinkt zu Boden. Der Schatten nimmt seinen großen Handwerksbeutel, der nichts als das Chloroform enthält, und ...

»Mein Gott, du schreibst ja, als ob du's bezahlt kriegst. Was Neues eingefallen?« Alicia stand in der Tür, in der Hand eine große Schüssel mit Erdbeeren.

»Ja«, sagte Sydney über die Schulter, ärgerlich über die Unterbrechung, aber nicht so ärgerlich wie sonst.

»Tut mir leid, daß ich dich gestört habe, aber deine Tür war nicht zu. Mrs. Lilybanks hat uns dies gebracht. Ist das nicht lieb von ihr? Hat sie in Fram gekauft. Möchtest du jetzt welche oder lieber zum Dinner?«

Sydney stand auf und lächelte höflich. Obwohl seine Augen auf Alicia gerichtet waren, nahm er sie gar nicht richtig wahr; seine Gedanken waren noch immer bei seiner Arbeit ...

»Laß sie bis nach Tisch. Für mich jedenfalls.«

»Okay, Darling. Entschuldige die Störung.«

Sydney arbeitete bis zum Essen, las dann das Exposé durch und brachte es nach Roncy Noll zum Postamt; die Post ging dort erst am nächsten Morgen ab, aber er wollte den Brief heute im Kasten haben. Heute war Dienstag, Alex mußte ihn mit der ersten Post am Donnerstag bekommen. Sydney war zufrieden. Der Schatten war von einem Boten, der Wein ablieferte, überrascht worden, hatte ihn aber auf dem Weg zum Weinkeller niedergeschlagen. Dann, angeregt von den drei leblosen Gestalten, die im Haus lagen, hatte er sich entschlossen, den Raub als das Werk einer Bande hinzustellen; er hatte mehrere Gläser mit Bier und Whisky verschmiert, ohne Fingerabdrücke zu hinterlassen, und mehrere Servietten auf dem Küchentisch zusammengeknüllt. Gelassen war er dann mit seiner prall gefüllten Handwerkstasche aus der vorderen Haustür getreten, hatte die Untergrundbahn bestiegen und war schließlich in seiner Wohnung angekommen. Er hatte seinen Hehler angerufen, der abends erschien und den Schatten in Dinnerkleidung antraf; die Beute, die angeblich von einem anderen stammte, lag ausgebreitet da, und das Geschäft wurde zufriedenstellend abgeschlossen. Der Schatten nahm eine ansehnliche Summe in Empfang, und die gestohlenen Juwelen und Silbersachen verließen das Haus zusammen mit dem Hehler.

»Ein neuer Nicky Campbell?« fragte Alicia.

»Nein, was anderes«, erwiderte Sydney. Er war beim Salatmachen und mußte sich beeilen, denn das Essen war fast fertig, und heute gab es Soufflé. Die Eier kosteten jetzt nur anderthalb Shilling pro Dutzend hier auf dem Land.

»Eine neue Figur? Was für eine?«

»Also, ich – ich möcht's nicht berufen, vielleicht bin ich abergläubisch, aber ich glaube, ich sollte noch nicht darüber reden. Es ist ganz neu. Heute nachmittag um drei auf die Welt gekommen.«

»Eine Fortsetzungsreihe?«

»Nein, Gott sei Dank nicht. Abgeschlossene Stories.« Ein Verbrecher, wollte er noch sagen, aber vielleicht brachte schon das kein Glück. »Jedenfalls müßte Alex die erste Sendung nach dem Material schreiben können, das ich ihm geschickt habe.«

Und dann zurück zu den ›Planern‹, dachte Sydney. Da mußte noch irgendeine richtige Handlung hinein. Er hatte eigentlich nie viel von Aufbau und Handlung gehalten; er fand, in Wirklichkeit leben die Menschen meistens auch eher getrennt als miteinander verbunden; die Verbindung von drei oder mehr Leuten in einem Roman war eigentlich nur ein Kunstgriff des Autors, der die übrige Welt ausschloß, weil sie zur Handlung nichts beitrug. Immerhin, seine ersten beiden Bücher hatten ein richtiges Thema gehabt. Das erste, ›Die Wahl des Affen‹, war auch als Taschenbuch herausgekommen; das Buch war erst vier Jahre alt, und er bekam manchmal noch ein paar Tantiemen ausgezahlt, 4,19 Dollar oder so etwas, aus dem Verkauf der großen Ausgabe. Es handelte von seinen Erlebnissen in der Handelsmarine und von einigen der Männer, die zu der Crew gehört hatten; es war die Art Buch, die man nicht wiederholen konnte. Das zweite – ›Gefährliches Spiel‹ – handelte von drei Ehepaaren in Manhattan, alle jung und alle begierig nach höheren Stellungen in der Firma, wo sie angestellt waren, und nach den Ehepartnern der anderen.

Als Sydney damals ›Gefährliches Spiel‹ in Arbeit hatte, erhielt er eine Einladung zu einer Party in Sutton Place. Es waren sechs oder sieben Personen da, alle mehr oder weniger berühmt – ein Fernsehschauspieler, eine Dramaturgin vom Theater, ein Bestsellerautor, ein Produzent vom Broadway und dann Alicia Sneezum, die Sydney vom ersten Augenblick an gefallen hatte. Er hatte sie gefragt, ob sie in der kommenden Woche einen Abend frei sei und mit ihm zum Essen und ins Theater gehen wolle, aber sie sagte, sie habe keine Zeit, sie sei nur für kurze Zeit hier, und so weiter. Sie wollte nicht und hatte ihm eine Abfuhr erteilt. Ein paar Minuten hatte Sydney in einer Ecke gesessen und überlegt, was jetzt zu machen war; dann hatte er sich etwas ausgedacht, das ihr, wie er meinte, Eindruck machen mußte und ihm ihre Gesellschaft für mindestens einen weiteren Abend sichern werde: eine Party mit berühmten Leuten. Er würde sich heute abend jeden der wichtigeren Leute vornehmen und fragen: ›Verzeihung, haben Sie wohl Lust, am nächsten Mittwoch so um sieben bei mir einen Cocktail zu trinken? Soundso (dann mußte ein Name kommen wie Mary Martin oder Leonard Bernstein oder Greta Garbo) kommt auch, und er (oder sie) würde sich sehr freuen, Sie zu treffen, das hat er (oder sie) mir gesagt. Soundso kommt auch.‹ Der letzte Name mußte wieder eine Berühmtheit sein. Dann würde er telefonisch oder schriftlich tatsächlich Mary Martin, Leonard Bernstein und Greta Garbo einladen und das Beste hoffen. Darauf wollte er Alicia einladen und ein paar Leute nennen, die er ebenfalls gebeten hatte. Er war wirklich drauf und dran, den Plan auszuführen, dann zuckte er aber zurück. Später verwertete er den Einfall in den ›Planern‹, wo sich ein junger Mann auf die Art lauter wichtige Verbindungen sicherte, von denen ihm keiner auf die Schliche kam, weil jetzt sein gesellschaftliches Leben frohgemut von selber weiterlief. Aber er faßte an diesem Abend doch noch einmal den Mut, sich Alicia zu nähern, diesmal mit dem banalsten aller Vorschläge, einer Bootsfahrt rund um Manhattan. Vielleicht überzeugte der Vorschlag sie von der Ehrenhaftigkeit seiner Absichten, da die Fahrt bei vollem Tageslicht und in Gegenwart von hundert andern Leuten stattfinden mußte, oder das Touristische daran gefiel ihr, oder auch seine Hartnäckigkeit – jedenfalls sagte sie zu. Sydney meldete sich krank und nahm in der Großhandelsfirma, wo er angestellt war, einen Nachmittag frei. Von da an, das fühlte er, hatte er Alicia gewonnen, doch verließ er sich nicht allzusehr auf sein Gefühl und ging sehr behutsam weiter vor aus Furcht, sie durch einen falschen Schritt zu verlieren. Sie waren beide verliebt. Er versuchte auch nicht, ein Verhältnis mit ihr anzufangen. Kurz vor ihrer Rückreise nach England machte er ihr einen Heiratsantrag. Alicia nahm an, meinte aber, sie müßten noch lange warten – vielleicht drei Monate –, und ihre Eltern würden sich sicher nach ihm erkundigen wollen; vielleicht wollte auch ihr Vater in England ihn erst kennenlernen. Sydney hatte ihr gestanden, er habe nicht viel Geld, und sein Traum sei es, Schriftsteller zu werden. Er besaß jetzt genügend Selbstvertrauen, um das auszusprechen, und er hatte auch recht, denn Alicia wollte gern Malerin werden, ›oder es doch jedenfalls versuchen‹. Sie sagte, sie habe ein Einkommen von fünfzig Pfund im Monat. Sydney lernte ihre Mutter kennen, Mrs. Clarissa Sneezum, und ebenso ihre amerikanische Tante, Mrs. Pembroke, bei der sie mit ihrer Mutter wohnte. Alicia richtete es dann so ein, daß sie noch einen Monat länger blieb, während ihre Mutter nach Kent zurückfuhr; diese Zeit ging hin mit Plänen, wo und wie sie (in England) wohnen wollten, und mit Alicias Briefen an ihren Vater, in denen sie seine schriftlichen Fragen nach Sydney beantwortete. Endlich kam die elterliche Einwilligung. Alicia hatte betont, sie werde ihn auf jeden Fall heiraten, ohne Rücksicht auf die Haltung ihrer Eltern. Die Eltern waren nicht begeistert, das wußte Sydney. Er hatte das Gefühl, mit knapper Not bestanden zu haben. Er und Alicia hatten beschlossen, lieber ein Haus auf dem Land zu suchen und nicht in London zu wohnen. Beide liebten das Land und meinten, zum Schreiben und Malen sei es dort viel besser. Während der Flitterwochen schrieb er weiter am ›Gefährlichen Spiel‹, und als das Buch in Amerika (in England jedoch nicht) angenommen wurde, kam er sich vor wie ein gemachter Mann. Alicia und ihre Freunde lobten ihn sehr. Aber an Vorschuß hatte er nur 1500 Dollar bekommen, minus Provision für den Agenten, und an Tantiemen hatte das Buch dann nur etwa 300 Dollar eingebracht und keine Taschenbuchausgabe.

Voller Freude über die Annahme vom ›Gefährlichen Spiel‹ hatte Sydney mit den ›Planern‹ angefangen. Aber er fühlte, wie das Buch absank, genauso wie seine Stimmung sank, als das letzte Buch keine zweite Auflage brachte und keine Taschenbuchausgabe. ›Die Planer‹ waren eine Art menschliche Komödie: die Planung erwünschter Erfahrungen trat darin an die Stelle der Balzacschen Jagd nach Geld und sozialem Aufstieg. Sechs Personen schlossen miteinander eine Wette ab; wer die Flinte ins Korn warf (das heißt den Plan aufgab), mußte den anderen einen Preis bezahlen. Einige versagten völlig, anderen gelang ihr Vorhaben. Ein Mann wollte gern Arzt werden und wurde es auch, mit fünfzig. Eine wenig bedeutende, aber entschlossene Frau verließ ihren Mann und die fast erwachsenen Kinder und heiratete den Mann, den sie wirklich liebte. Ein anderer Mann starb an Melancholie, nachdem er sein Ziel erreicht hatte.

Eines Nachmittags war Sydney in Framlingham, um weiße Emailfarbe zu besorgen; auf dem Wege fuhr er in Debenham bei Abbott vor und kaufte einen Teppich. Er kostete acht Pfund, viermal soviel wie sie für den abgetretenen rotblauen bezahlt hatten, aber er war auch in viel besserem Zustand. Er war dunkelrot und dunkelbraun und paßte ebensogut zu den Vorhängen. Sydney trug die Teppichrolle ins Haus und legte sie im Wohnzimmer auf die Seite.

Offenbar war Alicia oben und malte; vielleicht war sie auch bei Mrs. Lilybanks.

Eine Stunde später, als er in seinem Zimmer saß und arbeitete, hörte er Alicia unten ausrufen:

»Was ist das denn?«

Er schob seinen Stuhl zurück und stand auf. »Ich habe einen neuen Teppich gekauft!« rief er nach unten.

»Laß mal sehen. Wo? In Debenham?«

»Ja.« Sydney kam die Treppe herunter. »Hat bloß drei Pfund gekostet.« Er half ihr beim Ausrollen.

»Du, der ist aber hübsch. Ich wußte gar nicht, daß du Augen für Teppiche hast, Liebling, ob sie abgetreten sind oder nicht.«

Sydney lächelte, sagte aber nichts. Sie schoben und hoben die Möbel aus dem Weg, bis der Teppich richtig lag. Er stieß an beiden Enden an die Wand, aber sie meinten, das sei im Winter viel gemütlicher, und mit winterlicher Zugluft mußte man überdies auch rechnen. Sydney rollte den alten Teppich auf und ging damit aus der Tür.

»Im Schuppen wird er aber feucht werden, Syd«, sagte Alicia. »Oder wolltest du ihn in die Garage bringen?«

»Ich lege ihn nach oben ins Gästezimmer.« Das Gästezimmer hatte zwar einen Teppich, aber der alte konnte zusammengerollt irgendwo liegen, wo er nicht störte.

»Könnten wir ihn nicht in Zahlung geben?« fragte Alicia.

»Glaubst du wirklich, dafür gibt uns noch einer zehn Shilling? Abbott vielleicht?« fragte Sydney und stieg die Treppe hinauf.

In der folgende Woche kam von Alex der erste Entwurf für ›Der Schatten schlägt zu‹. Sydney ging damit in sein Zimmer und las ihn mit gespannter Aufmerksamkeit durch. Er fand ihn von der ersten Seite an unvergleichlich viel besser als alles, was er und Alex bisher geschrieben hatten. Im Begleitbrief hatte Alex nur gesagt:

Mein lieber Syd, sieh dir das mal an. Ich finde eigentlich, wir brauchen die Unterhaltung mit dem Fremden im zweiten Akt, vierte Szene, Seite 71, gar nicht. Gruß Alex.

Sydney fand die Unterhaltung mit dem Fremden ausgezeichnet, sie brachte etwas Humor in die Spannung. Sonst hatte er keine Änderungsvorschläge, nur die Unterhaltung des ›Schatten‹ mit dem Taxichauffeur am Anfang fand er etwas zu lang. Wie immer hatte Alex die Nebenfiguren sehr gut gezeichnet – Personen, die Sydney in seinem Resümee gar nicht angeführt hatte. Alex hatte geradezu eine Dickenssche Ader für Nebenrollen. Sydney hatte Lust, ihn gleich anzurufen und ihm zu sagen, wie sehr ihm die Sache gefiel. Nein, wozu so begeistert sein; lieber das Manuskript als normalen Brief zurückschicken und dazu schreiben, es habe ihm gut gefallen. Alex solle nach dem Kürzen nur weitermachen mit der Reinschrift. Schließlich war das Manuskript nicht besser als ein Manuskript von Rechts wegen sein sollte; bloß hatten sie es gewöhnlich noch nicht so gut getroffen wie dieses Mal.

5

Da der Wagen überholt werden mußte, brachte Sydney ihn nach Ipswich. Das bedeutete jedesmal eine ermüdende Wartezeit bis zum späten Nachmittag, die er aber diesmal dank seiner euphorischen Beschwingtheit gleichmütig und beinah gutgelaunt in Kauf nahm. Er verbrachte ein paar Stunden in der Bibliothek, stöberte erst unten in den Bücherhaufen herum und dann oben in den Katalogräumen. Auf seine Karte, die ihn jährlich dreißig Shilling kostete, nahm er dann einige Bücher mit und spazierte durch das Geschäfts- und Einkaufszentrum der Stadt, wo er mit den gleichgültig-neugierigen Augen eines Seemannes auf Landurlaub die Schaufenster musterte. Bei einem Altwarenhändler fiel ihm ein in Messing gefaßtes Fernglas in die Augen. Es sah aus, als habe es Montgomery oder vielleicht auch Rommel in Afrika gedient. Das schwarze Leder war zerkratzt und hatte braune Flecken zwischen den Messingfassungen der Linsen. Auch der Tragriemen war abgewetzt, sah aber noch ganz haltbar aus. Die Versuchung war groß und der Preis geringer als der einer Flasche Gin. Aber brauchte er denn überhaupt ein Fernglas? Eigentlich nicht.

Als er zu der verabredeten Zeit zur Garage zurückkam, stand der Wagen bereit, und wie immer hatte Sydney das Gefühl, er sei schon eine ganze Weile fertig. Er war guter Laune, als er sich auf den Rückweg machte. Heute abend nach dem Essen wollte er noch einige Seiten der ›Planer‹ überarbeiten und zum Tippen fertig machen und sich dann um 9 Uhr 10 einen Reißer auf dem Bildschirm ansehen.

»Da ist ein Brief für dich im Wohnzimmer«, sagte Alicia, als er eintrat. »Ich glaube von Alex.«

Sydney überließ ihr die Einkäufe in der Küche und holte sich den Brief. Es war ein kleiner gelblicher Umschlag, wie Alex sie immer benutzte, und er enthielt außer Alex' Brief ein Schreiben von Barlock. Barlock lehnte ›Der Schatten schlägt zu‹ ab und schickte das Manuskript mit einem Begleitschreiben an Alex zurück.

Der Brief lautete:

Sehr geehrter Mr. Polk-Faraday. Ich habe Ihr Manuskript ›Der Schatten schlägt zu‹ mit Interesse gelesen. Der Anfang gefiel mir am besten, denn der Schluß gleitet ab in das Genre, das bei uns schon reichlich vertreten ist: reines Verbrechen ohne den großen Spürhund, den das Publikum nun mal will . . .

Sydney bedachte Barlock mit einem Fluch und griff nach Alex' Brief. Alex erging sich in heftigen Schmähungen über dessen Geisteszustand und fuhr dann fort: . . . *Zuviel Verbrechen? Das Fernsehen bringt kilometerlange Streifen mit schicken Helden, die mit der einen Hand Gauner fangen und mit der anderen ihre Mädchen befingern. Verbrecher gibt's ja kaum noch. Ich denke, wir lassen Barlock schießen, und ich gebe die Sache jetzt an Plummer (Granada). Wenn du mich morgen, Donnerstag, nicht anrufst, stecke ich das Ms. abends ein. Alex.*

»Na?« sagte Alicia an der Tür.

»Abgelehnt.« Er warf die beiden Briefe auf das Telefontischchen. »Der Teufel soll sie alle holen«, fügte er noch ruhig hinzu.

»Aber das ist doch bloß einer – Barlock, nicht? Was sagt er denn?«

»Was er sagt? Blödsinn sagt er.« Sydney war immer noch ruhig, aber er drehte den braunen Umschlag in den Fingern zu einer festen steifen Rolle.

»Kann ich's mal sehen?«

»Wenn du willst.«

Er ging hinaus und stieg die Treppe hinauf nach oben, aber als er fast an der Tür seines Zimmers angelangt war, wußte er, daß er sich jetzt nicht an die Schreibmaschine setzen konnte, schon der Anblick von Stuhl und Tisch war zuviel. Mit sich und der Welt zerfallen, stieg er wieder nach unten und öffnete die Tür zum Garten. Langsam und nachdenklich schlenderte er draußen auf und ab, ohne etwas Richtiges zu tun, obwohl es auch hier allerhand Arbeit gegeben hätte: Unkraut jäten, die Hacke in den Schuppen zurückbringen bevor es zu regnen begann, Tomatenstöcke aufrichten ... Mit trotzigem Gesicht sah er zu Mrs. Lilybanks Haus hinüber. Ihm war, als habe sie ihn beobachtet, obwohl sie weder draußen noch drinnen zu sehen war.

Beim Essen sagte Alicia: »Ich habe den Brief von Barlock gelesen. Vielleicht hat er ja recht, und die Sache ist wirklich kalter Kaffee. Ich kann mir nicht helfen, manchmal habe ich das Gefühl, daß es an der Zusammenarbeit mit Alex liegt. Er hemmt dich irgendwie ...«

»Wieso? Ich habe die Einfälle, und er macht ein Stück daraus. Erfahrungen genug hat er ja.« Sydney war auf der Hut, eine abfällige Bemerkung gegen Alex zu machen.

»Aber vielleicht hemmt dich schon die Vorstellung, daß er deine Entwürfe bearbeiten soll. Warum verläßt du dich nicht einmal auf deine eigene Phantasie? Manchmal scheint es beinah, als hättest du richtig Angst davor.«

Damit hatte sie an eine tiefliegende Wunde gerührt. Sie wollte ja bloß, daß er sich einmal allein an die Sache machte und damit gehörig auf die Nase fiel. Das wäre viel schlimmer als ein gemeinsamer Reinfall mit Alex.

»Du kannst dich gar nicht in meine Lage versetzen, darum spare dir deine Ratschläge. Was tust du eigentlich schon Ernsthaftes? Gar nichts; dir ist doch alles egal. Und deine Malerei ist auch nur ein besserer Zeitvertreib, genau wie bei Mrs. Lilybanks.«

Alicias Augen weiteten sich – vor Ärger, nicht vor Überraschung. »Sehr liebevoll redest du aber nicht mit mir. Wie kann man nur so verbittert sein! Mit einer solchen Einstellung wirst du bestimmt nichts Produktives schaffen, ich meine, etwas, das sich verkaufen läßt.«

»Durch dein ewiges Meckern wird es auch nicht besser.«

»Meckern? Na, da warte nur, bis ich mal richtig loslege.« Sie lachte.

»Nur los, dann kannst du was erleben.«

Etwas ruhiger sagte sie: »Heute abend ist wirklich nichts mit dir anzufangen. Vielleicht könntest du dich wenigstens beherrschen, solange wir essen.«

Aber der Appetit war ihnen beiden vergangen; sie aßen nichts mehr.

»Genau wie Mrs. Lilybanks – immer lieb und süß«, sagte Sydney. »Ich bin aber erst am Anfang meines Lebens, nicht am Ende.«

»Du bist am Ende deines schöpferischen Lebens, wenn du so weitermachst.«

»Du bist gerad die Richtige, mir das zu sagen.«

Alicia erhob sich. »Na, egal was du von Mrs. Lilybanks sagst, sie ist mir heute lieber als du, und wenn du nichts dagegen hast, werde ich den Rest des Abends bei ihr verbringen.«

»Bitte, laß dich nicht stören.«

Sie nahm ihre Jacke von einem Haken an der Tür und warf einen Blick in den Spiegel. Dann fiel die Haustür hinter ihr ins Schloß.

Sydney spürte keine Lust, sich heute abend noch mit den ›Planern‹ zu befassen; da er aber wußte, daß es einmal doch geschehen mußte, wuchs seine Depression. Er sah sich den Fernsehfilm an und ging dann mit einem der Bibliotheksbücher zu Bett. Kurz nach zehn kam Alicia.

»Ich denke, ich fahre morgen nach Brighton«, sagte sie, ohne ihn anzusehen.

»So. Für wie lange?«

»Paar Tage.« Sie begann sich auszuziehen und nahm ihren Pyjama mit ins Badezimmer. Gewöhnlich zog sie sich im Schlafzimmer aus.

Es gab keine weiteren Fragen wegen Brighton, also fragte Sydney nichts mehr. Er wußte, er mußte sie morgen früh nach Ipswich fahren, wenn sie nicht lieber den Zug in Campsey Ash nahm, was etwas näher lag.

»Tut mir leid, Syd, aber wenn du diese Launen hast, dann

geht das tagelang so weiter. Ich finde das unproduktiv, und es macht mir wirklich keinen Spaß.«

»Ich mache dir ja keinen Vorwurf. Hoffentlich amüsierst du dich. Nach Brighton willst du?«

»Brighton oder London.«

Er sollte also nicht wissen, wohin sie fuhr, und drang daher nicht weiter in sie.

Am nächsten Morgen spülte er das Frühstücksgeschirr und sah daher nicht, welche Kleider sie in ihren dunkelblauen Koffer mit dem Reißverschluß packte. Um Viertel nach elf war er wieder zu Hause, allein. Sie war von Campsey Ash abgefahren, etwas außerhalb von Wickham Market. Es war ein trüber und regnerischer Tag. Sydney stürzte sich in die Arbeit an den ›Planern‹. Um zwei verstärkte sich der Regen, es begann zu donnern.

Das Telefon klingelte, Mrs. Lilybanks war am Apparat. »Hallo, Sydney –«, sie nannte sie jetzt beide beim Vornamen, aber Sydney konnte sich nicht daran gewöhnen, sie anders als Mrs. Lilybanks zu nennen. »Ich glaube, Alicia hat ihre Wäsche auf der Leine vergessen, was?«

»Oh, vielen Dank, ich hole sie gleich rein.« Er legte den Hörer auf und lief nach draußen; auf dem quadratischen Wäschegestell hingen ein halbes Dutzend Geschirrtücher und zwei von Alicias Popelineblusen. Er nahm alles ab, stürzte zur Küchentür und hatte gerade seinen Regenmantel aufgehängt, als das Telefon wieder läutete.

Es war wieder Mrs. Lilybanks. »Ich wollte gern Alicia kurz sprechen, wenn das geht, Sydney.«

»Tut mir leid, aber sie ist nicht hier. Sie ist – ich weiß nicht genau, wo sie ist.«

»Nanu – was meinen Sie?«

»Ich habe sie heute morgen nach Campsey Ash gebracht. Zum Zug. Ich glaube, sie will nach Brigthon. Ich dachte, sie hätte es Ihnen vielleicht gestern abend gesagt.«

»Nein.«

»Wissen Sie, manchmal fährt sie gern – gern eine Weile allein fort.«

»Ja. Nun, es war nicht wichtig, ich wollte ihr nur sagen, sie braucht mir das Blumenbuch nicht heute nachmittag herüberzubringen, es regnet doch so stark.«

Sydney wußte, welches Buch sie meinte; es war ein altes viktorianisches Blumenalbum mit farbigen Zeichnungen von irgendeiner viktorianischen Miss. Alicia hatte es in einer Londoner Buchhandlung gefunden. »Ja, ich werde ihr sagen, daß Sie angerufen haben.«

»Wann kommt sie denn wieder?«

»Ach, in drei oder vier Tagen, denke ich.«

»Na, wenn es Ihnen zu einsam wird, kommen Sie doch herüber«, sagte Mrs. Lilybanks. »Sie können jederzeit kommen.«

Sydney dankte ihr und sagte, das werde er tun.

Da Ferngespräche ab 18 Uhr billiger waren, rief Sydney kurz nach sechs bei Inez und Carpie in London an, zwei Mädchen, die zusammen ein Haus bewohnten, jede hatte ein Baby von etwa einem Jahr. Inez war eine New Yorker Negerin, und die hellhäutigere Carpie stammte aus Jamaika. Sie waren Tänzerinnen, hatten ihre Arbeit aber wegen der Kinder aufgegeben. Ihre Männer waren offenbar immer abwesend, mal waren sie in New York oder sonstwo, jedenfalls hatten Syd und Alicia sie nie zu Gesicht bekommen, bis es Syd schließlich klarwurde, daß die Mädchen gar nicht verheiratet waren. Damit hatte er wahrscheinlich recht, meinte auch Alicia, und von dem Moment an unterließen sie es, sich nach den Ehemännern zu erkundigen. Die Babies sahen jedenfalls nur zur Hälfte aus wie die Mütter, die andere Hälfte war weiß. Inez und Carpie waren gastfreundlich, intelligent und immer gutgelaunt. Einmal hatte Alicia ein paar Tage Eheferien bei ihnen gemacht; in dem dreistöckigen umgebauten Haus war genügend Platz vorhanden. Aber jetzt war Alicia nicht bei ihnen. Sydney erzählte Inez, was passiert war.

»Oha. Na, du machst dir doch wohl keine Sorgen, was?« fragte Inez.

»Nein, nein; wenn sie nicht in London ist, dann ist sie in Brighton. Hat sie ja schon mehrmals getan. Sie kann auch bei den Polk-Faradays sein.«

»Du, wenn du willst, frage ich hier bei einigen Leuten an und rufe dich dann zurück. Das kostet dich nicht so viel.« Inez war immer aufs Sparen bedacht.

»Nein, danke, Inez. Ich rufe Alex an, ich muß ihn doch noch wegen anderer Sachen sprechen.«

»Aber sie ist doch in Ordnung? Nicht verrückt oder so?«

»Ach woher. Ihr fallen nur manchmal die Wände auf den Kopf, hier draußen.«

Sydney rief bei den Polk-Faradays an. Hittie war am Telefon.

»Hallo, Syd. Alex ist noch nicht zu Hause, er trinkt ein Glas mit irgend jemand heute abend.«

»Hoffentlich tut er was für Plummer. Der ist es doch nicht, oder?«

»Nein, es ist ein neuer Autor für Verge Press. Sydney, es tut mir leid – die Ablehnung meine ich. Ich fand die Sache ganz prima.«

»Na ja, es ist noch nicht aller Tage Abend. Aber warum ich anrufe: Alicia ist wohl nicht bei euch, was?«

»Hier, bei uns?«

»Ja, bei euch.«

»Nein. Heißt das, daß du nicht weißt, wo sie ist?«

»Sie ist heute morgen abgereist, ich dachte vielleicht nach London, aber sie ist dann doch wohl nach Brighton gefahren. Ihr seid schon die zweiten Leute in London, die ich angerufen habe. Weißt du, sie möchte einfach manchmal weg, und das nehme ich ihr wirklich nicht übel. Ich bin auch nicht der munterste, wenn eine Absage nach der anderen kommt.«

»Mein Gott. Hat sie den Wagen mitgenommen?

»Nein, ich habe sie zum Zug nach London gebracht. Ich mach mir keine Sorgen, sie hat das ja schon ein paarmal getan, weißt du.« Er wußte, daß Hittie im Bilde war und sehr wohl über Alicias gelegentliche Ausflüge orientiert war. Er konnte beinah hören, wie Hitties Gedanken jetzt arbeiteten ... Alicia war keine gute Ehefrau, ihren Mann jetzt, wo er ihren Zuspruch so nötig brauchte, allein zu lassen ...

»Wenn du morgen nichts von ihr hörst, sag uns doch Bescheid, ja, Sydney?«

»Ja, Hittie danke schön. Das werde ich tun.«

6

Am nächsten Tag rief Mrs. Lilybanks an und fragte Sydney, ob er zum Essen kommen wolle. »Der Wagen hatte heute etwas Besonderes, frische Schollen aus Dover, und ich habe zwei genommen in der Hoffnung, daß Sie mitessen.«

»Ja, vielen Dank, sehr gern. Was darf ich mitbringen, und wann soll ich kommen?«

»Ist halb acht zu früh? Wenn Sie viel zu arbeiten haben, geht es auch später.«

»Halb acht paßt sehr gut.«

»Bringen Sie nichts mit, bitte, nur sich selbst.«

Aber Sydney fuhr doch mit dem Wagen hinüber nach Framlingham und kaufte eine Flasche Weißwein. Er hatte heute recht gut gearbeitet und war guter Laune. Auch Mrs. Lilybanks war aus dem gleichen Grunde frohgestimmt: sie hatte gemalt und war zufrieden mit dem Ergebnis und sprach es auch aus (das Bild, an dem sie malte, war oben, daher sah Sydney nichts davon und bat auch nicht darum), während Sydney seine gute Laune für sich behielt und statt dessen ein wenig Vereinsamung und Besorgnis zur Schau trug, weil seine Frau nicht da war.

Sie saßen in Mrs. Lilybanks' etwas tiefer gelegenem Eßzimmer. In zwei Ecken des Raumes standen große polierte Sideboards, und an einer Wand war in Hüfthöhe ein Bord angebracht, auf dem Delfter Teller und anderes Sammelgeschirr standen. Mit der ihr eigenen Gelassenheit brachte Mrs. Lilybanks ein wunderbares Essen auf den Tisch; der letzte Gang war selbstgebackener Sandkuchen mit Erdbeersauce. Sie erkundigte sich nach Sydneys Arbeit, ohne ihn neugierig auszufragen, aber sie ließ ihn den Hauptteil der Unterhaltung bestreiten, was er offensichtlich gern tat.

»Der ›Schatten‹ scheint Ihnen mehr Spaß zu machen als Ihre anderen Arbeiten«, bemerkte sie, als sie beim Kaffee saßen.

»Ja, vielleicht weil es die letzte ist«, sagte Sydney. »Noch ein Glas Wein?«

Mrs. Lilybanks hatte ihr Glas noch nicht ausgetrunken. »Nein, danke, aber trinken Sie doch bitte noch. Er ist wirklich herrlich und paßt großartig zu den Schollen.«

Sydney schenkte sich noch einen Fingerbreit ein; ein oder zwei Gläschen waren noch in der Flasche, die konnte Mrs. Lilybanks ein andermal zum Essen trinken. »Ich nehme an, daß Alicia Montag oder Dienstag zurückkommt.«

»Ach, wie nett. Wahrscheinlich sieht sie sich einige Ausstellungen in London an und freut sich, ein paar Tage allein zu sein.«

»Ja – ich glaube eigentlich jetzt nicht mehr, daß sie in London ist«, sagte Sydney mit leichter Verlegenheit. »Ich habe einige Bekannte dort angerufen. Wahrscheinlich ist sie nach Brighton gefahren. Sie mag Brighton gern.«

»Hat sie Freunde dort?«

»Nein. Jedenfalls wüßte ich keine. Nein, das hätte sie mir gesagt.« Sydney zog leicht die Stirn zusammen und sah seine

Kaffeetasse an. Gewiß würde er jetzt genauso reden, wenn Alicia tot wäre, wenn er sie Freitag morgen umgebracht hätte, statt sie in Campsey Ash in den Zug zu setzen. Auch Mrs. Lilybanks würde die gleichen Worte sagen. Sie beide redeten, als hätten sie Rollen in einem Stück, das gerade über die Bühne ging.

»Künstler müssen ab und zu allein sein«, sagte Mrs. Lilybanks herzlich.

»Ja.« Er blickte sie dankbar an. »Vielleicht kommt Montag eine Postkarte. Oder ein Anruf.« Es klang etwas trübe, schließlich war jetzt erst Sonnabend abend. Außerdem schrieb Alicia auf diesen kleinen Reisen niemals Postkarten, jedenfalls nicht an ihn. »Ich werde diese Tage auch vor allem zum Arbeiten benutzen – ich meine, ich nehme ja an, daß Alicia in Brighton ein paar Skizzen für neue Bilder macht«, fügte er hinzu und fühlte, wie er rot wurde. Er lehnte sich im Stuhl zurück. »Ich werde an den ›Planern‹ weitermachen, wissen Sie.«

»Ja – wie wäre es, wenn wir das alles jetzt mal beiseite ließen und uns ein bißchen Musik anhörten? Im BBC fängt in fünf Minuten ein Konzert an.«

»Wenn wir noch fünf Minuten haben«, sagte Sydney fröhlich und sprang auf, »dann helfe ich Ihnen abräumen.«

Mrs. Lilybanks protestierte kurz, aber er blieb fest, und in wenigen Augenblicken war der Tisch gesäubert und das Geschirr in der Küche zum Abwasch bereitgestellt. Dann lauschten sie einem Konzert von Bach und Hindemith. Mrs. Lilybanks stickte an einem Kissenbezug für ihre Tochter.

Beim Abschied sagte Sydney: »Ich fahre Montag nach Ipswich, falls Sie mitkommen mögen. Ich muß ein paar Besorgungen machen.«

»Nein, danke schön, diesmal nicht«, sagte Mrs. Lilybanks. »Ich glaube, im Augenblick habe ich alles im Haus.«

Sydney war insgeheim ganz froh über die Ablehnung, denn eigentlich wollte er gar nicht nach Ipswich fahren – außer wenn Alicia anrief und dort abgeholt werden wollte –, aber er hatte Mrs. Lilybanks eine Freundlichkeit erweisen wollen, und etwas anderes war ihm nicht eingefallen.

Als er fort war, band sich Mrs. Lilybanks eine Schürze um und machte sich ans Geschirrspülen. Töpfe und Pfannen ließ sie über Nacht zum Einweichen stehen; das Geschirrspülen war genug der Mühe für heute abend, morgen war sie doch auf, bevor Mrs. Hawkins kam, und hatte bis dahin alle Töpfe abgewaschen und weggeräumt. Sie ließ nie das Geschirr für Mrs. Hawkins stehen, denn sie fand, es gebe genügend anderes zu tun. Der Abend mit Sydney hatte ihr gefallen, und sicher hatte auch er ihn genossen; aber so nett es auch gewesen war, immer mußte sie wieder an seine Besorgnis um Alicia denken. Da war etwas nicht in Ordnung, das war leicht zu sehen. Ihr fiel ein, was Alicia gesagt hatte: sie sei nicht sicher, daß sie ein Kind von Sydney haben wollte, obgleich es vielleicht das beste sei, wenn sie einfach ›Ja‹ sagte und ein Kind bekam. Das war nicht der richtige Weg, ein Kind in die Welt zu setzen, dachte Mrs. Lilybanks. Aber warum sollte sie hier überhaupt Prognosen aufstellen? Alicia mußte verärgert abgereist sein, sonst hätte sie Sydney doch wohl gesagt, wo sie war und wann sie zurückkam. Mrs. Lilybanks entsann sich Sydneys plötzlichen Zorns neulich abends, als sie zum Essen drüben war und die Polk-Faradays dort kennengelernt hatte. ›Herrgott, bald hast du das Dutzend wohl geschafft!‹ hatte er gesagt, als Alicia ein Glas fallen ließ, und der Ton war erschreckend heftig gewesen. Und dann hatte Alicia beim Essen etwas gesagt – daß Sydneys Muse nicht mehr im Haus wohne oder so etwas Ähnliches. Das war auch nicht sehr nett gewesen, und Mrs. Lilybanks hatte bemerkt, wie in Sydneys betretenem Gesicht der Zorn aufgestiegen war.

Sicher war es für sie das beste, zu beiden gleich freundlich-nachbarlich zu sein und sich gar nicht einzumischen, ermahnte sie sich.

Als sie später ihr Nachthemd und den rotwollenen Morgenrock angezogen hatte, warf sie vor dem Schlafengehen einen letzten Blick auf das neue Bild. Es war eine gelbe Vase mit weißen Rosen und blaßblauer Klematis, und obwohl der Strich nicht schlecht war, sah es doch jetzt nicht so gut aus wie noch um fünf Uhr nachmittags, als sie aufgehört hatte. Und auch nicht so gut, dachte sie resigniert, wie es geworden wäre, wenn sie ihr ganzes Leben – und nicht nur die Sonntage – mit Malen verbracht hätte. Kunst braucht Zeit, so hieß es, und das Leben war so sehr kurz.

7

Alicia saß unruhig im *Eclair,* einem Tea-room in Brighton, ein Kännchen Tee und ein Milchbrötchen vor sich. Es war Sonntag morgen um elf Uhr. Sie wartete auf Edward Tilbury, der jeden

Augenblick kommen konnte. Freitag abend war sie in London am Bahnhof Liverpool Street angekommen, hatte ein Taxi bis Victoria genommen und dort die Fahrkarte nach Brighton gekauft; aber dann hatte sie sich entschlossen, mit einem späteren Zug zu fahren – die Züge fuhren jede Stunde – und erst mal noch ein paar nette Besorgungen im West End zu machen. Sie hatte ihren Koffer im Bahnhof abgegeben, einen Bus nach Piccadilly genommen und war eine Weile bei Fortnum and Mason, dem Lieblingswarenhaus ihrer Mutter, durch die Ausstellungen geschlendert. Ach, wo waren die schönen Tage, da sie und ihre Mutter sich zu Fortnum's aufmachten, kauften, was ihnen gefiel, ohne an Geld zu denken, und schließlich bei Tee und herrlichen Pasteten in dem geschäftigen Tea-room des Hauses saßen. Ihre Mutter war immer erschöpft, aber sehr zufrieden mit sich und dem Nachmittag, an dem sie sich zwei oder drei Stunden lang gütlich getan hatten. Diesmal erstand Alicia nur einen Karton mit einem halben Dutzend Taschentüchern, jedes in einer Ecke mit einem vierblättrigen Kleeblatt bestickt, für sechzehn und einen halben Shilling. Als sie auf die Straße trat, war sie einem Mann in die Arme gelaufen, den sie auf der letzten Party bei Inez und Carpie kennengelernt hatte. Sie wußte seinen Namen nicht mehr, aber er hatte den Hut gezogen und gerufen:

»Oh, hallo, das ist doch Alicia! Edward Tilbury.«

Er war etwa dreißig, schlank, braunhaarig mit braunen Augen und trug einen sehr teuren Anzug, sie entsann sich, daß er an dem Abend, als sie ihn zuerst sah, einen anderen und ebenso eleganten Anzug angehabt hatte. Sie wußte auch noch, daß er gesagt hatte, er sei Rechtsanwalt. Er hatte an diesem Abend heftig mit ihr geflirtet und dann gefragt, ob sie am nächsten Abend mit ihm essen könne, und als Alicia mit einem Lächeln erwiderte, daß sie dann schon wieder bei ihrem Mann in Suffolk sei, war Edward ganz verlegen geworden und hatte sich entschuldigt. Natürlich hatte Alicia ihn auch ermutigt bei seinen Avancen. Sie hatte gerade mit Sydney wieder einen schauderhaften Streit gehabt; Sydney hatte sich den ganzen Abend auf der anderen Seite des Zimmers aufgehalten.

»Einkäufe?« hatte Alicia gefragt.

»Ja. Muß aber nicht sein. Es ist etwas für die Küche. Ich würde es gern verschieben, wenn Sie frei sind zum Lunch.«

Es war zehn Minuten nach eins. Sie aßen zum Lunch bei Overton, weil Alicia sagte, sie müsse in der Nähe von Victoria noch eine Besorgung machen. Das Essen war besonders hübsch, denn sie stellten viel Gemeinsames fest: Liebe zur See, Braque, Fellini. Und schließlich gestand Alicia, daß sie im Begriff war, für ein paar Tage nach Brighton zu fahren, um mal aus ihren vier Wänden herauszukommen.

»Wenn Sie am Sonntag noch da sind, würde ich sehr gern hinkommen und den Nachmittag mit Ihnen dort verbringen«, sagte Edward. »Wenn Sie frei sind.«

Alicia war etwas erstaunt, aber schließlich ging es ja nur um den Nachmittag. »Ja, das wäre schön. Ich weiß bloß noch gar nicht, wo ich wohne. Am besten treffen wir uns am Bahnhof.«

»Ich komme aber mit dem Wagen.«

Darauf schlug Alicia das *Eclair* vor, weil ihr nichts anderes einfiel außer den Hallen einiger großer Hotels, wo sie aber nicht vorhatte zu wohnen.

Ihr Herz tat einen Sprung, als Edward jetzt durch die rosa Türvorhänge eintrat. Er blickte sich etwas nervös suchend um, sah sie und kam mit einem Lächeln auf sie zu.

Es wurde ein herrlicher Tag. Mittags aßen sie im *Angus Steak House;* dann folgte ein Spaziergang an den Downs entlang und ein gemütlicher Tee im *Plough Inn* in Pyecombe. Am Spätnachmittag lagen sie in Liegestühlen am Strand. Edward war liebevoll und freundlich, ein wohltuender Gegensatz zu Sydney. Weder er noch Alicia erwähnten Sydney mit einem Wort. Sie hatte gefürchtet, Edward würde von ihm sprechen, weil er natürlich einen Streit zwischen ihr und ihrem Mann vermuten mußte. Sie rechnete es ihm hoch an, daß er nicht die geringste Frage stellte.

»Haben Sie Inez und Carpie mal wieder gesehen?« fragte Alicia.

»Nein, seit der Party nicht.« Edward saß am Steuer und wandte ihr einen Augenblick lächelnd die Augen zu. »Ich kenne sie gar nicht sehr gut.«

Alicia war erleichtert. Sie wollte nicht, daß gemeinsame Londoner Freunde von Edwards Besuch in Brighton erfuhren. Zweifellos dachte Edward genauso; sie hatte das Gefühl, als könne er außerordentlich diskret sein, wenn es darauf ankam. Soweit Alicia wußte, hatten sie und Edward keine gemeinsamen Freunde bis auf Inez und Carpie, die eigentlich nur Bekannte waren; sie baten immer alle möglichen Leute zu ihren Parties, die sie kaum kannten. Edward war gewiß aus einem besseren Stall und hatte bessere Manieren als die meisten ihrer Gäste. Sein schnelles Autofahren war das einzige, das Alicia an ihm nicht so gern hatte, obwohl sie sah, daß er ein sehr guter Fahrer war. Angst vor Geschwindigkeit war eine ihrer Neurosen. Geschwindigkeit und Flugzeuge. Sie konnte einfach nicht fliegen, ohne in panische Angst zu geraten; deshalb hatte sie kein Flugzeug mehr bestiegen seit dem Schreckensflug nach Paris, als sie zwanzig war.

Das Essen abends war noch herrlicher als am Mittag. Es war wunderbar, irgendwo und irgendwas zu bestellen, ohne an die Kosten zu denken. Kurz vor zehn machte sich Edward auf die Heimfahrt nach London, und es tat Alicia ehrlich leid, daß er fortmußte.

8

Am folgenden Montagabend hatte Sydney das Exposé für die zweite ›Schatten‹-Story beendet. Darin brachte der ›Schatten‹ den Mann einer Frau um, mit der ihn gefühlsmäßig gar nichts verband. Der Mann war ein fast hundertprozentiger Schuft – fast, denn sein Sadismus und Egoismus, seine Trunksucht und die ehelichen Seitensprünge mußten durch ein paar kleine positive Eigenschaften gemildert werden, sonst wäre das Bild zu schwarz geworden, und niemand würde es glauben. Jedenfalls könnte kein Mensch diesen Ehemann mögen, und Sydney malte sich aus, wie Männer, Frauen und Kinder bei der Erdrosselung des Schurken auf dem Bildschirm applaudierten. Selbstverständlich ging der ›Schatten‹ frei aus und ebenso die Frau, denn sie hatte das Wochenende in einer sechzig Meilen entfernten Stadt verbracht. Sydney schrieb dazu einen Brief an Alex:

Montag abend 10 Uhr 10

Mein guter Alex!

Hier hast Du noch ein weiteres Stück, randvoll mit ›Schatten‹-Untertanen; Robin Hood muß daneben wie eine lahme Ente wirken. Mach Dir bloß nichts aus der einen Ablehnung. Wir werden den Leuten noch Schattengewächse um die Ohren schlagen, bis ihnen die Augen übergehen und sie erkennen, wie prima das Zeug ist. Nächstes Jahr schreiben wir den Kram dann auf unserer eigenen Insel in der Ägäis.

Immer Dein Syd.

Anschließend summte er ein Lied mit einem selbstverfertigten Text und stieg mit seiner leeren Tasse hinunter in die Küche, wo er sich einen Whisky mit Soda genehmigte. Er war froh, daß Alicia eine Weile aus dem Haus war; das konnte sich für den ›Schatten‹ nur günstig auswirken.

Alicia war nämlich tot. An ihrem Abreisemorgen hatte er sie die Treppe hinuntergestoßen. Ihr Koffer war mit ihr zusammen hinuntergefallen und war dabei aufgegangen; alles – Kleider, Handtascheninhalt und ein Schuh, den Alicia beim Fallen verloren hatte – lagen neben ihr auf dem Wohnzimmerfußboden. Kein Blut. Sie hatte nur das Genick gebrochen. Sydney hatte sie dann in den blauroten Teppich eingewickelt, den alten, und sie dann auf den Fußboden gelegt. Er hatte ihre Sachen aufgehoben, die Handtasche in den Koffer getan und den Koffer in den Wagen gebracht; dann war er losgefahren nach – wohin? In die Richtung von Parham, zehn Kilometer von hier, wo es ein Wäldchen gab. Es war wirklich schwer, in Suffolk einen Wald zu finden, wo niemand einen beim Graben störte. Sydney hatte aber eine Stelle für den Koffer gefunden; dann war er etwa 300 Meter weitergefahren und hatte sich darangemacht, ein größeres Loch zu graben, wo er morgen die Leiche vergraben wollte. Er war beim Graben von der Straße aus nicht sichtbar gewesen, das sommerliche Laub hatte ihn verborgen. Das war am Freitag nachmittag.

Am Sonnabend morgen ganz früh, als man gerade etwas sehen konnte und die Vögel zu zwitschern begannen, hatte er den Teppich mit Alicia drin zur Hintertür hinaus und in den Wagen geschleppt. Mrs. Lilybanks hatte aus ihrem Fenster gespäht – Gott weiß, was sie da so früh sehen wollte, vielleicht stand sie immer so zeitig auf –, aber alles, was sie sehen konnte, war der schwere Teppich, den Sydney über der Schulter trug; wenn sie ihn danach fragen sollte, würde er sagen, es sei der alte Wohnzimmerteppich gewesen, den er irgendwo hinbringen und wegschmeißen wollte. Na, jedenfalls hatte sie ihm Sonnabend abend keine Fragen gestellt; es war ja auch so dämmerig gewesen, wahrscheinlich hatte sie ihn gar nicht gesehen. Oder wenn doch, so hatte sie es nicht für wichtig genug gehalten zu fragen. Und Sonnabend nachmittag hatte er dann bei den Polk-Faradays und bei Inez und Carpie angerufen und damit schon den Boden vorbereitet. Im Laufe der nächsten Zeit würde man die Hotels in Brighton überprüfen, dann die Londoner Hotels, schließlich die überseeischen Fluglinien (aber Alicia haßte Fliegen, und das würde er auch angeben) und Schiffe und Eisenbahnzüge. Denn Alicia hatte weder geschrieben noch war sie zurückgekommen.

Alicias Eltern mußten informiert werden und würden dann wohl aus Kent herkommen. Sydney würde ihnen erklären – wahrscheinlich am nächsten Donnerstag und Freitag –, daß er Alicia zum Zug nach Ipswich gebracht habe, Freitag morgen. Ipswich war besser als Campsey Ash, es war viel größer, und die Chance, daß jemand sie beide gesehen hatte, war geringer. Er würde Alicias Einkommen von fünfzig Pfund im Monat fest ablehnen; er wollte es gar nicht haben. Ein Badewannenmord à la Smith war nicht sein Fall, schon gar nicht um solche Lappalien, die dann ja auch dazu beigetragen haben, Smith zu Fall zu bringen: das und seine Dummheit, das Verfahren zu wiederholen.

Dienstag saß Sydney wieder an den ›Planern‹. Er hatte nur noch zwanzig Seiten abzutippen, aber da er sie gleichzeitig überarbeitete, war es doch mehr als eine Tagesarbeit. Kurz nach Mittag fuhr unten ein Wagen vor dem Haus vor. Er hörte den Motor durch das hintere Fenster, tippte aber weiter; wenn es der Reinigungsbote oder irgendein Besuch war, konnte er ja klopfen. Der Wagen fuhr ab und Sydney hörte, wie die Haustür geöffnet wurde.

»Syd?« Das war Alicias Stimme.

»Hallo«, sagte er ohne Begeisterung, ging aber automatisch in den Flur hinaus bis zur Treppe und lehnte sich oben ans Geländer, ein Fuß schlenkerte über die oberste Stufe. Alicia stand unten mit ihrem Koffer, in ihrem besten Kostüm und mit hochhackigen Schuhen. »Na, war's nett?«

»Ja, sehr nett, danke. Und du – hast du was geschafft?« Sie streifte ihren linken Handschuh ab.

»Ja, ganze Menge«, sagte Sydney und kam die Treppe herunter. »Dies soll sicher nach oben, was?« Er ergriff ihren Koffer.

»Ach, laß nur, er ist nicht schwer.«

Er nahm den Koffer trotzdem und brachte ihn ins Schlafzimmer. Alicia folgte.

»Tut mir leid, Syd, ich hab dir keine Postkarte geschrieben. Mir war einfach nicht danach zumute. Du hast dir hoffentlich keine Gedanken gemacht.«

Sie hatte sich noch niemals entschuldigt, wenn sie keine Karte geschickt hatte. »Nein, hab ich nicht. Und sonst auch niemand.«

»Nein, warum auch. Wer überhaupt?«

»Ach – Mrs. Lilybanks. Oder Alex und Hittie.«

»Du hast ihnen doch wohl gesagt, ich sei ein paar Tage allein weggefahren.«

Sydneys Augen zogen sich zusammen. Zum erstenmal kam ihm der Verdacht, sie habe sich mit einem Mann getroffen. Sie schien irgendwie angespannt und anders als sonst. Aber mit wem? Er konnte sich beim besten Willen niemand vorstellen ... »Hast du interessante Leute getroffen?«

»Nein«, sagte sie gleichgültig. Da sie gerade den Pullover über den Kopf zog, war der Ausdruck ihres Gesichts nicht zu erkennen.

Gegen zwei hörte er, wie Alicia hinausging und die Hintertür schloß; gedankenverloren stand er auf und blickte aus dem Fenster. Sie ging durch den Hintergarten hinüber zu Mrs. Lilybanks. Sydney merkte, daß er hungrig war, und ging hinunter in die Küche. Als er durchs Wohnzimmer kam, sah er, daß Alicia ihre Post an sich genommen hatte, drei oder vier Briefe, darunter einen von ihrer Mutter. Während er ein Würstchen aß, machte Sydney sich Kaffee. Auf dem Küchentisch hatte Alicia wie üblich den Schweinebraten, die Kartoffeln und das Gemüse – kleine Gurken – bereitgelegt. Er sah dem abendlichen Essen mit ihr ohne Freude entgegen. Und ihre Gegenwart legte sich wie ein böses Omen auf die Arbeit, die er heute früh von Ipswich aus an Alex geschickt hatte.

Er arbeitete bis gegen sechs und ging dann in den Garten zum Unkrautzupfen. An der Garage schnitt er ein paar von den wilden Rosen und nahm sie mit ins Haus, wo er sie auf den Tisch stellte. Alicia war beim Kochen. Sydney ging in die Küche, um den Salat anzumachen.

»Du bist mächtig still«, sagte Alicia.

»Ich hab ja auch nichts Aufregendes erlebt wie du.«

»Du hast doch mal bei Mrs. Lilybanks gegessen, wie ich höre.«

»Ja. Übrigens ein ganz prima Essen. Sonnabend abend.«

»Wir müssen sie auch bald mal zum Essen einladen.«

Sydney erwiderte nichts; er war dabei, mit der Kräutermühle Petersilie in die Sauce zu schneiden.

»Woran arbeitest du? An den ›Planern‹?«

Sydney holte tief Atem und sagte: »Ich habe noch eine ›Schatten‹-Story geschrieben und gleich an Alex geschickt.« So – da war es heraus; etwas hilflos sah er sie an. Und schließlich, um ihrem Spott zuvorzukommen, sagte er schnell: »Ich habe mich nun wieder an die ›Planer‹ gemacht.«

»Was hält Alex eigentlich von einstündigen Dokumentarsachen? Nein, nicht Dokumentar – ich meine so Sachen mit einem bestimmten Thema. Etwa schlechte Wohnungsverhältnisse, oder Geburtenkontrolle kontra Kirche, oder so was.«

Sydney sah sie verständnislos an.

»Die letzten Fernsehkritiken, die ich in der *Times* las, waren alle über Stücke mit einem Thema. Management kontra Arbeinehmer. Na, du weißt schon.« Sie goß die Kartoffeln ab.

»Willst du damit vorschlagen, daß ich den ›Schatten‹ lassen und so etwas versuchen sollte? Ich hab doch keinen Schimmer, wie die Verhältnisse in England liegen.«

»Ich will gar nichts vorschlagen. Ich werde mich hüten«, sagte sie mit plötzlicher nervöser Abwehr. »Ich habe nur eine Bemerkung über die augenblickliche Marktlage gemacht. Die Zuschauer haben anscheinend die alberne Unterhaltung satt und wollen etwas Informatives. Glaube ich wenigstens.«

»Ich möchte trotzdem noch etwas mit dem ›Schatten‹ probieren.«

»Du könntest ja beides tun.«

»Und dann noch die ›Planer‹? Das wäre wohl etwas reichlich.«

Alicia fand, es sei nicht übertrieben, wenn jemand drei Dinge auf einmal tat. »Es wären doch mehr Eisen im Feuer, das ist alles. Du hast mal gesagt, wie wichtig das ist. So ein Exposé braucht doch ungefähr einen Monat oder mehr, bis es die Runde gemacht hat, nicht wahr?«

»Mindestens. Aber ich könnte ja fünf oder sechs oder sieben verschiedene Geschichten schreiben. Ich finde sie gut. Gute Unterhaltung, keine alberne.«

»Ich hab ja nicht gesagt, daß der ›Schatten‹ albern ist«, seufzte Alicia.

Sydney schenkte für beide einen Drink ein und reichte ihr das eine Glas. »Der ›Schatten‹ ist nicht albern«, sagte er, zwei Minuten nach Alicias letzten Worten, und die Bemerkung hing schwer im Raum.

Alicia blickte ihn an und hatte ein merkwürdiges Gefühl von Unbeteiligung. Es kam ihr unsinnig vor, einen Einfall wie den ›Schatten‹ so wichtig zu nehmen, wie Shakespeare ›König Lear‹ genommen hatte, oder sogar noch mehr. Verkaufen:

darauf kam es Sydney an, und sei das Verkaufte auch so leicht und gewichtslos wie Verse für Werbezwecke. So lange er so dachte, war ihr Leben unerträglich. Sie sehnte sich plötzlich danach, wieder in Brighton zu sein mit Edward und den Abend und die ganze Nacht mit ihm zu verbringen. »Na, hoffen wir, daß du's loswirst«, sagte sie knapp und wandte sich zum Ausguß.

Die kurzen Worte mit dem sehr englischen Akzent rissen mit jeder Silbe an Sydneys Nerven. ›Ich hab's ja gleich gesagt‹, würde sie bei der nächsten und übernächsten und vielleicht auch bei der dritten Ablehnung deutlich sagen. »Ich habe jedenfalls vor, es weiter zu versuchen«, sagte er so knapp, wie es ihm möglich war, aber bei seiner Aussprache war das hoffnungslos.

Am Donnerstag schlug Sydney beim Frühstück vor, nach Ipswich zu fahren. Ein Grund ließ sich immer finden – die Bücherei, ein Haushaltungsgegenstand, den es in Framlingham nicht gab, ein Lunch oder Dinner im chinesischen Restaurant, damit etwas Abwechslung in ihre Mahlzeiten kam; aber an diesem Donnerstag machte er den Vorschlag einfach, um die Szene zu wechseln. Alicia stimmte zu, wenn auch ohne viel Begeisterung. Sie haßte und verachtete ihn, das merkte er. Sie fand ihn minderwertig, war aber zu feige oder zu träge, die Trennung vorzuschlagen. Vermutlich fürchtete sie die Schwierigkeiten einer Scheidung oder wollte ihre Familie nicht vor den Kopf stoßen. Sydney hatte das Gefühl, als warteten sie beide nur auf ein Signal, irgendein Zeichen der Ablehnung oder der Liebe: beides konnte den Ausschlag geben. Wenn zum Beispiel Alicia ihm nur die Arme um den Hals legte und sagte: ›Sydney, mein Lieber, ich liebe dich, ob du was verkaufst oder nicht‹, dann könnte alles anders werden. Oder wenn er zu ihr gehen und sagen könnte: ›Alicia, ich weiß, ich bin seit Wochen ganz ekelhaft. Ich verspreche dir, ich will nicht mehr so sein – niemals!‹ Aber bei der jetzigen Lage trotteten sie wie ein altes, müdes Ehepaar auf alten ausgefahrenen Wegen dahin; sie standen morgens auf, bereiteten das Frühstück, machten das Bett, fegten die Küche aus und sprachen dabei kaum miteinander. Sie waren nicht feindselig, aber jeder ertrug den anderen nur gerade noch.

Als sie am Donnerstagmorgen im Begriff waren, das Haus zu verlassen, läutete das Telefon. Sydney war näher am Apparat und ging hin. Als er den Hörer aufnahm, bemerkte er die kurze Angst in Alicias Gesicht und gleich darauf ihre scheinbare Sorglosigkeit, als sie in Hörweite stehenblieb und aus der offenen Haustür hinausblickte. Fürchtete sie etwa den Anruf eines Freundes?

»Hallo!« sagte Sydney.

»Syd, hier ist Alex. Ich habe heute morgen deine Sendung bekommen, bevor ich wegging, und ich wollte dich mal auf Geschäftskosten anrufen. Die Sache gefällt mir.«

»Schön. Hast du noch Vorschläge?«

»Ja, ich finde, wir könnten den Verdächtigen noch etwas mehr hervorheben. Den Freund der Frau. So daß er in den Augen der Polizei richtig als der Schuldige dasteht. Ich schreib dir noch ein paar Zeilen. Ich rufe eigentlich an, um zu fragen, ob Alicia zurückgekommen ist.«

»Ja, ist sie. Dienstag.«

»Das hört sich aber eher deprimiert als fröhlich an«, sagte Alex und lachte kurz auf. Für ihn war es natürlich undenkbar, daß ein Ehemann über die Rückkehr seiner Frau nicht erfreut sein konnte.

»Na ja – bin ich vielleicht auch.«

»Also dann viel Glück beim nächstenmal, mein Alter. Vielleicht bleibt sie dann ganz weg, wer weiß.« Alex' Stimme nahm eine düstere Färbung an. »Weißt du, wie bei dem Mann damals in Brighton. Ach, ihr Mann ist ja so verzweifelt, aber wenigstens hat er ihr –« und Alex lachte sein fröhlich-bellendes Lachen.

Ihr Geld. Natürlich, das war Alex' erster Gedanke. »Vielen Dank für deine guten Wünsche. Also toi, toi, toi für nächstesmal.«

»Da ist das Amtszeichen. Ich schreibe dir also. Grüß Alicia.«

Sie hängten ein.

Alicia, noch immer mit dem Gesicht zur Haustür, ging hinaus.

Sydney tauschte in der Bibliothek seine Bücher um und erbot sich, Lesestoff für Alicia mitzubringen, aber sie sagte, sie habe noch ein paar Taschenbücher zu Haus, die sie gerade lese. Wahrscheinlich hatte sie die in Brighton gekauft, dachte Sydney, und war noch nicht zum Lesen gekommen. Sie vereinbarten, sich in einer halben Stunde auf dem Parkplatz in der Cox Lane zu treffen. Sydney ging langsam spazieren und schlenderte zuletzt durch die Straße mit dem Altwarenladen, wo er das Fernglas gesehen hatte.

Im Schaufenster lagen wie immer viele interessante Sachen, Messingposthörner, alte Militärtaschen, Kommoden mit Messingbeschlägen; aber das Fernglas war nicht mehr da. Sydney prüfte noch einmal das überfüllte Schaufenster und spähte in das halbdunkle Innere, um festzustellen, ob das Fernglas wieder in einem der Kästen lag, aber er konnte es nicht sehen. Hätte es im Fenster gelegen, so hätte er es vielleicht erstanden. Er war zu schüchtern, um hineinzugehen und danach zu fragen, denn er war gar nicht sicher, daß er das Glas wirklich gekauft hätte. So wandte er sich um und ging den Weg zurück zum Einkaufszentrum und zum Parkplatz.

Der Himmel verdunkelte sich, und es begann zu regnen. Vorsichtige Fußgänger spannten ihre Schirme auf, viele stellten sich irgendwo unter ein Schutzdach, und als es zu gießen begann, setzten sich die Fußgänger in Trab. Alicia stand neben dem Wagen, ihre Pakete unter dem Regenmantel an sich gepreßt, und sah aus wie eine Schwangere, die sich den Leib hielt. Zu ihren Füßen stand die volle Einkaufstasche.

»Ausgerechnet heute habe ich meine Schlüssel nicht mit«, sagte sie lachend.

»Tut mir leid.« Sydney leckte sich den Regen von der Oberlippe und öffnete den Wagen so schnell er konnte.

Es regnete die ganze Zeit auf dem Rückweg, und sie redeten nicht. Sie redeten auch nicht, als sie zu Hause die Sachen auspackten. Alicia sagte nur: »Ich habe Leber gekauft für heute abend. Leber und Speck.«

»Ausgezeichnet.«

Das Telefon klingelte.

Alicia ging zum Apparat, und Sydney packte die übrigen Einkäufe aus. Gleich darauf kam Alicia lächelnd zurück und sagte an der Küchentür: »Noch mal Alex. Er hat vergessen zu fragen, ob wir Sonnabend zu einer Party kommen wollen. Wir können gern bei ihnen übernachten, sagt er.«

Sie hatten früher schon mal bei Polk-Faradays übernachtet. Die Couch im Wohnzimmer ließ sich zu einem Doppelbett umbauen.

»Ich habe keine Lust. Geh doch, wenn du willst.«

»Och, Syd. Hotchkiss kommt auch, sagt Alex. Er möchte gern, daß du ihn kennenlernst.«

Hotchkiss war ein neuer junger Autor, den Alex' Verlag entdeckt hatte. Sechsundzwanzig sollte er sein, entsann sich Sydney von Alex gehört zu haben. Wie Keats. »Ich hab einfach keine Lust, aber nimm du ruhig den Wagen und fahre hin. Oder nimm den Wagen bis Ipswich und von da den Zug.«

»Syd, bitte. Er ist noch am Apparat.« Alicia machte hilflose Zeichen in Richtung des Telefons.

»Ich möchte nicht gehen«, sagte Sydney hartnäckig. »Du kannst gehen.« Er hätte am liebsten geschrien bei der dauernden Wiederholung. »Sag ihm, ich muß arbeiten.«

Alicia ging wieder zum Telefon; sie sprach noch eine Minute und kam dann zurück in die Küche. Sydney vermied es, sie anzusehen, obgleich er beim Hinausgehen an ihr vorbeigehen mußte.

Sie dachten beide nicht mehr ans Mittagessen. Aus Alicias Verhalten im Haus – obgleich er sie gar nicht mehr sah, nachdem er sich in sein Zimmer zurückgezogen hatte – konnte Sydney erkennen, daß sie nicht vorhatte, am Sonnabend zu der Party zu gehen.

Um acht Uhr morgens hatte Alicia die leeren Milchflaschen nach draußen vor die Tür gestellt, als der Briefträger kam und ihr die Post gab, eine Rechnung der Elektrizitätswerke und einen Brief an sie, von dem sie sofort spürte, daß er von Edward Tilbury kam. Sie hatte den Brief zusammengefaltet und in die Tasche ihres Morgenmantels gesteckt; nach dem Frühstück las sie ihn in ihrem Zimmer. Sie lachte vor sich hin über seine übertrieben förmlichen Dankesworte für den wunderhübschen und erholsamen Tag an der See; er hoffe, schrieb er, daß sie nun, erfrischt nach dem kurzen Ausflug, gesund wieder zu Hause angekommen sei.

... Ich finde Ihre Gesellschaft sehr erfrischend und würde mich aufrichtig freuen, Sie noch einmal zu treffen oder zu begleiten, wenn Sie wieder einen Ausflug nach Brighton vorhaben ...

Adresse und Telefonnummer in Sloane Street waren hinzugefügt. Die kurze Mitteilung, daß er sie gern wiedersehen würde, gab Alicia den ganzen Morgen ein angenehmes Gefühl der Freude und Erregung, selbst als sie in Ipswich vom Regen völlig durchnäßt wurde. Und dann hatte Sydneys Weigerung, zu der Party bei den Polk-Faradays zu gehen, ihr alles verdorben. Er hatte überhaupt keinen Grund zu der Absage, er arbeitete ja gar nicht so angestrengt, es war schlicht und einfach, weil er ablehnend und widerlich sein wollte, so wie er eben war. Um vier ging sie hinüber zu Mrs. Lilybanks, weil sie dringend einen Tapetenwechsel brauchte. Sie erzählte ihr, es sei sehr hübsch gewesen in Brighton, und zeigte ihr auch ein paar Skizzen, die sie gemacht hatte. Edward Tilbury erwähnte sie nicht.

Aber sie dachte viel an ihn, und abends träumte sie davon, daß sie das Essen für ihn bereitete und nicht für Sydney. Zuweilen hatte Alicia das Gefühl, daß Sidney sie einfach nicht mehr sehen konnte und sie so haßte, daß er sie am liebsten umgebracht hätte, wenn ihm dazu nicht der Mut gefehlt hätte. Er fand sicher, daß er durch den steten Geldmangel in der Falle saß und daß sie seiner Arbeit nur Unglück brächte. Sie war ganz sicher, daß die blöde alberne ›Schatten‹-Sache ein Reinfall werden würde, und fürchtete sich schon jetzt davor, in Sydneys Nähe zu sein, wenn es in vier oder sechs Wochen soweit war.

Gegen halb acht kam Sydney herunter auf einen Drink; Alicia hatte sich gerade einen Whisky mit Soda gemacht. In seinem Gesicht stand dumpf drohender Donner, als er die Leber, den Speck und den gekochten Kürbis ansah, die sie auf dem Küchentisch aufgestellt hatte. Er hielt einen Kopfsalat und eine Tomate in der Hand, die er aus dem Garten geholt hatte.

»Ist was los?« fragte Alicia.

»Die Leber. Macht mir übel.« Zuweilen konnte Sydney den Anblick von rohem Fleisch nicht vertragen.

»Aha. Wirklich bedauerlich, daß sie so gesund ist.« Die Schärfe in ihrem Ton war nicht zu überhören. »Dir ist wohl heute nachmittag irgendwas nicht bekommen.«

»Ich wüßte nicht was.« Er begann, die Salatsauce anzurühren.

»Wenn ich nicht hier wäre, würdest du doch sicher zu der Party bei Polk-Faradays gehen, nicht wahr?« fragte sie.

Er hob den Kopf und sah sie an. »Nein. Warum meinst du?«

Weil er sich, wenn sie nicht da wäre, keine Kränkungen auszudenken brauchte, dachte Alicia. Er wäre sicher gern gegangen, aber noch lieber wollte er sie am Gehen hindern. Einen Augenblick hatte sie Lust, doch allein zu gehen, aber das ging schnell vorüber. Allein wäre es nicht so nett, und dazu kam die lange Fahrt allein nach London und zurück. »Manchmal möchtest du mich wirklich umbringen, Syd, nicht wahr?«

Er starrte sie an, unfähig, ein Wort zu äußern.

Sie wußte, sie hatte ins Schwarze getroffen. »Du möchtest mich manchmal aus dem Wege haben, vielleicht für immer. So als ob ich eine Figur in deinen Büchern wäre, die du ausmerzen könntest.«

Er blickte auf die halbgeschälte Kartoffel in ihrer linken und das Schälmesser in der rechten Hand. »Ach, red doch nicht so dramatisches Zeug.«

»Warum tun wir nicht mal so für eine Weile? Ich kann ja ein paar Wochen wegbleiben. Du arbeitest dann, soviel du kannst –« ihre Stimme zitterte etwas, und das ärgerte sie. »Ist dir das recht?«

Sydney preßte die Lippen zusammen und sagte: »Na schön.«

»Du – du bleibst doch hier, nehme ich an?«

Er nickte. »Ja. Und du gehst zu deiner Mutter? Das ist auf jeden Fall billiger.«

»Ja, ich denke schon. Syd, wir haben scheußliche Wochen hinter uns – richtige Krisen; ich glaube, wir brauchen einfach etwas Zeit, um darüber hinwegzukommen. Und dann können wir ja sehen, ob wir weitermachen wollen, oder nicht. Wie die Franzosen sagen: *Pour les grands mal, les grands remèdes.«*

»Ja, du hast recht.«

»Wir wollen auch nicht schreiben oder telefonieren. Laß uns das fest abmachen.«

»Gut, ich verspreche es.«

»Egal, wie lange ich wegbleibe. Ich werde dich schon erreichen – wenn ich will. Und wenn ich es dann tue, wirst du mich vielleicht gar nicht wiedersehen wollen.« Ihre Stimme bebte jetzt doch, und Sydney wandte sich betreten ab.

»Gut, Alicia. Damit bin ich einverstanden. Bleib so lange weg, wie du – wie du willst«, sagte er weich. Es war lange her, seit er so sanft zu ihr gesprochen hatte.

9

»Ach, sag einfach, ich bin bei Mutter«, hatte Alicia morgens gemeint, als Antwort auf die einzige Frage, die Sydney ihr gestellt hatte: was er sagen sollte, wenn jemand wissen wolle, wo sie sei.

Die Worte hingen noch in dem stillen Wohnzimmer und kamen immer wieder, wie ein Echo. Sydney ging langsam im Haus umher. Nun war er allein, und zwar wahrscheinlich für mehrere Wochen. Sie hatten die Sache seit Donnerstag abend noch etwas eingehender besprochen. Gegenüber den Freunden sollte es nicht als Probezeit oder Trennung oder sonst etwas Definierbares hingestellt werden. Wenn Sydney überhaupt etwas sagen mußte, meinte Alicia, dann sollte er sagen, sie hätten beide den Wunsch gehabt, eine Weile getrennt zu arbeiten. Sydney betrachtete den Abdruck, den er von Sir Roberts de Bures' gepanzerten Füßen gemacht hatte; sie ruhten auf einem kleinen Löwen, und den Abdruck hatte er in der Kirche in Acton gemacht. Er war zusammen mit Alicia dort gewesen, sehr zusammen sogar: sie hatten bei Regen im Auto gepicknickt, waren heimgekommen und hatten sich geliebt, dann hatten sie den Abdruck auf ein Stück roten Samt gelegt und für den Bilderrahmen vorbereitet. Sie hatten auch die Kirchen in Lavenham und Long Melford besucht; Alicia hatte Skizzen gemacht und Sydney ein paar Notizen hingekritzelt, die er vielleicht irgendwann mal brauchen konnte. Sogar ein kurzes Gedicht war dabei.

Er stieg die Treppe hinauf zu seinem Zimmer und dachte daran, daß er im Manuskript auf Seite zweihundertzweiundsechzig war und nur noch fünf Seiten zu tippen hatte. Dann wollte er es durchlesen und gleich an einen neuen Verlag schicken, das Original nach Amerika, die Kopie an einen anderen Verleger in London. Ein Durchschlag blieb sicherheitshalber da. Oben auf dem Flur hielt er inne und starrte durch die offene Tür in das Gästezimmer. An der Wand gegenüber der Tür sah er das aufgerollte Ende des alten rotblauen Teppichs liegen. Na schön, dann also los, dachte er. Mal sehen, wie man so was am besten macht. Vielleicht war es irgendwann einmal in einem Buch zu verwenden. Überdies wurde er damit vielleicht – so nannten es wohl die Psychiater – den feindseligen Groll gegen Alicia los. Er machte eine Bewegung zur Treppe hin, um sich gleich eine Schaufel zu besorgen und mit dem Graben anzufangen, aber dann verwarf er den Gedanken. Das war ja Unsinn, so etwas müßte morgens geschehen, in aller Herrgottsfrühe. Wenn er verschlief, so war das Pech. Oder vielmehr, dann blieb es eben ungetan.

Obwohl er einen guten Arbeitstag hinter sich gebracht und abends ruhig gelesen hatte, konnte er lange nicht einschlafen. Von unten her kam ab und zu ein dumpfes Bumbum, und als er schließlich aufstand und hinunterging, sah er, daß sich das kleine Fensterchen, das wie eine Tür in der großen Scheibe des Wohnzimmers angebracht war, vom Riegel gelöst hatte und im Sommerwind hin und her schwang. Benommen kroch er zurück ins Bett und schlief ein. Zwei Stunden später erwachte er, so hellwach wie selten. Vor dem Fenster stand die graue Morgendämmerung, aber es war noch so dunkel, daß er auf der Armbanduhr kaum die Zeit erkennen konnte. Es war zehn Minuten nach vier. Jetzt oder nie, dachte er ohne Hast, nur wie unter einem sanften Zwang. Er ging nach unten, setzte Kaffee auf und stieg wieder nach oben, wo er ein Paar alte Hosen, Tennisschuhe und ein Wollhemd anzog. In der Küche trank er den Kaffee, ging dann in den Schuppen, holte die große Forke und verstaute sie auf dem Boden des Autos. Er fuhr den Wagen rückwärts aus der Garage und stellte ihn nahe der hinteren Hausecke ab.

Oben im Gästezimmer legte er sich den zusammengerollten Teppich sorgfältig über die Schulter, als ob er tatsächlich sehr schwer sei und Alicias Leiche enthalte. Er ging zur Hintertür hinaus und ließ den Teppich vorsichtig auf den Rücksitz des Wagens gleiten. Es war zwar nichts darin, aber leicht war er trotzdem nicht. Mit einer eingewickelten Leiche hätte er unter dem Gewicht geschwankt. Das mußte er sich merken, falls er es einmal für ein Buch brauchte. Er schaute sich um. Kein Mensch war zu sehen – nichts als ein paar zwitschernde Vögel. Nichts regte sich hinter Mrs. Lilybanks' Fenstern. Sydney fuhr los. Es waren ungefähr zehn Kilometer bis zu dem Wäldchen, das er im Sinn hatte. Endlich bog er von der Landstraße ab und in einen geraden Weg ein, der mit den hohen Bäumen an beiden Seiten an die Route Napoléon erinnerte. Das Gelände wurde jetzt schon waldiger. Niemand begegnete ihm auf seinem Weg, bis auf einen Lastwagen, der in entgegengesetzter Richtung fuhr. Schließlich brachte er das Auto an einem Grünstreifen an der linken Wegseite zum Stehen.

Er nahm die Forke heraus und ging etwa fünfzig Meter in den Wald hinein, bis er eine für seine Zwecke geeignete Fläche fand. Er begann zu graben. Es war eine mühevolle Arbeit, und trotz des weichen Bodens kam er nur langsam vorwärts. Er wünschte, er hätte noch einen Spaten mitgebracht. Am liebsten hätte er den aufgerollten Teppich in der Mitte zusammengefaltet und nur oberflächlich mit Erde bedeckt, aber er zwang sich, eine richtige, lange Grube auszuheben, als habe er wirklich eine Leiche zu vergraben, die er ja auch nicht einfach verscharren konnte. Immer wieder stieß er die Forke in das Erdreich, bis das Grab über einen Meter tief war. Dreimal im ganzen hörte er ein Auto vorbeifahren, er konnte die Wagen aber nicht erkennen, da das Gebüsch zu dicht war. Daraus schloß er, daß auch er wahrscheinlich von niemand gesehen wurde. Als die Grube endlich tief genug war, ging er zum Auto zurück, um den Teppich zu holen. Es war jetzt viel heller geworden, die Sonne lag auf den Wipfeln der Bäume. Wieder legte er sich den Teppich über die Schulter und stieß die Wagentür mit dem Knie zu. Auf der Straße kam gerade ein grüner Lastwagen heran und fuhr donnernd vorbei. Sydneys Haare wehten im Fahrtwind. Er trottete zurück in den Wald und legte die Teppichrolle auf den Boden; dann begann er verbissen, das Loch in der ganzen Länge noch zwanzig Zentimeter tiefer zu machen, wobei er vergeblich auf die zähen Wurzeln einschlug, die quer entlangliefen. Schließlich sprang er hinein und trampelte auf den Wurzeln herum, um sie etwas zu lockern. Dann rollte er den Teppich in die Grube; seine Arme waren so müde, daß sich die Rolle anfühlte, als enthalte sie in Wahrheit ein schweres Gewicht. Aber wenn eine Leiche darin gewesen wäre, dachte Sydney, so hätte die Angst seine Kräfte vergrößert, und die Aufgabe wäre dann leichter gewesen. Mit der Gabel schob und schaufelte er den Sand in die Vertiefung. Und wie ein wirklicher Verbrecher begann er sich jetzt, da alles eingegraben und außer Sicht war, sicherer zu fühlen. Er stampfte auf dem lockeren Boden herum, um ihn festzutreten, und zog die Forke darüber, die die Spuren seiner Tennisschuhe verwischte.

Dann ging er zum Wagen zurück und wandte sich nach der Grube um. Es war nichts Ungewöhnliches zu sehen. Der Stummel der einzigen Zigarette, die er geraucht hatte, war aufgerissen und der Tabak vom Wind zerstreut. Was konnte er sonst noch an Spuren zurückgelassen haben? Plattgetretene Grashalme, wo er gegangen war? Nur ein Super-Sherlock-Holmes konnte die nach einem Regen noch finden, und nur ein Genie der Fährtensuche und Sinneswahrnehmung würde sie auf ihn zurückführen können. Natürlich war der Teppich selbst da, und vielleicht fand sich bei Abbott noch eine Eintragung in den Büchern darüber, daß sie ihn an Alicia verkauft hatten, und Freunde konnten ihn identifizieren, aber es war ja schließlich keine Leiche drin. Sydney fuhr los. Vor ihm lag das Sonnenlicht hell über der Straße, gefleckt von kleinen, verwischten Schatten der Blätter von den Bäumen. Es versprach ein herrlicher Tag zu werden.

Der Sonntag ging ruhig vorüber. Sydney begann mit der Durchsicht seiner ›Planer‹; er war jetzt ganz optimistisch. Der erste Teil schien ihm nun eine gewisse innere Verbindung mit dem letzten Teil zu haben, was endlich einige Handlung und einen gewissen Fluß der Ereignisse bewies.

Montag abend um sechs klopfte Mrs. Lilybanks an die Hintertür und brachte ihm ein Pfund Stachelbeeren. Sydney bat sie, hereinzukommen.

»Zwei Pfund kosteten dreieinhalb Shilling, und mehr als ein Pfund kann ich unmöglich gebrauchen«, sagte sie. »Machen Sie gern Stachelbeerauflauf, oder ist es Ihnen zuviel Mühe?«

»Ich mag ihn gern, aber ich hab's noch nie gemacht«, sagte Sydney. »Alicia hat ihn immer gebacken.«

»Das hätte ich mir auch denken können. Hören Sie, Sydney, dann mache ich Ihren am besten gleich mit. Ob ich einen oder zwei ins Rohr schiebe, ist egal. Man muß nur die Beeren alle abzupfen und nachher durch ein Sieb rühren, wissen Sie.« Sie sah ihn lächelnd an. »Sie können ihn so um halb acht heute abend bei mir abholen, ich gebe ihn Ihnen schnell raus, dann kostet es Sie keine Zeit. Das ist besser, als wenn ich ihn herbringe, nicht wahr.«

Sydney war gerührt von soviel Freundlichkeit. »Das macht doch wirklich nichts. Ich hab ja Zeit genug.«

»Alicia sagte, Sie hätten diese Tage sehr viel zu arbeiten, deshalb wollte ich Sie nicht stören. Sonst hätte ich Sie gestern abend zum Essen gebeten.«

»Oh, vielen Dank«, sagte Sydney unbeholfen. Er war in Gedanken immer noch bei seinem Buch.

Mrs. Lilybanks zupfte an ihrer grünen Wolljacke und nahm die Schüssel mit den Stachelbeeren an sich. »Und wie gefällt Ihnen das Junggesellendasein?« Sie tat einen Schritt zur Tür.

»Wollen Sie nicht einen Augenblick Platz nehmen?« Verlegen fiel ihm ein, daß er ihr noch gar keinen Stuhl angeboten hatte.

»Nein, vielen Dank, ich muß gehen. Alicia ist bei ihrer Mutter in Kent, nicht wahr? Das sagte sie mir.«

»Ja.«

»Ob Sie mir wohl die Adresse geben würden? Ich möchte ihr gern ein paar Zeilen schreiben.«

»Aber natürlich. Einen Augenblick bitte.« Sydney ging ins Wohnzimmer und holte einen Bleistift vom Telefontisch.

»Dumm von mir, daß ich sie nicht gefragt habe«, sagte Mrs. Lilybanks und folgte ihm langsam. »Oh, Sie haben einen neuen Teppich. Hübsch ist der.«

»Ja«, sagte Sydney, während er schrieb. Sein Herz schlug schneller bei ihren Worten und beruhigte sich dann wieder. Wie richtiges Schuldbewußtsein, dachte er. »So, hier ist die Adresse. Mrs. Hartley Sneezum, Poke's Corner, Rayburn, Kent.«

»Sneezum«, las Mrs. Lilybanks.

»Ja.« Sydney lächelte. »Damit hab ich sie oft aufgezogen. Bei dem Namen muß ich immer an ›Hatschi!‹ denken.«

Mrs. Lilybanks lachte, wobei die kleine, rundliche Gestalt ein wenig ins Schaukeln geriet. »Lilybanks ist mindestens so drollig. Lilienufer – Lilienbeet ... Ein schöner Name für einen Grabstein. Mein Mann hat mir erzählt, wie erbarmungslos er immer als Junge damit geneckt wurde. In der Schule nannten sie ihn immer den Beerdigungsunternehmer.«

Sydney sah, wie ihr Lächeln verschwand, als sie ihn anblickte; er hatte bei ihrem harmlosen Scherz keine Miene verzogen. Eine Sekunde lang glaubte er Alicias Grab vor seinem inneren Auge zu sehen, da irgendwo im Wald, umrahmt von weißen Lilien. Er fühlte, wie er blaß wurde. »Ja, sehr komisch. Ein komischer Name.«

»Jetzt muß ich aber gehen, sonst können Sie nicht arbeiten. Und vergessen Sie nicht, heute abend vor acht Ihren Auflauf abzuholen!« Sie ging durch die Küche und dann durch die Hintertür nach draußen.

In dieser Woche rief Inez aus London an und fragte, ob sie und Carpie und zwei Freunde am Sonnabend mit dem Wagen kommen dürften; Lunch wollten sie in Picknickkörben mitbringen.

»Natürlich, sehr gern«, sagte Sydney, »aber Alicia ist nicht da.«

»Ach, wie schade. Ich habe neulich Alex und Hittie in der Gondola getroffen und sie sagten, Alicia sei wieder da ...?«

»Ja, aber sie ist schon wieder weg. Sie bleibt wohl eine Weile bei ihrer Mutter, nehme ich an.«

»Aha. Na ja, ist es dir dann auch recht, wenn wir kommen? Keine Angst, zu essen bringen wir mit, und du und ich, wir werden die amerikanische Stellung schon halten.«

»Okay«, sagte Sydney. »Für Getränke sorge ich.«

»Mach nur keine Umstände. Ein Glas Wein genügt. Drinks kosten ja ein Heidengeld.«

Auf den Parties bei Inez und Carpie gab es nur Wein, das wußte Sydney. »Laß nur, das mach ich schon.«

»Sag mal, hast du wohl schnell noch Alicias Adresse, bevor das Gespräch zu Ende geht? Ihre Telefonnummer meine ich.«

Sydney gab ihr die Nummer.

10

Nach kurzer Überlegung entschloß Sydney sich, Mrs. Lilybanks ebenfalls zu dem Picknick zu bitten. Sie sagte gern zu.

Inez und Carpie mit ihren Babies kamen in einem blauen Kombi-Volkswagen; am Steuer saß ein magerer, gelockter junger Mann in abgetragener Kleidung. Er hieß Reggie Mulligan und hatte am Theater zu tun, erfuhr Sydney. Der andere Mann war älter und besser angezogen, ihm gehörte auch der Volkswagen, obgleich er selbst nicht am Steuer saß. Es war zum Glück ein sonniger Tag; sie legten die beiden Decken, die sie aus dem Wagen genommen hatten, und eine von Sydney dazu auf den Rasen hinterm Haus. Sydney hatte einen der beiden Liegestühle herausgebracht für Mrs. Lilybanks. Inez und Carpie waren vollauf damit beschäftigt, ihre Kinder von den Tellern mit belegten Broten und Kuchen fernzuhalten; sie kamen kaum zum Essen. Sydney hatte alle durchs Haus geführt; gewöhnlich langweilte ihn das, aber heute machte es ihm Spaß, den Schloßführer zu spielen. Was tat es schon, daß die Betten nicht neu gewesen waren (die Matratzen waren es jedenfalls), daß die Bücherborde und die Kommoden ein bißchen abgestoßen aussahen und das Sofa im Wohnzimmer etwas altmodisch war? Wer weiß, in was für Löchern Mulligan und der andere Mann in London wohnten. Hier jedenfalls hatte Sydney ein eigenes Reich, Platz und frische Luft. Das Haus sah auch ganz ordentlich aus, obwohl im Augenblick die Hausfrau fehlte. Er freute sich über den Eindruck von Fleiß und Produktivität, den sein Arbeitszimmer mit den Papierhaufen, der offensichtlich vielbenutzten Schreibmaschine und den gespitzten Bleistiften machte.

»Ich arbeite gerade an einem alten Roman«, hatte er auf die Frage Vassilys – so hieß der ältere Mann – geantwortet. »Aber Alex und ich haben auch noch zwei Fernsehstücke in der Mache.«

Die beiden Mädchen kannten natürlich das Haus schon.

Sie waren mitten bei ihrer Freiluftmahlzeit; Sydney dachte gerade, nach dem zweiten Martini und dem ersten Biß in die

Sandwiches komme jetzt richtig Schwung in die Sache, als Inez plötzlich sagte:

»Du, Sydney, ich habe übrigens gestern abend versucht, Alicia anzurufen, aber ihre Mutter sagte, bei ihr ist sie nicht, und sie weiß auch nicht, wo sie ist. Da mußt du wohl mal was unternehmen.« Inez' dicke Lippen weiteten sich zu einem Lächeln, das fast alle weißen Zähne zeigte, und alle Zuhörer lachten pflichtschuldig.

»Komisch«, sagte Sydney. »Na, vielleicht ist sie ja wieder in Brighton, aber sie hat gesagt, sie ginge zu ihrer Mutter. Ich wollte sie auch nicht festnageln.«

»Festnageln?« fragte Carpie, und die anderen lachten von neuem.

»Na ja, wenn sie eine Weile allein sein will beim Malen –« Sydney versuchte eine nachlässige Geste zu machen und vergoß dabei etwas Vin rosé auf seinem Hosenaufschlag.

Mrs. Lilybanks unterbrach ihr Gespräch mit Vassily, mit dem sie sich angeregt unterhalten hatte. Sydney wollte noch etwas sagen, unterließ es dann aber. Er streckte die Hand aus und nahm ein Schinkenbrötchen. Dann sah er Inez an und fragte: »Ihre Mutter regt sich doch nicht auf, oder?« Jetzt sprachen Reggie und Carpie zusammen.

»Nein, nein. Na ja, ich weiß es nicht, so gut kenne ich sie ja nicht«, sagte Inez; sie hatte die Angewohnheit, das Nächstliegende stets sorgfältig darzulegen. »Ich glaube, sie wollte bestimmt gern wissen, wo sie ist. Sie fragte mich sogar, ob ich nicht irgendeine Ahnung hätte. Hat sie dich nicht angerufen?«

»Nein«, sagte Sydney und beschäftigte sich mit seinem Brötchen. Für Inez und ihre Freunde sah die Sache zweifellos aus wie ein Ehestreit. Na wenn schon. Ihm war leicht beschämt zumute; aber ihre Vermutung war immerhin sehr viel besser als eine Ahnung von der gräßlichen Wahrheit: daß nämlich Alicia sechs Fuß unter der Erde lag. Na gut, vier Fuß. Ein kleines Lächeln kräuselte seine Lippen. Er sah, wie Mrs. Lilybanks ihn beobachtete, und wandte seinen Blick ab.

Inez und Carpie und die beiden Männer blieben bis etwa halb fünf und fuhren dann in dem Kombiwagen zurück nach London. Mrs. Lilybanks bestand darauf, ihm beim Abwaschen und Aufräumen zu helfen. Sydney hatte angenommen, sie werde ihn nach Alicia ausfragen, wo sie sei, und ob es zwischen ihnen einen Streit gegeben habe und sie deshalb abgereist sei, aber sie erwähnte Alicia gar nicht. Sie erzählte, daß sie hinter ihrem Haus einen Obstgarten mit Apfel- und Birnbäumen anlegen wollte; sie sprach von den typischen Lichtverhältnissen in Suffolk, denen man immer wieder in den Bildern von Constable begegnete, und wie sie sich freue, daß der Kuchen, den sie mitgebracht hatte, ganz aufgegessen worden war. Als die letzte Tasse weggeräumt war, dankte Sydney für den schönen Nachmittag.

»Sie müssen meine Enkelin Prissie kennenlernen, wenn sie das nächste Mal kommt. Einmal war sie hier, aber das war nur ganz kurz, deshalb habe ich Sie nicht herübergebeten. Vielleicht kommt sie nächsten Sonnabend.«

»Ja, das würde mich freuen«, sagte Sydney.

»Sie ist erst zweiundzwanzig, aber ich glaube, sie wird beim Theater ihren Weg machen, wenn sie dabeibleibt. Auf Wiedersehen, Sydney, und nochmals vielen Dank.«

»Auf Wiedersehen, Mrs. Lilybanks.«

Mit langsamen Schritten ging Mrs. Lilybanks am Rande der Straße hinüber zu ihrem Haus.

Als sie ihr Wohnzimmer betrat, fiel ihr Blick auf das ungerahmte Aquarell – eine Vase mit Blumen –, das Alicia eines Nachmittags hier gemalt hatte. Es stand an den Kaminsims gelehnt, festgehalten von einem gerahmten Foto von Martha mit Prissie als Baby. Mrs. Lilybanks dachte, was Alicia wohl jetzt gerade täte und ob sie glücklich oder unglücklich sei. Wo immer sie war, sie würde ihr sicher bald ein paar Zeilen schreiben. Vielleicht wußte Sydney auch schon, wo sie war, und sagte es nur nicht, weil Alicia allein sein und von ihren Freunden nicht gestört werden wollte. Jedenfalls war es wohl das beste, sie Sydney gegenüber gar nicht mehr zu erwähnen und nur von ihr zu sprechen, wenn er davon anfing; offenbar war ihm die Situation etwas peinlich. Aber warum hatte er so in sich hineingelächelt, nachdem er eben vorher so verlegen gewesen war? Na ja, er war Schriftsteller, und wahrscheinlich gingen ihm viele Dinge durch den Kopf, phantastisch und ohne Zusammenhang.

11

An diesem Sonnabend hatte Sydney das Gefühl, er müsse ein paar Zeilen an Alicias Mutter schreiben. Er setzte sich hin und schrieb:

Liebe Mrs. Sneezum,
es tut mir leid, daß ich mehreren Leuten gesagt habe, sie könnten Alicia brieflich bei Ihnen in Kent erreichen; ich hatte aber angenommen, daß sie zu Ihnen wollte, zunächst jedenfalls. Sie brauchte einmal einen Tapetenwechsel, es ist ja auch zu einsam hier. Sie wollte etwas malen und einfach eine Weile allein sein. Ich hatte den Eindruck, sie wollte mir nicht genau sagen, wohin sie fuhr, vielleicht wußte sie es auch selbst noch nicht. Ich schreibe dies, um Ihnen zu versichern, daß sie bei der Abreise völlig ruhig und gelassen war. Ich wäre dankbar, wenn Sie mir sagten, wo sie ist, sobald Sie von ihr hören, aber bitte nur, wenn sie damit einverstanden ist. Ich weiß, daß sie eine Weile ungestört sein möchte, deshalb habe ich nicht die Absicht, sie daran zu hindern.

Hier ist alles beim alten. Ich arbeite, aber bisher ohne nennenswerten Erfolg. Hoffentlich sind Sie und Mr. Sneezum wohlauf. Mit herzlichen Grüßen

Sydney

Er vergaß den Brief und steckte ihn erst ein, als der Kasten um drei Uhr am Sonntag nachmittag schon geleert war. Dienstag morgen kam ein Anruf von Mrs. Sneezum.

»Haben Sie irgendwas von Alicia gehört?« fragte sie.

»Nein. Aber ich . . .«

»Wann ist sie abgefahren?«

»Am vorletzten Sonnabend. Zweiten Juli.«

»Mein Gott. Ich habe ein paar ihrer Bekannten in London angerufen, aber da ist sie auch nicht, und niemand hat eine Ahnung, wo sie ist. Das ist doch sehr ungewöhnlich.«

»Ich glaube, sie ist wahrscheinlich in Brighton, Mrs. Sneezum. Vor drei Wochen war sie auch ein paar Tage in Brighton, das wissen Sie vielleicht.« Sydney war ganz sicher, daß Mrs. Sneezum es wußte, denn Alicia hatte erwähnt, sie habe ihrer Mutter eine Postkarte geschickt.

»Ach«, sagte Mrs. Sneezum nachdenklich. Sie entschuldigte sich für einen Augenblick, um mit ihrem Mann zu sprechen, und sagte dann: »Was hat sie gesagt, wie lange sie fortbleiben wollte?«

»Das hat sie nicht gesagt. Vielleicht ein paar Wochen, ich weiß es nicht. Sie machen sich hoffentlich keine Sorgen.«

»Aber es sieht ihr überhaupt nicht ähnlich, keinem Menschen

zu sagen, wohin sie fährt. Alleinsein ist gut und schön, aber warum muß sie denn so ein Geheimnis daraus machen?«

Mrs. Sneezum schwieg, aber Sydney hörte ihren ungeduldigen Seufzer.

»Sie schreibt auch nicht sehr gern, das wissen Sie.« Aber an ihre Mutter schrieb Alicia gar nicht so selten. Sydney dachte an Smith, der von einer seiner Badewannen-Frauen erzählt hatte, sie habe sich die rechte Hand verletzt.

»Hat sie nicht gesagt, wohin sie ihre Post nachgeschickt haben will?«

»Nein, das hat sie nicht. Hier sind auch bloß drei Briefe, und sie sehen nicht sehr wichtig aus.«

»Also gut, Sydney, wollen Sie uns Bescheid sagen, sobald Sie etwas von ihr hören, bitte? Rufen Sie uns mit R-Gespräch an, das macht gar nichts. Sind Sie jetzt ganz allein?«

»Natürlich.« Nahm sie vielleicht an, er habe ein Mädchen bei sich?

»Nun, dann auf Wiedersehen. Und vergessen Sie nicht anzurufen.«

Sydney versprach es und legte den Hörer auf. Die Sonne schien heiß durch das Wohnzimmerfenster. Es war ein ungewöhnlich schöner Tag, sehr warm, für England sogar heiß. Und die Unterhaltung, überlegte Sydney, wäre ganz genauso verlaufen, wenn er Alicia umgebracht und ihre Mutter und alle anderen zu überzeugen versucht hätte, daß sie nach Brighton gefahren war. Wahrscheinlich sonnte sich Alicia jetzt im Liegestuhl am Strand von Brighton, grub mit den Zehen in den Kieselsteinen und hielt das lange, hübsche Gesicht mit geschlossenen Augen der Sonne entgegen. Mit einer Brise vom Wasser her mußte es jetzt herrlich sein in Brighton. Inzwischen machten sich die Sneezums – hatschi! – Sorgen da unten in Kent, hauptsächlich weil sie nicht viel anderes zu tun hatten. Mr. Sneezum hatte sich schon vor Alicias Heirat aus dem Berufsleben zurückgezogen mit viel Geld und einem angegriffenen Herzen. Er war ein passionierter Gärtner, die Chelsea Flower Show war für ihn der Höhepunkt des Jahres. Mrs. Sneezum nahm aktiv teil an der Gemeindepolitik und an verschiedenen Wohltätigkeitssachen. Sie war kleiner und dünner als ihre Tochter.

Alicia war das einzige Kind. Na ja, kein Wunder, daß sie sich Gedanken machte.

Er begann mit der Durchsicht der nächsten Seite in seinem

Manuskript; dann nahm er ein braunes Notizbuch zur Hand, das hinten auf dem Schreibtisch lag. Es war leer bis auf zwei Gedichte, die er einmal hastig niedergeschrieben hatte; sie sollten irgendwann verbessert werden, aber dazu war es nie gekommen. Fünf Seiten hinter dem letzten Gedicht schrieb er:

11. Juli. Heute die erste von zweifellos vielen Unterhaltungen mit Mrs. Sneezum. Auf meinen Brief von Sonnabend, der Alicias Abwesenheit und Schweigen erklärte. Ich war völlig gelassen und fühlte auch keinerlei Beunruhigung. Ob es wohl anders verlaufen wäre, wenn ich ihr gegenübergesessen hätte? Sie fragte nach Alicias Post. Merkwürdig: Alicia hat keine Adresse hinterlassen. Dafür kann ich doch aber nichts? Das Schlimmste kommt erst, wenn ihr monatlicher Scheck am 2. August nicht eingelöst wird. Dann muß ich einen Mann erfinden, mit dem sie zusammenwohnt. Besser jetzt schon damit anfangen.

Diese Sätze gaben Sydney das angenehme Gefühl, erstens etwas zu schaffen und zweitens ein Mörder zu sein. Die vorhergehenden Seiten, so überlegte er, wollte er irgendwann, wenn er in Stimmung war, mit einem Tatsachenbericht des Mordes ausfüllen: wie er sie die Treppe hinunterstieß, die Leiche nachts im Haus behielt und am nächsten Morgen hinaustrug – wobei er vielleicht von Mrs. Lilybanks gesehen wurde oder zumindest fürchtete, von ihr gesehen worden zu sein.

Kurz vor fünf läutete das Telefon, und Sydney nahm an, es sei wieder Mrs. Sneezum.

»Hier Polk-Faraday«, sagte Alex.

»Hier Bartleby, der schreibende Schreiber.«

»Mein lieber Syd, rate mal, warum ich anrufe.«

Sydney erriet es, konnte es aber kaum glauben. Hittie hatte soeben Alex im Büro angerufen und ihm berichtet, Plummer vom Sender Granada sei bereit, ›Der Schatten schlägt zu‹ zu erwerben, wenn sie ihm noch ein oder zwei weitere Stücke vorlegen könnten und vielleicht noch ein paar weitere Entwürfe vom gleichen Kaliber. Hittie hatte den Brief aufgemacht und Alex sofort angerufen.

»Ich hab ihn noch nicht zurückgerufen«, sagte Alex. »Die Antwort ist also ein uneingeschränktes Ja, nicht wahr? Die Ware liefern wir.«

»Sag ihm, wir liefern jede Menge Super-›Schatten‹. Du, übrigens, die zweite Geschichte geht doch voran?« Es war die Sache mit dem umgebrachten Ehemann.

»Natürlich, natürlich«, sagte Alex. »Die erste Fassung ist beinah fertig.«

»Gut, dann werde ich mir sofort etwas Neues einfallen lassen.«

Alex lachte. »Dann viel Erfolg dazu! Übrigens, wie geht's Alicia? Schade, daß ihr neulich nicht zu unserer Party gekommen seid. Du Spielverderber, Alicia hatte Lust gehabt.«

»Ich konnte wirklich nicht. Zuviel Arbeit. Ich hatte Alicia angeboten, allein zu fahren . . . Wenn ich erst diesen Roman fertig habe . . .«

»Also grüße sie vielmals von uns.«

Sydney holte tief Atem und sagte: »Sie ist gar nicht hier. Sie ist wieder nach Brighton gefahren, glaube ich.«

»Schon wieder? Wann kommt sie denn zurück?«

Ping-ping-ping ging das Klingelzeichen: Ende des Gesprächs.

»Sie bleibt diesmal vielleicht länger. Paar Wochen.«

»Sie hat deine Schufterei satt. Also auf bald, Alter.«

Sydney stand neben dem Telefon, noch benommen vor hoffnungsvoller Freude. Er wandte sich langsam um und starrte dann wieder das Telefon an. Wenn er doch Alicia anrufen und ihr die gute Nachricht mitteilen könnte. Aber wenn der ›Schatten‹ verkauft wurde, würde sie das durch Freunde zu hören kriegen. Unsinn, fiel ihm ein, sie war ja tot und begraben. Und lächelnd lief er die Treppe hinauf in sein Arbeitszimmer.

12

Mrs. Edward Ponsonby – alias Alicia – war in Brighton im Hotel *Sinclair* abgestiegen, das größer und bequemer war als die Pension – Zimmer mit Frühstück –, in der sie das letzte Mal gewohnt hatte. Ihr Monatsscheck von fünfzig Pfund war am 2. Juli, dem Tag ihrer Abreise, gekommen, und sie hatte ihn noch in Ipswich eingelöst. Sie und Sydney hatten ein gemeinsames Konto bei der Bank in Ipswich, das etwa hundert Pfund aufwies, aber auf dieses Konto wollte sie keine Schecks ausschreiben, um Sydneys Finanzen nicht zu schmälern, und außerdem hätte man dann ihren Aufenthaltsort feststellen können. Mit den fünfzig Pfund beabsichtigte sie auszukommen, so lange es ging, danach wollte sie vielleicht irgendwo eine Stellung in einem Büro annehmen, nicht in London, sondern in einer ruhigen

Kleinstadt. Ihre Wochenrechnung im Hotel *Sinclair* hatte den Bestand um neun Pfund reduziert; aber für Mahlzeiten gab sie sehr wenig aus, und sie hoffte, bis zum nächsten Scheck auskommen zu können und dann so weiter, von einem Scheck zum anderen; nur würde das Leben ohne Arbeit wahrscheinlich langweilig werden. Überdies war es etwas problematisch, wie sie den nächsten Scheck bekommen sollte, denn er wurde nach Roncy Noll gesandt, und Sydney wußte nicht, wohin er ihn weiterschicken sollte; sie hatte keine Lust, ihre Bank – und damit auch Sydney – zu informieren. Ihre persönlichen Briefe waren nicht so wichtig, die konnten liegenbleiben. Es würde zudem aussehen, als sei sie wirklich wie vom Erdboden verschwunden, wenn sie sich nicht um ihre Post kümmerte; dann mochte Sydney womöglich allerhand aufstellen. Sicher würde er ein möglichst schlechtes Gewissen zur Schau tragen, als ob er sie umgebracht hätte, und damit alle Leute beunruhigen. Wie weit würde er es treiben? Das wäre, überlegte sie, ein guter Maßstab für seine Zurechnungsfähigkeit und geistige Reife. Und bei beiden hatte sie ihre Bedenken.

Sie dachte daran, einmal abends oder am Sonntagnachmittag bei Edward Tilbury anzurufen. Allzu wichtig war es ihr nicht (vielleicht hatte er auch längst jemand in London gefunden, mit dem er seine Zeit verbrachte), aber sie könnte ihn fragen, ob er übers Wochenende rüberkommen wollte. Alicia malte sich in Gedanken allerhand Möglichkeiten aus: Er kam am Sonnabend, und sie schrieben sich unter einem anderen Namen, vielleicht unter Ponsonby, in einem Hotel ein und verbrachten dann ein ganz schlimmes Wochenende miteinander. Oder Edward kam wieder für einen Sonnabend, und daraus entwickelte sich eine echte Liebe, und sie würde dann etwas Drastisches unternehmen, vielleicht sich von Sydney scheiden lassen; oder es begann eine leidenschaftliche Affäre, Edward würde bei seiner Firma vier Wochen Ferien herausschinden, und sie nahmen irgendwo ein kleines Haus. Oder Edward fuhr immer nach London an seinen Arbeitsplatz und verbrachte die Nächte und Wochenenden in Brighton. Wenn es eine lange Affäre wurde, war es besser, ein Haus außerhalb von Brighton zu nehmen; sonst fanden irgendwelche Londoner Bekannte heraus, daß sie beide ›verschwunden‹ waren, und kamen dann auf Brighton, weil man wußte, daß sie schon mehrfach dort gewesen war.

Alicia war augenblicklich besessen von der Farbe Blau; sie

hatte starke blaue Bogen gekauft, die sie in Rechtecke von 20 mal 25 Zentimeter schnitt. Mit diesen Bogen auf einem Block, ihrer Zeichenfeder mit blauer Tinte und einem einzigen roten Farbstift saß sie stundenlang am Strand auf der Promenade und skizzierte die Landschaft. Sie hätte einige der Blätter ganz gern an Mrs. Lilybanks geschickt, tat es aber dann doch nicht. Auch Mrs. Lilybanks brauchte nicht zu wissen, wo sie war; sie würde es bloß Sydney weitersagen. Sydney nahm sicher an, daß sie in Brighton war, aber so genau brauchte er es auch wieder nicht zu wissen.

Zwei Wochen waren vergangen, und Alicia fühlte sich langsam ruhiger und glücklicher. Ihr kam auch der Gedanke, daß ihre Eltern sich Sorgen machen könnten – das würde Sydney aber sicher zurechtbiegen. Wenn ihr etwas zugestoßen wäre, würde das in der Zeitung stehen; so lange sie also nichts Derartiges lasen, konnten sie beruhigt sein. Aber in der dritten Woche hatte sie es satt: das ewige Erdbeereis in den hohen Gläsern im *Eclair*, die Scaloppine in dem italienischen Restaurant, die gräßlichen Kuchen in den Teestuben, und selbst ihre vier Wände im Hotel *Sinclair* (die Tapete hatte ein Muster von kleinen Schiffen, rosa auf gelb), die zuerst so reizend ausgesehen hatten, weil das Zimmer neu und ihr eigenes gewesen war. Eines Abends genehmigte sie sich in einem Lokal in der Steine Street zwei doppelte Gin, und als sie den zweiten ausgetrunken hatte, rief sie Edward in London an.

Sie war überrascht, als er zu Hause war, und nahm das als gutes Omen.

Dann wurde alles in ganz unglaublich kurzer Zeit abgemacht, bevor noch die ersten drei Minuten vorüber waren. Er wollte am folgenden Sonnabendmorgen mit dem Zehn-Uhr-Zug, der um elf in Brighton war, herkommen, dort übernachten und den Sonntag über bleiben. Er schien sich über ihren Anruf sehr zu freuen.

Sie traf ihn am Bahnhof und hätte ihn fast verfehlt unter all den aussteigenden Leuten; es sah aus, als halte er den Kopf gesenkt, und er schien auch nicht so groß zu sein, wie sie ihn in Erinnerung hatte. Aber er hatte das alte, frohe, offene Lächeln, als er sie sah; er nahm den Hut ab und küßte sie auf die Wange. Sie gingen ins Bahnhofsrestaurant, um etwas zu trinken.

»Sie glauben sicher, ich bin verrückt«, sagte Alicia, »aber ich mache schon wieder Ferien. Diesmal ein bißchen länger, und ich male auch fleißig. Ich habe meine Ölfarben mitgebracht.«

»Wieso denn verrückt?« fragte Edward. »Ich finde, Sie sind ganz reizend.«

Aus seinen Worten und dem Ton erkannte sie, daß er keinem seiner Londoner Freunde von ihrem Treffen erzählen und auch keinerlei Fragen nach Sydney stellen würde.

»Wo wohnen Sie?«

»Im Hotel *Sinclair*«, antwortete Alicia. »Nicht sehr großartig, aber ganz ordentlich.«

»Hätten Sie etwas dagegen, wenn ich dort ein Zimmer nehme? Oder soll ich lieber in ein anderes Hotel ziehen?« Er lächelte sein schüchternes Jungenlächeln. »Es ist so viel leichter, sich zu sehen, wenn man unter dem gleichen Dach wohnt, nicht wahr.«

»Aber natürlich. Ich habe gar nichts dagegen. Das *Sinclair* ist doch groß genug für uns beide.«

Edward hatte eine Reisetasche bei sich, die, wie er erzählte, ein Oberhemd, eine Badehose und einen Schlafanzug enthielt. Sie gingen vom Bahnhof aus ins Hotel, und Alicia erklärte, daß Sydney und ihre Eltern nicht wissen sollten, wo sie war, und daß sie sich deshalb unter einem anderen Namen, Mrs. Edward Ponsonby, eingetragen habe.

»Ich hoffe, Sie haben nichts gegen den Edward«, sagte sie.

»Nein – ich freue mich«, sagte Edward Tilbury.

Alicia hatte eigentlich nicht die Absicht, eine Affäre mit Edward anzufangen, und tat es deshalb auch nicht. Er war offensichtlich sehr bereit dazu. Sie hatte ein schlechtes Gewissen, weil sie ihn nach Brighton hatte kommen lassen und dann nicht mit ihm schlafen wollte, aber merkwürdigerweise schien er mit der Situation ganz einverstanden zu sein. Der Sonnabend nachmittag und abend und der folgende Sonntag verliefen genauso schön und ungetrübt wie ihr erster Sonntag. Alicia schenkte ihm eine altmodische Schlipsnadel, die sie für ihn erstanden hatte. Sie erwähnte nichts von einem eventuellen Wiedersehen, aber Edward fragte, ob sie am nächsten Wochenende noch in Brighton wäre. Und als sie meinte, ja, das glaube sie wohl, erkundigte er sich, ob er wiederkommen dürfe.

»Ja, ich würde mich sehr freuen ... Wenn Sie nichts Besseres vorhaben«, fügte sie mechanisch hinzu, aber in diesem Augenblick liebte sie Edward, und er war ihr so nahe wie nie zuvor.

13

Ende Juli, als Alicia fast vier Wochen fort war, kamen die Polk-Faradays für ein Wochenende zu Sydney heraus. Er arbeitete gerade an der dritten ›Schatten‹-Story mit dem Titel ›Der andere Sir Quentin‹; der ›Schatten‹ gab sich hierin als englischer Diplomat aus. Abgesehen von dem Picknick mit Inez und Carpie war dies das erste Mal seit Alicias Abreise, daß Sydney Gäste eingeladen hatte. Mit ungewöhnlicher Begeisterung kaufte er ein Brathuhn, Roastbeef, eine Flasche Whisky, mehrere Flaschen Wein und eine Menge Delikatessen in einem Laden in Ipswich ein.

Die beiden Polk-Faradays kamen Freitag abend um halb neun. Sydney begrüßte sie an der Hintertür. Sie brachten Bier, Wein und zwei Pasteten mit, die Hittie gemacht hatte.

»Das wird ein großartiges Wochenende«, meinte Sydney, als er in der Küche die ersten Drinks zurechtmachte.

»Ja, es regnet auch schon«, sagte Alex; es schien ihn aber nicht zu stören.

Hittie fragte: »Darf ich?« und öffnete auch schon die Bratrohrklappe. »Hm. Das riecht wunderbar. Soll ich die Quetschkartoffeln machen?«

Sydney war mit dem Braten beschäftigt. »Ja, die Kartoffeln sind fertig ... Wenn du sie stampfen würdest?«

Hittie machte sich an die Arbeit.

»Du siehst gut aus; das Junggesellenleben scheint dir zu bekommen«, meinte Alex.

»Na, ich weiß nicht recht.« Sydney erinnerte sich, daß Mrs. Lilybanks vor ein paar Tagen das gleiche gesagt hatte. Wahrscheinlich hatte die Aussicht auf den Verkauf der ›Schatten‹-Serie ihn aufgemöbelt, das wollte er aber lieber nicht sagen – man sollte sein Glück nicht berufen.

Hittie kam mit ihrem Glas herein, blickte sich im Wohnzimmer um und beugte sich nieder, um die gelben Rosen zu bewundern, die Sydney vor dem Kamin in der weißen Vase mit dem Sprung aufgestellt hatte. »Oh – ist das nicht ein neuer Teppich?« fragte sie. Sydney fuhr ein wenig zusammen, wie bei Mrs. Lilybanks, als sie den Teppich erwähnte. »Eh – ja. Ich – wir fanden, der andere wurde allmählich zu schäbig.« Er warf einen Blick auf Alex, worauf Alex ihn ebenfalls ansah. »Diesen haben wir gebraucht gekauft, ganz billig.«

»Hübsch ist er.« Hittie sah Sydney fragend an. »Hast du was von Alicia gehört?«

»Nein. Erwarte ich auch gar nicht, weißt du. Sie will eine Weile für sich allein sein. Es ist ein bißchen blöde einerseits, denn ihre Mutter denkt immer, ich müßte von ihr hören, und anscheinend schreibt sie ihrer Mutter auch nicht.« Sydney zog die Schultern hoch; er redete zuviel, das wußte er; es kam, weil er seit drei oder vier Tagen – seit er Mrs. Lilybanks zuletzt gesehen hatte – keine zwanzig zusammenhängenden Worte mit irgend jemand gesprochen hatte, nicht mal beim Einkaufen.

»Wo kann sie nur sein?« erkundigte sich Hittie.

»Wahrscheinlich in Brighton«, meinte Sydney.

»Er hat sie um die Ecke gebracht, klar«, sagte Alex. Er stand auf und ging mit dem leeren Glas zur Küche, wobei er ein Auge zukniff und Sydney verschwörerisch zublinzelte. »Er hat sie abgemurkst, kann endlich an ihr Geld ran und verarbeitet seine Erfahrung aus erster Hand in der ›Schatten‹-Serie. Wenn das kein Knüller wird!«

Sydney lachte höflich.

»Du sorgst dich doch nicht um Alicia?« Hitties Worte klangen mehr wie eine Feststellung als wie eine Frage, aber ihr blondes Chinesengesicht sah bekümmert aus, die braunen Augenbrauenstriche schrägten sich über der Nase fast zusammen.

»Nein. Ich wüßte nicht, warum«, sagte Sydney.

»Wie lange wollte sie denn wegbleiben?«

Sydney hatte das Gefühl, Hittie fragte ihn aus, um die Informationen an Interessenten in London weiterzugeben. »Ach, vielleicht so etwa sechs Monate. Sie hat gesagt, sie wüßte noch nicht, wie lange. Ich will das aber ihrer Mutter nicht sagen, sonst machen die Sneezums – hatschi! – sich vielleicht wirklich Sorgen. Sie haben kein Verständnis für die jüngere Generation.« Sydney nahm Hitties Glas und ging damit in die Küche. Es war gar nicht leer, aber ein guter Gastgeber war aufmerksam und schenkte nach.

Beim Essen gab Sydney ihnen dann einen Überblick über ›Der andere Sir Quentin‹.

»Erste Szene: Sir Quentin Ogilvie verabschiedet sich von seiner Geliebten und tritt auf die Straße hinaus – irgendeine dunkle Hintergasse in Ankara. Da schmeißt jemand eine Bombe – peng! – und er ist tot. Nun ist es aber äußerst wichtig, daß Sir Quentin bei einer diplomatischen Konferenz in London erscheint, und wenn die türkischen oder auch die englischen Behörden etwas von dem Mord erführen, würde das wer weiß was für Verwicklungen geben. Jetzt kommt der ›Schatten‹ ...«

»Warum?« fragte Alex, der mit übereinandergeschlagenen Beinen auf seinem Stuhl saß.

»Wegen der diplomatischen Beziehungen der Türkei zu England gerade jetzt. Sir Quentins Diener ist kein Dummkopf und hört von dem Mord durch einen Straßenjungen, der ins Haus kommt. Der Diener und der Junge holen die Leiche von der Straße herein und verstecken sie in Sir Quentins Garage unter ein paar Zeltplanen. Dann ruft der Diener in London bei der Kriminalpolizei an. Die setzen sich mit einem ihrer Mittelsmänner in Verbindung, der wieder einen anderen Mittelsmann einschaltet ...«

»Hm«, sagte Alex. Er blickte schläfrig und zweifelnd auf seinen Teller und nahm den Rest Sauce mit dem letzten Bissen Roastbeef auf.

Hittie schien ihm jedoch zu folgen, deshalb sprach Sydney weiter. »Wir sehen jetzt den ›Schatten‹ in seiner Londoner Wohnung; er spricht zu dem Mittelsmann, der ihn eben angerufen hat. Der ›Schatten‹ lächelt und sagt, ja, er will die Sache übernehmen; wir wissen aber noch nicht, worum es sich handelt. Dann sind wir wieder in Ankara, die türkischen Mörder sind konsterniert und böse, weil ihr Mordplan anscheinend fehlgeschlagen ist. Sir Quentin spaziert ganz munter durch die Stadt, heil und gesund bis auf eine Binde über dem Kopf und dem einen Auge, wahrscheinlich von der Bombe. Es ist aber der ›Schatten‹ in vollendeter Aufmachung als der Blödian Sir Quentin.«

Hittie nahm die Schüsseln und ging, aufmerksam zuhörend, auf den Zehenspitzen hinaus, um die Pastete zu holen. Sydney hörte, wie in der Küche der Kaffee durch die Maschine lief. Er fuhr fort: »Da könnte man ein paar herrliche Gags einbauen, Alex. So zum Beispiel – irgendeine Verflossene von Sir Quentin kreuzt auf, von Sehnsucht getrieben, und läßt sich nicht abweisen. Der Schatten hätte ja nichts dagegen, mit ihr zu schlafen; aber vielleicht würden sich dabei doch ein paar Unterschiede zu dem alten Trottel herausstellen ...« Sydney lachte, und Hittie kicherte mit.

»Hm«, machte Alex. Er wirkte etwas alkoholisiert, und seine Augen waren leicht gerötet, aber vielleicht kam das auch nur von der langen Fahrt.

»Immer wieder wird zurückgeblendet zu den Zeltplanen in Sir Quentins Garage. Zum Beispiel kommt der Garagenwächter und will am Rolls-Royce das defekte Schlußlicht reparieren. Der Diener weicht nicht vom Fleck; als der Mann eine der Planen nehmen will, um darauf unter den Wagen zu kriechen, hält der Diener ihn zurück. Und so weiter.«

»Versteh ich nicht«, beschwerte sich Alex.

»Ach, geschrieben sieht das alles besser aus. Dann wirst du schon verstehen. Es ist eine ganz einfache Geschichte – wie alle guten Geschichten«, sagte Sydney.

»Ich versteh alles. Mach weiter«, sagte Hittie und setzte sich wieder. Sie hatte die Pastete auf die Teller verteilt.

»Also Ogilvie, alias der ›Schatten‹ . . .«

»Du meinst der ›Schatten‹, alias Ogilvie«, sagte Alex.

»Meinetwegen«, sagte Sydney. »Er kommt also mit großem Gepränge und Protokoll nach London zu der Konferenz, erfüllt seine Aufgabe fabelhaft, rettet die Konferenz, verhütet den Kriegsausbruch und so . . .« Sydney verlor den Faden, denn weiter war er noch nicht gekommen. »Dann muß noch ein sehr guter Schluß kommen. Und die Zeltplanen in der Garage . . .« Sydney starrte einen Augenblick auf die Mitte des Tisches; er dachte an den rotblauen Teppich, den er vergraben hatte, an den aufgerollten Teppich mit Alicias Leiche. Was ließ sich mit einer Leiche sonst noch machen außer vergraben? »Die wird man also schließlich irgendwo vergraben müssen.«

»Hm. Wer?« fragte Alex und begann mit seiner Pastete.

»Ach, der Diener und ein paar Kumpane, vielleicht die Straßenjungen. Sie wissen alle, daß eine internationale Krise vermieden wurde. Da macht ihnen so eine Kleinigkeit wie das Wegschaffen der Leiche überhaupt nichts aus.«

»Natürlich wird Ogilvie später vermißt werden. Ich nehme an, der ›Schatten‹ bleibt in London?« fragte Alex.

»Ja, natürlich. Gerade richtig für die nächste Sendung. Ogilvie wird schließlich vermißt, aber das brauchen wir nicht zu zeigen. Bis dahin ist die Krise vorbei.«

»Welche Krise?«

»Alex!« sagte Hittie vorwurfsvoll. »Du könntest aber wirklich so höflich sein, Sydney zuzuhören.«

»Ich höre ja zu. Die Krise hab ich nicht mitbekommen«, sagte Alex. Er hob das lange, bleiche Gesicht in die Höhe und runzelte die eine Augenbraue, als er seine Frau ansah. »Ich hab keine

Ahnung, worum es bei der Krise geht, und Sydney auch nicht, glaube ich.«

Hittie stieß einen klagenden Seufzer aus und blickte Sydney an.

Sie waren jetzt alle müde, auch als Sydney noch eine zweite Kanne Kaffee gemacht hatte, damit er und Hittie noch das Abwaschen bewältigten. Alex war offensichtlich zu erschöpft zum Helfen. In der Küche sagte Hittie: »Du, entschuldige bitte, daß Alex heute abend so unfreundlich war. Er hat eine harte Woche hinter sich, an drei Abenden hat er bis spät gearbeitet, und dann heute die Fahrt.«

»Oh, das macht gar nichts«, sagte Sydney heiter. »Er wollte mich nur aufziehen, das weiß ich doch.« Seine Hände steckten tief im Seifenschaum.

»Kommen hier die großen Schüsseln hin?« fragte Hittie. Sie trocknete das Geschirr und räumte es gleich ein.

»Mein Gutes, es ist mir völlig wurscht, wo du sie hinstellst. Wir wollen sie zur Abwechslung mal woanders hinstellen.«

Als Hittie an den Spültisch zurücktrat, um die nächste Schüssel aus dem Gestell zu nehmen, sagte sie: »Es muß doch schrecklich einsam sein für dich ohne Alicia. Ich finde, du hältst dich wirklich großartig.«

Sydney wandte ihr sein noch immer lächelndes Gesicht zu. Er hielt sich großartig, aber er erkannte, daß so extravertierte Leute wie die Polk-Faradays, die sehr viel von Gemeinsamkeit hielten, nicht viel Verständnis aufbrachten für Menschen, die allein völlig glücklich waren. »Nein, du, es gefällt mir. Ich bin gar nicht einsam. Vergiß nicht, ich war zu Hause das einzige Kind. Ich bin daran gewöhnt, allein zu sein.« Es war für Sydney schwer verständlich, warum Menschen oft freiwillig in Gruppen lebten, wie zum Beispiel große Familien in Italien, wenn es nicht aus wirtschaftlichen Gründen geschah. Massen beunruhigten ihn. Für ihn war die Zusammenrottung von Menschen ein Zustand, den ein normaler Mensch ablehnen mußte. Er war ein Einsiedlerkrebs.

In Hitties Gesicht stand noch teilnahmsvolle Sorge. »Alex sagt – Alicia hat ein monatliches Einkommen, nicht wahr?«

Jetzt sagt sie gleich: Und wenn sie tot ist, bekommst du es doch, dachte Sydney. Er lächelte. »Ja. Am 1. August ist es fällig. Montag.«

»Kommt es mit der Post?«

»Ja. Mit der zweiten Post.«

Hittie stand auf einem Fuß und kratzte sich die Sohle des anderen Fußes. Sie hatte nach dem Essen die neuen Sandalen angezogen, weil sie drückten, und war jetzt strumpflos und barfuß. »Alex sagt, wenn es nicht kommt, könntest du der Bank schreiben oder sie anrufen und fragen, wohin Alicia es sich nachschicken läßt. Das hat sie dort sicher angegeben.«

»Ja, schon, aber sie will sicher nicht, daß ich erfahre, wo sie ist. So haben wir es abgemacht. Sie wollte völlig für sich sein. Verstehst du?« Sydney hoffte, daß die Sache damit erledigt war.

»Aber bist du denn gar nicht neugierig?«

»Nein«, sagte er und zog den Stöpsel aus dem Spülbecken. Dann fiel ihm die gebrauchte Kaffeekanne ein, und er machte den Stöpsel wieder fest. Er schüttete den Kaffeesatz in den Kasten, der für den Komposthaufen vorgesehen war, spülte die Kanne aus, reinigte danach das Becken, trocknete sich die Hände ab und führte dann Hitties Hand an die Lippen. »Untertänigsten Dank. Wie wär's mit einem Schluck vorm Zubettgehen?«

Aber sie lehnte ab. Eine Viertelstunde später lag Sydney in dem breiten Doppelbett und schlief.

Das Gurren einer verliebten Taube – Ooohh-ooh-oooh – weckte ihn, es war so laut, als säße sie bei ihm im Zimmer. Er ging nach unten und setzte Kaffee auf. Dann ging er in sein Arbeitszimmer, spannte einen Bogen in die Maschine und schrieb: ›Der andere Sir Quentin, erster Akt‹ und legte los. Nach zwanzig Minuten und zwei Tassen Kaffee hatte er dreieinhalb Seiten mit einer kristallklaren Regierungskrise getippt. Gegen neun brachte er den Polk-Faradays ein Tablett mit zwei Tassen Kaffee hinauf und holte dann den Entwurf aus seinem Zimmer.

»Sieh dir dies mal an, wenn du Lust hast. Ich glaube, es ist jetzt klarer.«

Ausgeschlafen und ausgeruht hatte Sydney erkannt, daß seiner Story das eigentliche Mittelstück fehlte. Dieses Manko war schnell behoben. Er ließ die Bösewichter weitere Mordanschläge auf den ›Schatten‹ unternehmen, den sie natürlich für Sir Quentin hielten. Schließlich überlistete der ›Schatten‹ die Mörderbande und flog dann nach London zu seiner Konferenz. Zufrieden mit sich, ging Sydney nach unten und begann mit den Vorbereitungen zum Frühstück.

Ein paar Minuten später kam auch Alex herunter. Er fand die

Geschichte ganz interessant. »Ich hab's einfach gestern abend nicht richtig mitgekriegt, weißt du. Entschuldige. Ich war todmüde. Vielleicht ist diese Story die beste von den dreien.«

Nach dem Frühstück fuhren Sydney und Alex nach Framlingham, wo er Holzkohle und ein großes Stück Rinderfilet kaufte. Er hatte Lust, im Garten ein Holzkohlenfeuer zu machen. Als sie heimkamen, räumte Hittie die Lebensmittel weg, und Sydney ging in den Schuppen, um die Forke zu holen. Neugierig lief Alex hinter ihm her; er wollte sehen, wie so eine Grube gemacht wurde.

Sydney stieß die Forke in den zähen Grasboden und brachte den ersten Erdklumpen herauf. Er sah, daß oben zwischen den Zinken getrocknete Klümpchen von dunklerer Farbe steckten – Brocken von dem Ort, wo er Alicia verscharrt hatte –; er hatte das Gefühl, als sehe Alex die Forke nachdenklich und stirnrunzelnd an und sei im Begriff, eine Bemerkung zu machen.

»Wie tief muß das Loch sein?« fragte Alex.

»So etwa dreißig Zentimeter. Man kann sie viel größer und tiefer machen, wenn man ganze Tiere am Rost braten will. Für unser Steak genügt das.«

Alex war den ganzen Tag genauso liebenswürdig, wie er am Abend vorher mißmutig gewesen war. Nach dem Mittagessen folgten zwei arbeitsame Stunden; sie besprachen die Story, die sie in drei Akte und etwa zwanzig Szenen einteilten. Alex war inzwischen soweit, daß er mit dem Tippen des zweiten Teils beginnen konnte. Sydney wußte, dafür würde er gut zwei Wochen brauchen.

»Wenn du es mir schickst, kann ich es tippen«, sagte Sydney.

»Ach, weißt du, es gibt da immer noch kleine Änderungen, bis ganz zuletzt. Du kennst das ja.«

Sydney seufzte; er wünschte, die Sendung wäre erst angenommen. »Vor Ende August werden wir wohl nichts hören, oder?«

»Von Plummer meinst du. Nein, wahrscheinlich nicht. Vor Ende August kann ich diesen dritten Teil kaum fertig haben, und er wollte drei fertige sehen.«

Sydney zerdrückte eine Mücke, die ihn gerade in den Unterarm gestochen hatte. »Soll ich nicht mal versuchen, die Story zu schreiben? Wir haben ja alles gut festgelegt.«

»Hm. Lieber nicht, Syd. Es läuft alles so gut jetzt. Lieber nichts riskieren.«

Sydney schwieg, etwas verärgert über Alex' selbstherrliche

Haltung. Schließlich stammten die Einfälle ja von ihm. Als ob er nicht auch schreiben könnte! Sydney erhob sich und sagte: »Komm, laß uns was trinken. Verdient haben wir es ja.«

Sie waren alle beim zweiten Drink, als Sydney ein Streichholz an die Holzkohle hielt, die er vorher mit Benzin übergossen hatte. Sie brannte sofort an, und die feurige Glut im Erdboden war ein hübsches Bild. Hittie wickelte Kartoffeln in Aluminiumfolie und legte sie zum Rösten auf die Holzkohle. Alle waren fröhlich und ausgelassen.

»Siehst du, wie ihm das Junggesellenleben bekommt«, sagte Alex zu Hittie. »So lustig habe ich ihn noch nie gesehen, wenn Alicia dabei war.«

»Och, Alex«, sagte Hittie, die nichts auf die Segnungen des Ehelebens kommen lassen wollte.

»Na, Syd – bist du nicht viel lustiger?«

»Klar. Keine versteckten Bananen mehr und solches Zeug. Und wenn jetzt noch ihr Geld kommt, Mensch! Dann noch der ›Schatten‹, und ich hab Geld wie Heu.« Sydney kauerte auf einem Knie und prüfte mit dem Handballen die Hitze der Holzkohle.

»Versteckte Bananen?« wiederholte Hittie verständnislos. »Wieso?«

»Alicia mochte sie – mag sie«, verbesserte er sich, »lieber nicht so reif wie ich, deshalb mußte ich sie immer hinter den Büchern und sonstwo verstecken, damit ich sie reif kriegte, bevor sie sie aufaß. Und alle sechs Monate oder so, wenn sie die Bücher abstaubt, dann geht das los. ›Igitt, pfui Teufel. Schon wieder eine Banane, nun sieh dir das bloß an!‹«

Hittie und Alex wollten sich ausschütten vor Lachen.

»Versteckte Bananen!« sagte Hittie immer wieder und lehnte sich an Alex, um nicht das Gleichgewicht zu verlieren.

»Du, Hittie sagte gerade, du kannst doch feststellen, wo Alicia ist, weil sie ihrer Bank sicher gesagt hat, wohin das Geld geschickt werden soll.«

»Ja, aber ich habe Hittie schon gesagt, Alicia will sicher nicht, daß ich das erfahre.« Das mußte ihm Hittie doch gesagt haben, dachte Sydney; er hatte keine Lust, alles noch einmal aufzurühren. Er hatte überhaupt keine Lust, von Alicia zu reden.

»Du sagst uns Bescheid, falls sie den Scheck einlöst, nicht wahr?« fragte Alex.

»Natürlich.« Wieso überhaupt: falls sie ihn einlöst? »Sie wird ihn ganz bestimmt einlösen, sie braucht ja das Geld.« Wenn sie nicht bei Freunden wohnt, dachte er, aber er konnte sich nicht vorstellen, wer das sein mochte. Sicher niemand in London, und außerhalb Londons kannte sie niemand so gut, daß sie dort wohnen konnte. Ein paar verheiratete Schulfreundinnen, aber bei denen würde sie ganz bestimmt nicht wohnen, da war er sicher. Er stand auf. »Ich will mal nach einem Grill sehen, solange es noch hell ist«, sagte er und ging hinüber zum Schuppen.

Er fand genau das Richtige, ein Viereck mit kreuz und quer gespannten Drähten. Als er zurückkam, waren Alex und Hittie in einer halblauten Unterhaltung begriffen.

»Nicht wahr, Syd, ihr habt doch ein gemeinsames Bankkonto?« fragte Alex. »Dadurch könntest du ...«

»Ja, aber – das tut sie nicht. Sie nimmt nicht das letzte Geld von dem Konto und läßt mich ohne was sitzen.«

Sie aßen drinnen im Haus, aber die rötliche Glut in der kleinen Grube zog sie später noch einmal nach draußen.

Sie saßen noch lange am glimmenden Feuer, Hittie trank ihren Kaffee in kleinen Schlucken, Sydney und Alex leerten die Weinflasche. Sydney überlegte sich die vierte Fortsetzung der ›Schatten‹-Serie.

14

Wie recht die Polk-Faradays gehabt hatten, Alicias Geldsache so wichtig zu nehmen, stellte Sydney bald fest. Der Scheck von der Westminster Bank kam am Dienstag, dem 2. August; und noch vor neun Uhr morgens, eine halbe Stunde nach der Ankunft, rief Mrs. Sneezum an, um zu fragen, ob der Scheck gekommen sei. Sydney bejahte und fügte hinzu, er wisse nicht, wohin er ihn nachsenden solle.

»Das kann doch nur heißen, daß Alicia bald wiederkommen will«, sagte Mrs. Sneezum. »Ich hatte gehofft, sie wäre schon zurück; ich habe nämlich vor ein paar Tagen bei der Westminster Bank angerufen, und da sagte man mir, sie habe keine Nachsendeadresse angegeben. Haben Sie von ihr gehört?«

»Nein.«

»Wir auch nicht. Und die Bank in Ipswich? Hat sie dort Geld abgehoben?«

Das wußte Sydney nicht, und Mrs. Sneezum schien erstaunt und befremdet, daß er das nicht einmal festgestellt hatte. Sie fragte, ob er die Bank anrufen und danach fragen und sie dann mit R-Gespräch wieder anrufen wolle, und Sydney sagte, ja, das werde er tun.

Er wartete eine Weile mit aufsteigendem Groll; ihm war zumute wie einem gescholtenen Kind. Um halb zehn – vorher konnte man wohl unmöglich bei der Bank nachfragen – rief er an. Es war eine langwierige und unangenehme Sache. Aber laß nur, sagte er zu sich selbst, wenn du sie umgebracht hättest, müßtest du genau dieselben Schritte unternehmen. Die Leute in deinen Büchern haben das dauernd zu tun; so also ist es in Wirklichkeit. Er rief die Bank in Ipswich an und brauchte mehrere Minuten, bis er den richtigen Angestellten fand, der ihm Bescheid geben konnte. Der Bescheid lautete, daß seit dem 26. Juni keine von Mrs. Bartleby unterschriebenen Schecks eingegangen waren; der letzte war ein Scheck vom 24. Juni. Alicia war am 2. Juli fortgegangen. Sydney rief Mrs. Sneezum an und erstattete Bericht.

»Tatsächlich? Wie macht sie es dann bloß mit dem Geld – oder ob ihr wirklich etwas zugestoßen ist?«

»Na, sie hatte ja fünfzig Pfund bei sich von ihrem Julischeck. Der war gerade angekommen, und sie hat ihn in Ipswich eingelöst.«

»Ja, das hat sie wohl. Aber es sieht ihr so gar nicht ähnlich, daß sie ihr Geld nicht sofort holt, sobald sie kann. Es liegt ihr auch nicht, ganz ohne Geld zu sein.«

Drei Tage später machte Sydney Besorgungen in Ipswich und sprach bei der Bank vor, um noch einmal nachzufragen. Kein von Mrs. Bartleby gezeichneter Scheck war eingegangen. Heute war Freitag. Wer also hielt sie aus, überlegte Sydney. Ein Mann? Welcher? Als er zurückkam, läutete das Telefon. Es war Mrs. Sneezum, und Sydney berichtete, es gebe nichts Neues.

»Mein Mann meint, es ist jetzt Zeit, daß wir es der Polizei melden, damit man sie sucht, und das finde ich auch. Sie sind doch sicher einverstanden, Sydney«, sagte sie in sachlichem und leicht ungeduldigem Ton. »Die Polizei wird sich bestimmt wundern, warum wir die Sache nicht schon vor Wochen gemeldet haben.«

Sydney wußte, dies war auf ihn gemünzt; aber er stimmte höflich zu, man solle die Polizei um Hilfe bitten.

»Ich finde, die Polizei sollte in Brighton anfangen und von dort aus weitersuchen, wenn nötig«, sagte Mrs. Sneezum. »Wir werden vielleicht ein paar Fotos brauchen, falls sie Dummheiten macht und sich irgendwo unter einem anderen Namen aufhält. Können Sie mir welche schicken, Sydney? Möglichst gute. Sie haben sicher neuere Bilder von ihr als wir hier.«

Er suchte eine halbe Stunde und fand dann zwei Fotos, die Alicias Gesicht deutlich wiedergaben; eines in Jeans im Liegestuhl hinterm Haus, das andere – vom letzten Jahr – in einem Sommerkleid, wo sie beim Apfelbaum zwischen ihrem und dem Haus von Mrs. Lilybanks stand. JUNGE FRAU AUS SUFFOLK ERMORDET AUFGEFUNDEN las Sydney im Geist als Überschrift. Nein. WER KENNT SIE? DIE POLIZEI VERMUTET EIN VERBRECHEN. Ach, Blödsinn. Er ging in sein Zimmer und holte einen Umschlag. Seine Schwiegereltern trauten ihm also nicht zu, daß er selbst zur Polizei ging und die Sache in Gang brachte. Ganz interessant.

Sydney setzte sich in den Wagen und fuhr mit dem Brief nach Roncy Noll zum Postamt. Er brauchte noch Marmelade; als er daher den Brief außen an der Tür in den Kasten gesteckt hatte, ging er in den Laden. Es war ein mittelgroßer Laden, der gleichzeitig ein Postamt war.

»Ich hätte gern Orangenmarmelade, Mr. Fowler«, sagte er und dachte daran, daß vielleicht schon morgen oder übermorgen Mr. Fowler das Gewünschte nicht ganz so schnell hervorholen, sondern innehalten und sagen würde: ›Oh, Mr. Bartleby, ich hab das von Ihrer Frau in der Zeitung gelesen . . .‹ Mr. Fowler und seiner Tochter Edith, die manchmal half, ebenso wie Rutledge, dem Gelegenheitsarbeiter, und dem Milchmann, der letzte Woche nach Alicia gefragt hatte, sogar Fred Hartung an der Tankstelle in Roncy Noll, wo er meistens tankte: allen hatte Sydney gesagt, Alicia sei in Kent bei ihrer Mutter. Jetzt brachte es die Zeitung an den Tag, daß er schon seit drei Wochen wußte, Alicia war nicht bei ihrer Mutter, und trotzdem hatte er es immer wieder erzählt. Mrs. Lilybanks wußte es, und zwar schon seit dem Picknick mit Inez und Carpie, fiel Sydney jetzt ein. Sie hatte es also niemand in der Nachbarschaft erzählt. Das war nett von ihr.

»Sie mögen lieber die dick eingekochte, nicht wahr?« fragte Mr. Fowler und hievte das Glas herunter. Er war groß und schlank und hatte einen buschigen schwarzen Schnurrbart, ähnlich wie Rudyard Kipling.

»Ja, das ist recht.« Sydney freute sich, daß Mr. Fowler sich daran erinnerte.

»Gut so?« fragte Mr. Fowler, womit er andeuten wollte, ob er das Glas einwickeln sollte.

»Oh, ja, natürlich. Ich habe nichts anderes zu tragen.« Sydney grüßte und wandte sich zur Tür.

»Geht's Ihrer Frau gut?« fragte Mr. Fowler.

Sydney wandte sich um. »Ja, ich denke schon. Sie ist nicht fürs Schreiben, wissen Sie.« Er blickte Mr. Fowler an und ging hinaus. Genau was ein Killer auch sagen würde, dachte er. Genau wie G. J. Smith.

Dienstag, 2. August. Sydney blickte auf das Datum im Kalender, den sie von der Meierei in Framlingham erhalten hatten; auf dem Bild waren zwei Terrierwelpen mit karierten Halsbändern zu sehen. Der heutige Tag würde bedeutsam für ihn werden. Passieren würde nichts, aber heute war ein Wendepunkt, denn die Polizei trat auf den Plan. Und außerdem war es der Tag, an dem er eine Kopie der ›Planer‹ an Potter & Desch in London schicken wollte. Das Original hatte er vor zehn Tagen mit Schiffspost an seinen New Yorker Agenten gesandt; aber London war näher und von persönlicher Bedeutung, deshalb hatte er die zweite Kopie hierbehalten und immer wieder angesehen, ohne noch etwas daran zu ändern. Kurz vor sechs, gerade bevor das Postamt schloß, schrieb er an Potter & Desch einen Begleitbrief, packte das Manuskript ein und schickte es ab.

Um zehn Uhr am nächsten Morgen klopfte ein junger Polizeiwachtmeister an Sydneys Tür. Er war blond, hatte ein frisches Gesicht und sah hinter dem Lächeln sehr ernst aus. Er zog ein Notizbuch und einen Füllfederhalter heraus, und Sydney bot ihm einen Stuhl an. Er nahm steif darauf Platz und begann, die Notizen auf den Knien zu schreiben. »Es geht um Ihre Frau. Haben Sie etwas von ihr gehört?«

»Nein, gar nichts«, sagte Sydney und setzte sich auf das Sofa.

Die ersten Fragen waren von der Art, wie Sydney sie erwartet hatte. Wann hatte er Alicia zuletzt gesehen? Am 2. Juli. Wo? Er hatte sie morgens in Ipswich in den Zug nach London gesetzt, am Sonnabend um elf Uhr dreißig. Was hatte sie gesagt, wohin sie fuhr? Zu ihrer Mutter. In welcher Verfassung war sie? In guter Laune. Sie wollte malen und eine Weile allein sein. War es denn nicht ungewöhnlich, daß sie seither weder an ihn noch an irgend jemand sonst geschrieben hatte? Nein, eigentlich nicht, denn sie hatte gesagt, sie wolle ihm nicht schreiben, bis sie zurückkehren wollte, und hatte ihn gebeten, nicht zu versuchen, sich mit ihr in Verbindung zu setzen. Aber war es denn nicht ungewöhnlich, daß sie nicht mal ihrer Mutter geschrieben hatte? Ja, vielleicht.

Sydney hielt die Hände zwischen den Knien und rieb langsam die Handflächen gegeneinander. Er wartete aufmerksam auf die nächsten Fragen.

»Die Polizei sucht jetzt in der Umgebung von Brighton, aber es ist wichtig, daß wir von Ihnen einige Informationen bekommen. Kennen Sie andere Orte, wohin sie gegangen sein könnte?«

»Nein, ich wüßte keine.«

»Hat sie gesagt, wie lange sie wegbleiben wollte?«

»Nicht genau. Sie sagte: ›Egal, wie lange ich wegbleibe ...‹ sie wollte nicht, daß ich sie zu finden versuche. Ich nahm an, sie könnte monatelang wegbleiben. Vielleicht sechs Monate.«

»Tatsächlich?« Der Polizist schrieb es auf. »Hat sie das gesagt?«

»Sie sagte, sie wüßte es nicht.« Nervös zog Sydney die Schultern hoch. »Sie hat zwei Koffer mitgenommen und einige Winterkleidung. Sie fand – sie fand, eine Trennung könnte uns beiden guttun.« Er merkte, wie er immer tiefer in verdächtig klingende Antworten hineinschlitterte, die völlig der Wahrheit entsprachen und bei denen er sich doch so benahm, wie sich Mörder stets verhalten, wenn sie behaupten, ihre Opfer hätten angekündigt, sie würden auf unbestimmte Zeit fortbleiben.

»Dann haben ja vielleicht Mrs. Bartlebys Eltern kaum Grund zur Sorge«, sagte der Polizist.

»Nein. Und heute steht ja auch wohl etwas in der Zeitung. Ich habe bloß die *Times* gesehen. Wenn meine Frau erfährt, daß ihre Familie sich so sorgt, dann wird sie sich melden. Wahrscheinlich noch heute.«

»Ja, es steht heute morgen in der Zeitung, mit einem Bild. Im *Express*. Aber Mrs. Bartlebys Eltern wissen wohl nicht, daß sie eventuell sechs Monate wegbleiben wollte?« fragte der junge Polizist stirnrunzelnd.

»Das weiß ich nicht. Ich habe es ihrer Mutter nicht gesagt, damit sie sich nicht noch mehr ängstigt. Und weil ich nicht sicher war, daß Alicia wirklich so lange wegbleiben würde. Aber wo nun ihre Mutter schon so aufgeregt ist, habe ich ...« Sydney unterbrach sich verwirrt. Wieder ein Fehler, dachte er. Wieder falsch. Warum hatte er es Mrs. Sneezum nicht gesagt? Weil es gelogen war. Weil er sich die ganze Geschichte ausgedacht und nicht sorgfältig genug überlegt hatte, damit jeder das gleiche zu hören bekam.

Der Polizist erhob sich. »Ich glaube, das ist alles, was wir im Augenblick von Ihnen brauchen, Mr. Bartleby. Hoffen wir, daß sie sich heute meldet, wenn sie die Aufrufe liest.«

Sydney ging wieder nach oben in sein Arbeitszimmer; dann kam ihm ein Gedanke, er ging ins Schlafzimmer und blickte aus dem vorderen Fenster. Der junge Polizist stand mit seinem Rad am Straßenrand und prüfte seine Notizen. Jetzt wandte er das Rad um, stieg auf und schlug den Weg zu Mrs. Lilybanks' Haus ein, wo er abstieg, sein Rad abstellte und zur Vordertür ging.

Und die Nachbarn? Hatten die in der letzten Zeit bei den Bartlebys irgend etwas Verdächtiges bemerkt?

Sydney blieb nicht am Fenster stehen, um auf die Rückkehr des Polizisten zu warten; aber als er nach zehn Minuten noch einmal hinausblickte, stand das Rad immer noch an den Gitterpfosten gelehnt. Natürlich war es möglich, daß Mrs. Lilybanks gesehen hatte, wie er den Teppich hinaustrug. Daran hatte Sydney schon gedacht. Aber er hatte doch nicht wirklich angenommen, daß die Polizei auf den Plan treten würde. Nein, das nicht. Alicia hätte soviel Rücksicht nehmen können, ihren Eltern zu schreiben. Sie hätte ihnen ja sagen können, sie sollten Sydney nicht mitteilen, wo sie war, wenn sie das geheimhalten wollte.

Ein unbestimmtes Gefühl von schlechtem Gewissen und Scham begann in ihm zu wachsen. Es war weder angenehm noch interessant.

Mrs. Lilybanks war froh, mit jemand über Alicia sprechen zu können, aber sie hatte nicht gewußt, daß heute etwas in der Zeitung stand und daß man über Alicias Fortbleiben jetzt beunruhigt war. Als sie das hörte, nahm sie sich vor, sich sehr vorsichtig darüber zu äußern, daß sie selbst sich schon gewundert hatte, weil keine Nachricht von Alicia gekommen war. Es hatte wirklich keinen Zweck, die Unruhe noch zu verstärken.

»Würden Sie sagen, daß Sie die Bartlebys ziemlich gut kennen?« fragte der junge Polizist, nachdem die einleitenden Fragen erledigt waren.

»Nein, nur so als Nachbarn. Ich bin erst seit Ende Mai hier. Alicia und ich haben manchmal zusammen gemalt.«

Der Polizist warf einen Blick auf den grünen Kittel, den sie über ihrem Kleid trug. »Sie haben Mr. Bartleby ein paarmal gesehen seit der Abreise seiner Frau, nicht wahr?«

»O ja. Er war zum Essen hier, und ich war auch bei ihm drüben zu einem Picknick, an einem Nachmittag.« Sie hätte sich über diesen Nachmittag noch weiter auslassen können; sie hätte berichten können, es sei der Nachmittag vor drei Wochen gewesen, an dem sie erfuhr, daß Alicia nicht bei ihren Eltern war und daß die Londoner Bekannten darüber recht erstaunt gewesen waren. Aber Mrs. Lilybanks hielt nichts von Geschwätz.

»Hatten Sie den Eindruck, daß er sich Sorgen machte?«

»Keine Spur. Sie wollte ja eine Weile wegbleiben, das sagte sie.«

»Sie oder ihr Mann?«

»Sie selbst sagte das. Sie kam am Donnerstag oder Freitag vor dem Sonnabend, an dem sie abfuhr, zu mir. Freitag war es, glaube ich. Sie sagte, sie wollte eine Weile allein sein und malen, und sie fand, das Alleinsein wäre vielleicht auch ganz gut für ihren Mann.«

Der Polizist nickte. »Sie war guter Laune?«

»Ja, ganz gut.«

»Haben Sie etwas von ihr gehört?«

»Oh, nein. Das hätte ich Mr. Bartleby gesagt.«

»Hatten Sie nicht erwartet, von ihr zu hören?«

»Eigentlich ja«, sagte Mrs. Lilybanks vorsichtig. »Aber – vielleicht fällt ihr das Schreiben nicht ganz leicht, selbst eine Postkarte. Und vielleicht will sie auch wirklich eine Weile alles hinter sich lassen.«

»Fanden Sie, daß die beiden gut miteinander auskamen? Die Bartlebys? Es hilft uns vielleicht, herauszufinden, was Mrs. Bartleby vorhatte, ob sie eine Stellung unter einem anderen Namen annehmen oder vielleicht auch ins Ausland gehen wollte. Ich habe ihren Mann das nicht gefragt, denn ich konnte sehen, er hätte gesagt, sie kämen sehr gut miteinander aus und hätten bloß beschlossen, sich für sechs Monate zu trennen.«

»Sechs Monate?« fragte Mrs. Lilybanks.

»Ja, das hat Mr. Bartleby mir gesagt. Er sagte, er würde sich nicht wundern wenn sie sechs Monate wegbliebe. Zu Ihnen hat sie das nicht gesagt, nein?«

»Nein, bestimmt nicht, das hätte ich nicht vergessen. Ich dachte, sie wollte ein paar Wochen wegbleiben, vielleicht ungefähr einen Monat.« Mrs. Lilybanks saß aufmerksam auf dem Sofa, die Hände im Schoß gekreuzt.

»Schön ...«, er notierte etwas in seinem Buch. Er saß zusammengekauert auf einem Hocker, die langen Beine aneinandergepreßt, um auf den Knien schreiben zu können. »Würden Sie mir wohl etwas darüber sagen, wie die beiden miteinander standen?«

Mrs. Lilybanks wog ihre Worte sorgfältig ab. »Ich glaube, sie standen gut miteinander. Wie gesagt, ich habe sie mit anderen Leuten zusammen gesehen.« Und an dem Abend hatte sie auch Sydneys Wutausbruch in der Küche erlebt, einen sehr heftigen Ausbruch. Aber mußte man dem viel Bedeutung beimessen?

»Sie haben nichts Ungewöhnliches bemerkt zu der Zeit, als Mrs. Bartleby fortging?«

Mrs. Lilybanks schrak ganz leicht zusammen, faßte sich aber gleich wieder. Vor ihren Augen erschien eine Vision von Sydney, der im Garten etwas Schweres auf der Schulter trug, am Morgen nach dem Tag, an dem Alicia abgereist war – oder abgereist sein sollte. Es war ganz früh am Morgen gewesen, der Tag war kaum angebrochen. Sie hatte versucht, mit ihrem Fernglas die Vögel zu beobachten, aber es war noch nicht hell genug dazu, obwohl die Vögel schon sangen, und sie war nach unten gegangen, um Teewasser aufzusetzen. Als sie dann wieder oben aus dem Fenster blickte, hatte sie gesehen, daß Sydneys Wagen die Straße hinunterfuhr. »Nein, nichts Ungewöhnliches«, sagte sie.

»Mrs. Bartleby hat nichts Außergewöhnliches zu Ihnen gesagt, etwa daß sie sich mit jemandem treffen wollte?«

»Nein«, sagte Mrs. Lilybanks.

15

An zwei Tagen, am 4. und 5. August, brachten der *Daily Express* und der *Evening Standard* ein Foto – jedesmal ein anderes – von Alicia Bartleby mit den Überschriften: WER HAT SIE GESEHEN? und IMMER NOCH VERSCHWUNDEN und DIE SUCHE WIRD FORTGESETZT und WO IST SIE? Darunter stand, daß Mrs. Alicia Bartleby, wohnhaft Roncy Noll 26, Suffolk, am 2. Juli ihr Haus verlassen habe, vermutlich um sich zu ihren Eltern in Kent zu begeben, daß sie dort jedoch nicht angekommen sei und man seitdem nichts von ihr gehört habe. Ihr Ehemann sei der Ansicht, sie sei in Brighton, und die Polizei suche jetzt im Gebiet von Brighton.

Am Donnerstag, als die ersten Fotos erschienen, sollte Edward Tilbury mit dem Zug nach Brighton kommen und von dort den Bus nach Arundel nehmen; dort draußen hatte er mit Alicia ein kleines Haus gemietet. Es war sein Geburtstag, sonst wäre er nicht mitten in der Woche erschienen. Gewöhnlich kam er Freitag abend und blieb dann bis Montag morgen. Er fuhr heute hinunter, obgleich ihn die Fotos in den Morgen- und Abendzeitungen sehr aufgeregt hatten; in Brighton verließ er den Zug und bestieg den Bus nach Arundel noch verstohlener als sonst. Aber noch mehr erschütterte ihn die Veränderung in Alicias Aussehen. Sie war, erzählte sie, nachmittags mit dem Motorroller nach Littlehampton gefahren, wo sie in einem Schönheitssalon ihr Haar schneiden und färben ließ. Für ihn hatte sie einen Kuchen gebacken und mit rosa Zuckerguß und Kerzen versehen; alles stand, noch unangezündet, auf dem Kaffeetisch.

»Viel Glück zum Geburtstag, mein Liebes! – Gefällt's dir nicht?« fragte sie und fuhr sich fröhlich von unten nach oben mit den Fingern durchs Haar.

»Doch, doch, es gefällt mir schon. Ich nehme an, du hast die Zeitungen auch gelesen. Was willst du nun machen, Liebling? Warum setzt du dich nicht?«

»Du sitzt ja auch nicht. Natürlich habe ich die Zeitungen gesehen. Ich wollte dir eben einen Drink machen. Ich hab noch eine Überraschung zum Dinner. Hoffentlich riechst du nicht schon, was es ist.« Sie ging in die Küche.

Edward legte seine Aktentasche hin. Er hatte einen Schriftsatz mitgebracht und war froh, daß er das meiste im Zug gelesen hatte. Er hatte gehofft, Alicia vernünftig und etwas erschreckt vorzufinden, dann hätte er sie getröstet und versucht, sie zu überreden, zu ihren Eltern zu fahren. Er merkte, daß sie schon einiges getrunken hatte.

Alicia kam jetzt zurück mit einem Whisky und Soda für ihn und auch für sich. »Prost, Lieber. Und alles Gute für dich.«

Er starrte ihr rötliches Haar an. Kastanienfarben nannte man das ja wohl. Mein Gott, es war wirklich ziemlich rot.

»Gibst du mir gar keinen Kuß?«

Er küßte sie auf die Wange und dann auf die Lippen.

»Was macht dein Fuß, Lieber?«

»Ach, es geht so«, sagte Edward und zeigte die Zähne in einer kurzen Grimasse. Er war am Sonntag am Strand auf ein Stückchen Glas getreten. Der Fuß war nicht entzündet, davon hatte er sich durch häufiges Nachsehen und Befingern überzeugt; aber er hatte ein bißchen hinken müssen, um ihn zu schonen, und im Büro hatte er erzählt, er sei zu Hause barfuß auf eine Heftzwecke getreten. »Du hast also nicht die Absicht, irgend jemand zu sagen, wo du bist?«

»Nein, mein Lieber, das habe ich nicht. Aber ich möchte hier wegziehen. Ich habe an Angmering gedacht. Das ist auch am Strand und – ein bißchen näher bei Brighton mit dem Bus.« Sie lächelte.

»Du, es wird komisch aussehen, daß du dir das Haar hast färben lassen. Ausgerechnet heute.«

Alicia setzte sich auf das braune Veloursssofa und zog Edward neben sich. »Nur nicht nervös werden, Liebes. Wenn die Leute anfangen, hier nach mir zu suchen, was werden sie dann sehen? Dies.« Sie hielt eine zehn Zentimeter lange Haarsträhne in die Höhe.

»Alicia, ich weiß nicht, ob das klug ist. Und dann – ich kann es mir einfach nicht leisten, in so eine dumme Sache mit der Polizei hineingezogen zu werden – bloß wegen einer Liebesgeschichte.«

»Mehr ist es nicht?«

»Du weißt sehr gut, daß ich dich heiraten will, aber so fängt man das nicht an. Du möchtest doch nicht, daß ich gleich am Anfang meine Stellung verliere, nicht wahr?« fragte er und lachte unsicher. »Mir war verdammt ungemütlich zumute, als ich heute abend hierher fuhr.«

»Oh, Edward! Komm, ich werde dir Mut machen. Sieh mal, wenn wir morgen hier ausziehen – keine Sorge, ich kann unser bißchen Zeugs hier sehr gut wegschaffen –, dann verlieren wir bloß fünf Tage von den zwei Wochen, die wir schon bezahlt haben.«

»Darum geht es nicht, das ist unwichtig.«

»Geld ist immer wichtig! Ich ruf dich morgen im Büro an und sag dir, wo ich ...«

»Liebling, ruf mich bitte niemals im Büro an. Das habe ich dir schon mehrmals gesagt.«

»Schön, dann treffe ich dich morgen abend um sieben in Brighton am Bahnhof. Oder um halb sieben, oder wann du willst.«

Edward erwiderte nichts. Er wollte sich nicht aufregen, er wollte seine Ruhe wiedergewinnen. Er hatte das Gefühl, daß es

Alicia gar nicht ernst war mit dem, was sie sagte, oder daß sie vielmehr nichts von all dem ausführen konnte, selbst wenn sie wollte. Ihm wollte sie Mut machen? Dabei war sie selbst so voller Ängste, sogar um ihn und das Autofahren, daß er deshalb nicht mehr mit dem Wagen nach Brighton kam. Alicia hatte auch auf dem Motorroller Angst, mehr als zwanzig Meilen pro Stunde zu fahren; er hatte sie nur mit Mühe davon überzeugen können, daß der Motorroller hier draußen für sie notwendig war. Dabei hatte sie mit neunzehn ihren Führerschein gemacht. Er war noch auf den Namen Alicia Sneezum ausgestellt. Edward tat einen tiefen Schluck und fragte: »Und wie lange soll das noch so weitergehen?«

»Ach – vielleicht noch ein paar Wochen. Liebes, findest du denn nicht, daß wir glücklich sind?« Sie liebkoste seine rechte Hand.

»Wir waren glücklich, ja.«

»Nein, wir sind es noch.« Sie lehnte sich näher an ihn, legte die Arme um seinen Hals und küßte ihn.

Ein langer, inniger Kuß. Ihm wurde leichter. Ja, sie waren wohl immer noch glücklich. Alicia war die aufregendste Frau, mit der er je geschlafen hatte; das wußte er wohl. »Nur das mit der Polizei beunruhigt mich«, sagte er, als der Kuß vorüber war.

»Aber was soll ich denn tun?« fragte Alicia hilflos.

»Kannst du nicht zum Beispiel morgen, anstatt nach Angmering zu gehen, heimfahren nach Kent und deinen Eltern sagen, du wärst in ein paar kleinen Orten nahe bei Brighton zum Malen gewesen; du entschuldigst dich, daß du nicht geschrieben hast, und dann sagst du ihnen, du wolltest dich von Sydney scheiden lassen, und dann sprichst du mit Sydney? Und bis dahin läßt du mich ganz draußen.«

Alicia war verletzt. Edward machte überhaupt nicht mit. »Das klingt ja, als ob das etwas Illegales wäre, was wir tun.«

Edward lachte. »Nun, Liebling, das ist es ja auch. Und jetzt erst recht, wo die Polizei die Sache in die Hand genommen hat.«

»Wenn ich es so mache, wie du sagst, dann kann ich dich viele Monate nicht sehen oder bei dir sein.«

Das stimmte. Edward schwieg, hin und her gerissen.

Alicia ging in die Küche, um nach dem Essen zu sehen.

16

Bis zum Sonntag war die Polizei ein zweites Mal bei Sydney gewesen und auch bei Mrs. Lilybanks, und zwar der gleiche junge Polizist zusammen mit einem älteren in Zivil, Inspector Brockway aus Ipswich. Er war groß, etwa fünfzig, hatte ein rötliches Gesicht und eine leise Stimme, nur hustete er sehr laut alle paar Minuten. Es war jetzt Sydney klargeworden, daß auch Alicia in diesem Scheindrama, in dem er sie umgebracht hatte, eine Rolle übernommen hatte, die sie mit großer Entschiedenheit spielte. Sie hatte nämlich nicht die Absicht, ihm oder irgend jemand sonst eine Nachricht zukommen zu lassen, wenn es zu umgehen war.

Am Sonnabend spürte Sydney, wie bei Inspector Brockway ein leiser Verdacht aufkam. Seltsam, ihm war etwas unruhig und nervös zumute, und trotzdem war er gleichzeitig völlig sicher, denn er hatte sie ja nicht umgebracht. Immerhin war es echtes Ungeschick, als er in der Küche, wo er sich eine Tasse Kaffee aufgoß (der Inspector und der junge Polizist hatten abgelehnt), die Tasse fallen ließ, was beide Männer vom Eßzimmer aus beobachteten. Er stammelte. Zuerst gab er an, er habe seine Frau in Campsey Ash in den Zug gesetzt, und als ihn der junge Polizist auf Grund der ersten Aussage verbesserte, änderte er es um in Ipswich.

»Haben Sie in Ipswich jemand gesehen, den Sie kannten, an dem Tag? Irgend jemand am Bahnhof?« fragte der Inspector.

»Leider nein«, erwiderte Sydney schnell und sah, wie der Inspector aufmerkte bei dem Wort »leider«.

Erstaunlich, wie deutlich das eingebildete Schuldbewußtsein sichtbar wurde.

Der Inspector bat darum, Alicias Zimmer oben ansehen zu dürfen, das Schlafzimmer und ihr Arbeitszimmer, und Sydney bemerkte dazu, daß sie ihren Farbkasten von der Größe eines kleinen Koffers mitgenommen hatte, nicht aber die Staffelei. Brockway zog im Schlafzimmer die oberste Schublade der Kommode auf, die Alicia gehörte; vielleicht suchte er irgend etwas, das keine Frau zurückgelassen hätte, etwa einen Lippenstift oder die Puderdose, aber die Schublade enthielt noch vier Lippenstifte und zwei alte Puderdosen, außerdem einen Stapel Taschentücher und Schals, Nagelschere, ein kleines Nähetui und mehrere Gürtel. Inspector Brockway fragte, was für einen Koffer sie mitgenommen habe, und Sydney sagte: zwei, einen dunkelblauen mit braunen Lederecken, und einen größeren braunen Lederkoffer mit Riemen. Sie hatte einige Winterkleider und einen Tuchmantel mit Pelzkragen mitgenommen. Was hatte sie angehabt? Das wußte Sydney nicht mehr. Aber ihren braunen Regenmantel hatte sie über dem Arm gehabt.

Dann ging der Inspector und der junge Polizist wortlos zur Hintertür hinaus. und Sydney schlenderte verständnislos hinterher, bis ihm einfiel, daß der Inspector sicher nachsehen wollte, ob im Garten irgendwelche Spuren vom Umgraben zu finden waren. Sydney sah interessiert zu, weil der Fall ihn an Christie erinnerte; er versuchte sich vorzustellen, daß er wirklich schuldig war und seine Frau umgebracht und unter ein paar Quadratmetern Gras verscharrt hatte, das er erst in zwanzig Quadratzentimeter große Soden geteilt und dann sorgfältig wieder eingefügt hatte. Aber er konnte sich innerlich nicht viel vorstellen, und äußerlich hätte wohl ein Schuldiger sich ebenso verhalten wie er: er hätte den Himmel und die Vögel betrachtet und die Polizei weitermachen lassen. Ein Schuldiger hätte natürlich auch aufgepaßt, was die Polizei wohl fände; das tat Sydney ebenfalls, er warf ihnen aus der Entfernung von zwölf Metern ab und zu einen Blick zu. Der Inspector sah sich auch die Garage an und bemerkte, daß der Fußboden aus Holz war. Eine gründliche Untersuchung war das ganz gewiß nicht, dachte Sydney. Bei einer richtigen Untersuchung hätte man auf Händen und Knien jeden Meter Boden untersuchen müssen, überall hineinspähen, teilweise auch aufgraben und die Fußbodenbretter der Garage aufreißen müssen. Immerhin, danach also suchte der Inspector: nach einer vergrabenen Leiche. Vielleicht folgte später eine gründlichere Untersuchung. Die zwei oder drei Regenfälle im letzten Monat hätten alle Anzeichen frisch umgegrabener Erde seit Alicias Verschwinden sowieso verwischt; daran dachte Brockway zweifellos ebenfalls.

Der Inspector verabschiedete sich höflich aber steif, ohne jeden tröstlichen Zuspruch, den Kopf oben zu behalten, und auch ohne Zusage, man werde anrufen, sobald man etwas fände.

Sydney zündete sich eine Zigarette an und sah den beiden Polizisten nach, die zu Mrs. Lilybanks' Haus hinüberschritten. Der Wagen des Inspectors stand am Straßenrand vor Sydneys Haus. Mrs. Lilybanks würde sicher ein gutes Wort für ihn einlegen und etwas von dem Verdacht entkräften, den Sydney bei

Brockway erweckt hatte. Andererseits war es natürlich auch möglich, daß der Inspector ihr seinen Argwohn andeutete und damit auch bei ihr einen Verdacht aufkommen ließ. Die beiden Männer würden selbstverständlich versuchen, so viel wie möglich aus Mrs. Lilybanks herauszukriegen, das war klar. Vielleicht sagte sie auch etwas über den Teppich, wenn sie ihn gesehen hatte. Sydney wünschte, er könnte der Unterhaltung zuhören.

Einige Stunden später, gegen fünf Uhr, rief Mrs. Lilybanks an und fragte Sydney, ob es ihm recht sei, wenn sie auf eine Minute zu ihm käme. Oder hatte er Lust, zu ihr zu einer Tasse Tee oder einem Drink herüberzukommen?

»Mir ist alles recht«, sagte Sydney. »Wollen Sie nicht herüberkommen? Ich habe auch beides bereit.«

Mrs. Lilybanks sagte, ja, sie wolle kommen; sie brauchte jedoch noch fast zehn Minuten, bevor sie das Haus verließ. Sie hatte gerade gemalt oder versucht zu malen und prüfte sich zwei-, dreimal im Spiegel, um sicher zu sein, daß sie keine Farbflecken im Gesicht hatte. Der Besuch des Inspectors aus Ipswich hatte sie schwer erschüttert. Sie hatte einen Löffel von der Medizin genommen, die Dr. Underwood ihr verschrieben hatte und die sie nur nehmen sollte, wenn sie wirklich aufgeregt war; dann hatte sie sich eine Stunde hingelegt, konnte aber nicht schlafen. *Wir müssen jetzt die Möglichkeit ins Auge fassen, daß Mr. Bartleby vielleicht seine Frau umgebracht hat, Mrs. Lilybanks.* Er fuhr dann fort mit Erklärungen und Einschränkungen, aber seine Worte hatten Mrs. Lilybanks gezeigt, daß auch sie einen schwachen Verdacht hegte. Es war eben möglich, und das war das Schlimme. Und dann erkannte sie, daß es für sie nur einen Weg gab, die Wahrheit herauszufinden – wenn sie den Mut dazu hatte. Mut brauchte sie, aber weiter mit den Zweifeln zu leben, die sie jetzt hegte, wäre viel schlimmer. Zweifel in einem solchen Fall war wie ein bohrender Schmerz. Und das konnte sie mit Inspector Brockway nicht besprechen, denn er würde es vermutlich sehr wichtig nehmen. Und schließlich konnte Sydney ja ganz unschuldig sein.

Sie machte sich also auf den Weg und klopfte um Viertel nach fünf an Sydneys Vordertür. Im gleichen Augenblick fiel ihr mit Unbehagen ein, daß vor zwei Tagen Alex Polk-Faraday bei ihr angerufen hatte. Er hatte hauptsächlich wissen wollen, was sie zu Alicias Verschwinden meinte und was sie von Sydney hielt.

Ja, Mr. Polk-Faraday hatte sehr bereitwillig auf das geringste Anzeichen von ihr gewartet, daß sie Sydney für schuldig hielt; und da er ja angeblich ein Freund und Partner von Sydney war, hatte ihr das nicht gefallen.

Sydney öffnete weit die Tür und begrüßte sie lächelnd.

»Wie geht es Ihnen, Sydney?«

»Ach – die Polizei war heute wieder da. Ich sah, daß sie auch bei Ihnen waren. Aber was Neues gibt es nicht, fürchte ich.«

»Nein. Es tut mir wirklich leid, Sydney.«

»Ich glaube, sie verbirgt sich irgendwo. Sie will viel lieber den ganzen Aufruhr auf sich nehmen, als gefunden werden, wo immer sie ist. Ihre Eltern werden sehr böse sein, wenn sie zurückkommt; es sind so korrekte Leute. Bitte, nehmen Sie doch Platz, Mrs. Lilybanks. Kann ich Ihnen einen Whisky geben? Oder hätten Sie lieber Tee?«

»Beides nicht, vielen Dank.«

»Beides nicht?« fragte er enttäuscht.

Sie wandte sich ein wenig ab und blickte auf den Teppich, auf dem sie stand. »Ich wollte Sie eigentlich nur fragen«, sagte sie, »wo Sie diesen Teppich gekauft haben. Ich brauche einen für mein Haus, und ich dachte, Sie wüßten vielleicht ein gutes Geschäft ...«

Einen Augenblick war Sydney überrascht, dann sagte er: »Den habe ich bei Abbott gekauft, in Debenham. Sie hatten ein paar solche orientalischen Teppiche, nicht viele, aber Sie könnten es ja versuchen. Dieser hat bloß acht Pfund gekostet, glaube ich.«

Langsam ließ sich Mrs. Lilybanks auf dem Sofa nieder und blickte Sydney an. »Ich mochte eigentlich den alten sehr gern, den Sie hier hatten. Den würde ich gern von Ihnen kaufen«, sagte sie mit erzwungenem Auflachen.

»Den haben wir aber nicht mehr. Ich hab ihn ...« er verzog das Gesicht. »Den alten Teppich hab ich weggeschmissen. Wir wollten ihn im Haus nicht mehr haben, und ich glaube nicht, daß uns jemand zehn Shilling dafür gegeben hätte.«

Mrs. Lilybanks hörte ihr Herz unter der grünen Wolljacke klopfen. War Sydney nicht etwas blaß geworden? Er sah aus, als habe er ein schlechtes Gewissen und benahm sich auch so. Und doch wollte sie immer noch nicht glauben, daß er schuldig war; für sie war er noch nicht endgültig schuldig. Jetzt beobachtete er sie aufmerksam. »Na schön, das macht nichts«, sagte sie. »Ich versuch's dann mal bei Abbott, er hat immer eine große Auswahl. Aber jetzt will ich Sie nicht länger aufhalten, Sydney.« Sie erhob sich. »Sie wollen sicher noch arbeiten.«

»Ach, ich arbeite eigentlich immer, mit kurzen Unterbrechungen«, sagte er etwas munterer. »Ich habe keinen bestimmen Fahrplan. Unterbrechungen machen mir nichts aus; ich hab sie ganz gern, weil ich manchmal ein bißchen einsam bin.«

Jetzt war der richtige Augenblick, ihn für heute abend zum Essen zu bitten und ihm das Fernglas zu zeigen, dachte Mrs. Lilybanks; dann konnte sie mit ihm über das Beobachten der Vögel am frühen Morgen reden und seine Reaktion darauf sehen. Aber sie war dem heute einfach nicht mehr gewachsen. »Sie müssen bald mal wieder zum Dinner kommen«, sagte sie. Auf dem Weg zur Tür wandte sie sich noch einmal um. »Sydney, ich bete zu Gott, daß es Alicia gutgeht, wo sie auch ist. Und nicht wahr, Sie sagen mir Bescheid, wenn ...«

Er sah sie noch immer vorsichtig an. »Ja, natürlich, Mrs. Lilybanks, wenn ich von ihr höre. Selbstverständlich sage ich es Ihnen.«

Sie ging langsam hinüber zu ihrem Haus. Wie merkwürdig, dachte sie, daß er sie nicht gefragt hatte, was die Polizei von ihr gewollt hatte. Hätte das nicht jeder wissen wollen – jedenfalls jeder, der schuldlos war?

Sydney saß im gleichen Augenblick träumend über Alex' Reinschrift des ›Andern Sir Quentin‹, die mit der Morgenpost gekommen war. Das hatte Alex wirklich sehr schnell geschafft. Also Mrs. Lilybanks hatte ihn mit dem alten Teppich auf der Schulter beobachtet. Die alberne morgendliche Pantomime des Leichentransports hatte tatsächlich einen Zeugen gehabt. Wie war ihm nun zumute? Nun, er hatte zweifellos so etwas wie ein schlechtes Gewissen. Als ob die Schauspielerei anderer Leute, nicht seine eigene, ihn von der Berechtigung ihres Verdachts überzeugt habe.

Das Telefon klingelte. Er lief hinunter. Vielleicht war es irgendein Bekannter in London, der von einem Besuch der Polizei zu berichten hatte. Inspector Brockway hatte ihn heute nach den Namen von Alicias nächsten Freunden gefragt; er hatte Inez und Carpie angegeben, die Polk-Faradays und ein paar Schulfreundinnen, deren Namen er im Adreßbuch nachgesehen hatte – dem einzigen gemeinsamen Adreßbuch, das hatte der Inspector festgestellt. Alicia hatte es nicht mitgenommen.

»Na, du heimtückischer Mörder«, sagte eine finstere Stimme.

Sydney lachte. »Hallo, Alex. Der finstere Mörder ist heute sehr mit sich zufrieden.«

»Du, ich habe gerade dein Exposé vor mir, das mit der Nachmittagspost gekommen ist. Sehr hübsch.«

In dieser Folge hatte der ›Schatten‹ einen Mann ermordet, der gerade dabei war, sich zum Diktator aufzuschwingen. Er wartete.

»Vor ein paar Minuten war die Polizei bei mir«, fuhr Alex fort. »Mensch, was hast du denen bloß erzählt? Du mußt ja eine Mordsshow abgerissen haben.«

»Wieso?«

»Die haben so getan, als ob sie dich verdächtigen, Alicia umgebracht zu haben. Du mußt die Leute ganz schön auf den Arm genommen haben. Stell dir vor, die haben sich bei mir nach deinem Charakter erkundigt. Junge, Junge, wenn ich jetzt die Wahrheit gesagt hätte!«

»Du hast mich hoffentlich schön schlecht gemacht, wie es sich für den Erfinder des ›Schatten‹ gehört.«

»Ich hab gesagt, du wärest ein sehr verdächtiger Typ, der seine Frau prügelt und eine völlig morbide Phantasie hat. Immer nur Mord und Totschlag und so. Außerdem hättest du deine reiche junge Frau überredet, in diese gottverlassene Gegend nach Roncy Noll zu ziehen, damit du sie ungestört umbringen und irgendwo im Wald verscharren könntest. Hahaha!« Wenn Alex sich wirklich über etwas amüsierte, lachte er immer so meckernd.

Sydney lächelte. »Was haben sie denn nun wirklich wissen wollen, Alex?«

»Ja, mein Lieber, paß nur auf, daß aus dem Scherz nicht noch Ernst wird. Sie erkundigten sich, wie du mit Alicia ständest. Ich hab gesagt, ganz gut. Dann fragten sie noch, ob ich glaubte, daß Alicia vielleicht mit einem anderen Mann zusammen wäre. Ich hab gesagt, das glaubte ich bestimmt nicht. Glaubst du das?«

»Nein, nie im Leben«, sagte Sydney. Aber langsam hielt er es doch für möglich. Sie würde selbstverständlich äußerst diskret vorgehen und sich niemals das geringste anmerken lassen. »Oder hast du in London irgendwas munkeln hören?«

»Nein, kein Wort.«

»Wie kann sie auch mit einem Liebhaber durchgegangen sein, wo sie doch nicht weit von hier einen Meter tief unter der Erde liegt? Im Wald verscharrt, weißt du.«

»Wie haben Sie sie getötet, Bartleby? Jetzt ist ja doch alles heraus, Sie können es ruhig sagen.«

»Ich hab sie die Treppe hinuntergestoßen. Genickbruch. Dann hab ich sie am nächsten Morgen vor Tagesanbruch vergraben. Nie im Leben war mir wohler. Bin so froh, daß ich's getan habe. Ich tät's noch einmal, wenn ich könnte.«

»Besten Dank, Mr. Bartleby. Unsere Zuschauer sind Ihnen sehr dankbar für diese – oh –, diese direkten Erläuterungen aus dem Mund des Killers zu einem Sport, den Millionen von uns gern ausüben würden, wenn wir es uns leisten könnten.« Bei den letzten Worten kamen die Ding-ding-Töne, die das Ende des Gesprächs anzeigten, und Alex sagte hastig: »Also dann zurück zum ›Schatten‹ für uns beide. Das wollen wir jetzt schnell hinter uns bringen.«

Sie hängten ein.

Um zehn war Sydney fertig mit der sorgfältigen Durchsicht des ›Andern Sir Quentin‹. Er steckte das Manuskript in einen versteiften Umschlag, den er noch offen ließ; morgen sollte er in den Kasten gesteckt werden. Was wohl Alicia jetzt gerade tat? Und warum hatte er in den letzten vier Tagen nichts von den Sneezums gehört? Er suchte die Nummer von Inez und Carpie aus dem Adreßbuch und rief an.

Carpie war am Telefon. Inez war aus, und Carpie hütete die Kinder. »Nichts Neues, nicht wahr, Sydney«, sagte sie mit ihrer klingenden Stimme, die nie ganz den heimatlichen Akzent verloren hatte.

»Nein, nichts Neues.«

»Die Polizei war heute hier. Inez war da. Sie kamen kurz vor sechs.«

»Ja – ich mußte ihnen eure Namen angeben, Carpie. Sie wollten wissen, wer Alicias Freunde in London sind. Ihr habt es doch hoffentlich nicht übelgenommen.«

»Ach, woher denn, Syd. Aber die haben uns komische Sachen gefragt, über dich. Ob ihr, du und Alicia, glücklich verheiratet wärt und ob wir jemals gesehen hätten, daß ihr euch zankt. Wir haben natürlich nein gesagt. Ich hab gesagt, ihr seid beide Künstler und mögt gern ab und zu allein sein. Sie fragten auch, ob wir glaubten, daß Alicia bei einem anderen Mann wäre. Wir sagten, das glaubten wir nicht. Du glaubst es doch auch nicht, nicht wahr?«

»Nein.«

»Na, hoffentlich versuchen sie dir nichts anzuhängen, bloß weil sie keinen anderen haben.«

»Übelnehmen könnt ich es ihnen nicht mal. Die Leute sind ja auch keine Hellseher.«

»Sei bloß vorsichtig und mache keine dummen Witze, Syd. Das kann dich teuer zu stehen kommen.«

»Keine Angst, ich paß schon auf.« Und dann versprach er noch, gleich von sich hören zu lassen, sobald es etwas Neues gäbe.

Als Sydney schlafen ging, dachte er, wie seltsam es doch war, auf freundschaftlichem Fuß zu stehen mit einem Ankläger, der nichts beweisen konnte (Alex), und mit einem anderen, der beweisen konnte, aber nicht anklagen wollte (Mrs. Lilybanks). Es war, als werde man gleichzeitig bestraft und freigesprochen. Vielleicht konnte er darüber mal etwas schreiben. Er notierte sich den Einfall in seinem Notizbuch.

17

Mrs. Lilybanks stand an ihrem Eßzimmertisch und war damit beschäftigt, Blumen in eine gelbweiße Schale zu stellen, die auf dem Boden kleine Dornen für die Blumenstiele hatte. Es war Viertel nach vier; oben putzte Mrs. Hawkins das Badezimmer, was sie immer als letztes tat. Das Haus sah heute besonders hübsch aus; alle Möbel waren blankpoliert. Sydney sollte um halb acht zum Essen kommen. Mrs. Lilybanks ging in die Küche, um Teewasser für Mrs. Hawkins und für sich aufzusetzen.

Mrs. Hawkins war eine mittelgroße, magere Fünfzigerin mit grauen Haarsträhnen, die aus den schwarzen Flechten und dem Haarknoten heraushingen. Sie hatte lebhafte graue Augen, eine dickliche Nase und ein etwas ängstliches Gehabe; es war nicht gerade beruhigend, sie um sich zu haben, aber sie war äußerst zuverlässig und war niemals weggeblieben, wenn sie ihr Kommen zugesagt hatte; nur konnte sie aus familiären Gründen ihre Putztage nicht ganz festlegen. Sie kam jetzt nicht mehr jeden Tag, wie zu Anfang, als Mrs. Lilybanks eingezogen war; Mrs. Lilybanks hatte ihr gesagt, das sei nicht mehr notwendig. Dr. Underwood in London hatte ihr damals die tägliche Hilfe angeraten, unterstützt von Mrs. Lilybanks' Enkelin Prissie, die beim Einzug der Großmutter mit Mrs. Hawkins gesprochen hatte. Aber Mrs. Hawkins rief täglich zwischen drei und vier Uhr an und fragte, ob alles in Ordnung sei. Seit die Meldung von Alicias Verschwinden in der Zeitung gestanden hatte, hatte Mrs. Hawkins täglich Mrs. Lilybanks gefragt, ob sie etwas gehört habe. Sie gehörte zu den vielen in der Umgegend, die Sydney alles Schlechte zutrauten, vielleicht sogar einen Mord; denn wie alle anderen hatte sie durch die Zeitung erfahren, Sydney habe seit Wochen schon gewußt, daß seine Frau gar nicht bei ihren Eltern war, und habe das nicht einmal den nächsten Freunden mitgeteilt. »Das zeigt doch, daß er was vorhatte«, hatte Mrs. Hawkins mehrfach zu Mrs. Lilybanks geäußert, und Mrs. Lilybanks hatte es dabei gelassen; sie wußte, wie hoffnungslos es war, jemand wie Mrs. Hawkins zu erklären, daß Alicia und Sydney, eine Malerin und ein Schriftsteller, vielleicht ganz gern einmal Ferien voneinander machten, bei denen der eine nicht unbedingt zu wissen brauchte, wo der andere war. Doch nach der Teppich-Unterhaltung mit Sydney begannen Mrs. Hawkins Worte ›Das zeigt doch, daß er was vorhatte‹ Mrs. Lilybanks' Einstellung ins Wanken zu bringen, außerdem war sie es langsam müde, immer wieder für Sydney einzutreten. Möglicherweise hatten so einfache Menschen wie Mrs. Hawkins und Mr. Fowler und Mr. Veery, der Schlachter, mit ihrem gesunden Menschenverstand recht, und sie selber hatte sich mit ihren psychologischen Einfühlungsversuchen geirrt. Aber sie ließ sich Mr. Hawkins gegenüber nichts von diesen Gedanken anmerken.

Sie tranken ihren Tee im Eßzimmer an dem Tisch mit der Blumenschale.

»Nichts Neues also. Ja, ja«, sagte Mrs. Hawkins kopfschüttelnd und rührte in ihrer Tasse.

Sie hatte das schon vor zwei Stunden festgestellt, als sie das Haus betrat.

Mrs. Lilybanks war leicht verärgert und spürte keine Lust, das Thema aufzunehmen. Mrs. Hawkins wäre entsetzt, wenn sie wüßte, daß Sydney Bartleby heute zum Essen erwartet wurde; hoffentlich fand sie es nicht heraus. Aber Rutledge brauchte nur in seinem klapprigen Lieferwagen vorzufahren und Sydney um halb acht zum Haus hereinkommen zu sehen. Am nächsten Morgen wußte es dann Mr. Fowler und die übrige Welt.

»Dabei sieht er so munter aus«, fuhr Mrs. Hawkins fort. »Immer lächelt er, wenn man ihn trifft. Gar nicht wie ein Mann, der sich um seine Frau sorgt. Keine Spur.«

»Ich glaube, er sorgt sich auch gar nicht, Mrs. Hawkins. Ich kannte ja Alicia ein wenig, wissen Sie.« Mrs. Lilybanks merkte, daß sie im Imperfekt gesprochen hatte. »Sie geht ganz gern mal allein weg, ab und zu.«

»Amerikaner sind so gewalttätig. Das ist ja bekannt. Ich sag immer, wann wollen sie ihm denn nun mal was nachweisen? Die Polizei müßte doch rund um sein Haus alles aufgraben. Wie bei Christie. Und nicht erst warten, bis das Grab so alt ist, daß man's nicht mehr finden kann. Zieht es Ihnen auch nicht durch das Fenster, Mrs. Lilybanks?« fragte sie und deutete auf das Küchenfenster.

»Nein, nein, gar nicht. Danke schön.«

»Ich habe es offengelassen, weil ich da heute nachmittag allerhand Salmiakgeist verwendet habe. Ich mag den Geruch von Salmiakgeist nicht.« Ein vergnügtes Lächeln erschien auf ihrem Gesicht.

Wenige Minuten später war sie fort, nachdem sie versprochen hatte, in zwei Tagen, am Sonnabend, wiederzukommen und morgen wie üblich anzurufen. »Sie schließen doch hoffentlich nachts Ihre Türen gut ab, Mrs. Lilybanks? Ich möchte hier ja nicht wohnen, und andere Leute auch nicht.«

Die Worte klangen noch lange unbehaglich nach in Mrs. Lilybanks' Ohren. Sie ging nach oben und nahm bedächtig, fast feierlich, das Fernglas aus der obersten Schublade ihres Schreibtisches. Sie trug es hinunter und legte es auf eine Ecke der Anrichte im Eßzimmer. Ihr Blick fiel auf einen harmlosen, kleinen Sperling, der sich auf dem Fenstersims niedergelassen hatte; er sah sie einen Augenblick an und flog dann fort. Mrs. Lilybanks ging wieder nach oben, um sich eine Weile auszuruhen, bevor sie mit den Vorbereitungen zum Essen begann.

Um 7 Uhr 15 klopfte es an der Vordertür: rap-rap-rap raprap. Mrs. Lilybanks öffnete.

»Seien Sie gegrüßt, Mrs. Lilybanks«, sagte Sydney. »Hier – ich bringe ein paar Eulen nach Athen. Ipswichs beste.« Er überreichte ihr einen Strauß langstieliger roter Gladiolen in Seidenpapier.

»Oh, wie schön, Sydney. Vielen Dank!«

»Und hier, dies auch noch. Für heute abend, oder für später.« Er gab ihr eine Flasche Rotwein in rotem Seidenpapier aus der Weinhandlung.«

»Aber nein – aus welchem Anlaß denn? Haben Sie ...« Sie konnte nicht fragen, ob er von Alicia Nachricht hatte.

»Mr. Plummer vom ITV hat heute etwas mehr Gefallen am ›Schatten‹ geäußert. Er hat ihn noch nicht gekauft, aber unsere ersten drei Geschichten gefallen ihm, und – na ja, ich bin einigermaßen optimistisch, und Alex auch. Mrs. Lilybanks, Sie müssen sich einen Fernsehapparat zulegen, damit Sie meine Meisterkitschwerke miterleben können. Ich kaufe Ihnen einen.« Sydney machte eine großartige Geste.

»Aber woher denn, keine Rede. Ich hatte schon selbst daran gedacht, mir vor dem Winter einen zu kaufen. Sydney, das ist wirklich großartig. Wenn es bloß was wird. Ich weiß, wie hart Sie daran gearbeitet haben.«

Sydney stand auf den Zehenspitzen und schnüffelte. Er hatte seine besten blankgeputzten Schuhe an. »Was sind das für himmlische Düfte, die aus jener niederen Küche steigen?«

»Ente. Hoffentlich mögen Sie Ente. Ich will nur die Blumen eben ins Wasser stellen, dann mache ich Ihnen einen Drink. Nein, kommen Sie lieber und machen Sie sich selber einen.«

»Mit Vergnügen.«

Er folgte ihr durch das Eßzimmer in die Küche. Sie blieben fast fünf Minuten in der Küche; Mrs. Lilybanks stellte die Gladiolen in eine hohe Vase, und Sydney machte einen Whisky mit Soda und Eis für sich zurecht und einen Whisky mit Soda ohne Eis für Mrs. Lilybanks. Sie schwatzten, aber Mrs. Lilybanks wußte, daß sie etwas angespannt war, weil sie nicht zu Sydney sagen konnte und wollte: ›Schade, daß Sie jetzt nicht Alicia anrufen und ihr das vom »Schatten« erzählen könnten!‹

Sie trugen ihre Gläser durch das Eßzimmer ins Wohnzimmer. Mrs. Lilybanks hielt an, bevor sie ins Wohnzimmer trat, und wandte sich etwas um; ihre rechte Hand zitterte, sie krampfte sie fester um das Glas. Sie sah, wie Sydney mitten im Schritt innegehalten hatte, sein Fuß war vorgestreckt, und er starrte auf das Fernglas, die Lippen halbgeöffnet, genauso wie sie sich geöffnet hatten, als sie den alten Teppich erwähnte.

Er sah, wie sie ihn anblickte. »Oh – das Fernglas ...« und er fuhr sich schnell mit den Fingerspitzen über die Stirn.

»Ja ...?«

»Das haben Sie in Ipswich gekauft, nicht wahr?« Er ging langsam auf sie zu, und sie ging weiter ins Wohnzimmer. »In dem Antiquitätengeschäft.«

»Ja«, sagte Mrs. Lilybanks. »Ich hab es gekauft, um die Vögel zu beobachten.«

»Ich habe es nämlich selber kaufen wollen. Deshalb habe ich es so angesehen. Einmal, als ich in den Laden ging, wo ich es vorher gesehen hatte – da war es plötzlich nicht mehr im Schaufenster. Ich war ganz enttäuscht. Deshalb bin ich eben so zusammengefahren. Als ob etwas vor meinen Augen läge, von dem ich annahm, daß es mir gehört. Gehörte, meine ich.«

Mrs. Lilybanks setzte sich auf das Sofa. Sydney war offenbar zu unruhig, um sich hinzusetzen; sie forderte ihn nicht auf. »Ich beobachte manchmal die Vögel schon am frühen Morgen. Wenn es eben Tag wird.«

Wieder sah er sie argwöhnisch an und wartete auf Weiteres.

Er tut ja nur so, dachte Mrs. Lilybanks plötzlich. Wahrscheinlich benutzt er das für eine seiner Stories. Aber was war in dem Teppich gewesen, das ihn so schwer machte? Und warum hatte Sydney ihn in der ersten Morgendämmerung hinausgetragen? Weder er noch Alicia standen gern früh auf – jedenfalls nicht so früh; das hatte Alicia ihr einmal gesagt. Warum also war Sydney so früh aufgestanden, gerade an dem Morgen, nachdem Alicia abgereist war?

»Haben Sie heute in der Zeitung gelesen, daß der Franzose mit seinem Boot gewonnen hat? Ein Viermeterboot, von Marseille nach Tanger«, sagte Sydney.

Während des Essens unterhielten sie sich von anderen Dingen.

Mrs. Lilybanks wußte ganz genau, was sie sagen mußte, wenn sie die Sache weiterverfolgen wollte. Sie fühlte, es war nur eine Mutfrage. Und warum eigentlich sollte sie keinen Mut haben? Vielleicht wurde Sydney plötzlich zornig und schlug sie tot? Sie wußte von einer Woche zur anderen nicht, wie lange sie noch zu leben hatte. Wenn Sydney ihr etwas tat, so war damit jedenfalls seine Schuld bewiesen. Hatte er Alicia umgebracht, so war das entsetzlich und mußte ans Licht gebracht werden. Mrs. Lilybanks machte sich mit müder Resignation und einem gewissen Trübsinn an ihre Aufgabe, so wie sie vor sechs Monaten auch dem Sterben gefaßt ins Auge gesehen hatte, als der Arzt ihr sagte, sie habe vielleicht nur noch zwei Jahre zu leben.

»Sydney, ich habe Sie eines Morgens gesehen, ganz früh«, begann sie freundlich, als sie beim Kaffee saßen. »Mit dem Fernglas. Ich glaube, es war der Morgen, als Sie den alten Teppich wegbrachten. Sie hatten etwas Schweres auf der Schulter.«

»Ja? Ach ja«, sagte Sydney. Seine Tasse klirrte, als er sie auf die Untertasse setzte. »Das war der Teppich.«

Das Zittern war echt, soviel sah Mrs. Lilybanks. So konnte keiner simulieren. Sydney versuchte offensichtlich, sich zu beherrschen. Eine kleine Angst lief Mrs. Lilybanks den Rücken hinab und verschwand – eine Angst, wie man sie hat, wenn man einen Geist erblickt. »Ich war ganz erstaunt, daß Sie so früh auf waren. Ich selber bin oft früh auf. Auch an dem Morgen nach Alicias Abreise, denn ich weiß noch, daß ich nach Alicia ausschaute, ob sie auch da wäre, und dann fiel mir ein, daß sie ja am Tag vorher abgereist war.«

»Ach, da war das«, sagte Sydney.

Sie sah, wie sich seine Unterlippe vorschob – war es Trotz oder ein Zeichen der Niederlage, weil das Spiel nun aus war – und er starr auf die Tischmitte blickte. Verzweifelt wartete sie, daß er etwas sagte. »Was haben Sie mit dem Teppich gemacht?« fragte sie immer noch liebenswürdig.

»Ach, ich habe ihn weggeworfen – ganz weg«, erwiderte Sydney ebenso freundlich.

»Sie haben ihn vergraben«, sagte Mrs. Lilybanks und versuchte zu lächeln.

»Ja.« In seinen Augen flackerte etwas wie Wahnsinn, als wolle er jetzt gleich über den Tisch langen und sie schlagen. Ebenso schnell war es wieder verschwunden. »Ja – ich dachte, es wären Motten drin, deshalb war es besser, ihn zu vergraben. Oder verbrennen, aber ich wollte nicht, daß die Leute dachten, der Wald brennt.«

»Im Wald haben Sie ihn vergraben?«

»Nein – etwas weiter draußen.« Er machte eine unbestimmte Bewegung mit der Hand.

»Sind Sie deshalb so früh aufgestanden? Damit keiner Sie sieht?« Mrs. Lilybanks saß steif aufrecht, ihr Herz klopfte laut und schnell. Sie drückte die halbgerauchte Zigarette aus und beschloß, keinen Tropfen Kaffee mehr zu trinken.

»Ja, das war es wohl.« Sydney beobachtete sie.

»Was war in dem Teppich drin?«

Sydneys rechte Hand lag, zur Faust geballt, neben seiner Tasse; der Daumen war in die Faust gepreßt. Gleich mußte ihm der kalte Schweiß ausbrechen, dachte sie. Oder er bekam einen Wutanfall und schlug nach ihr.

»Sie verdächtigen mich anscheinend auch. Wie Alex und Mrs. Hawkins und Mr. Fowler und alle anderen. Wie die Polizei.« Er sprach nicht laut, aber seine Stimme schwankte.

»Ich verdächtige Sie nicht. Ich frage nur.«

»Sie glauben, ich habe Alicia umgebracht und die Leiche im Teppich weggeschafft und verscharrt. Und das versuchen Sie zu beweisen.«

»Ich versuche gar nichts zu beweisen.«

»Doch. Sie stellen mich auf die Probe. Deshalb wollten Sie den alten Teppich kaufen, wo Sie doch gesehen hatten, wie ich ihn aus dem Haus trug.«

Ich brauche ihn nicht auf die Probe zu stellen, dachte sie. Hier war Beweis genug. Sie fühlte keinerlei Triumph. Allzugern wäre sie über dem Tisch zusammengesunken, hätte den Kopf niedergelegt und wäre verschwunden. »Wenn Sie mir sagen, daß nichts in dem Teppich war, dann glaube ich Ihnen. Und ich habe nicht die Absicht, jemandem zu erzählen, daß ich Sie mit dem Teppich gesehen habe – weder den Nachbarn noch der Polizei.«

Immer noch blickte er sie furchtsam an. »Das kann ich Ihnen nicht glauben.«

»Sie sollten es aber glauben. Ich hätte der Polizei ja schon diese Woche – letzte Woche sagen können, daß ich gesehen habe, wie Sie einen Teppich zu Ihrem Wagen trugen und damit wegfuhren. Ich hab's aber nicht gesagt.«

»Und warum nicht?«

Mrs. Lilybanks wollte nicht sagen: Weil ich bis jetzt noch nicht wußte, daß es von Bedeutung war. Sie erwiderte: »Wenn Sie irgend etwas getan haben, dann wird es schon herauskommen. Ich möchte das ganz Ihnen überlassen, Sydney.« Sie sah, wie ihm der Schweiß auf der Stirn stand. Er starrte sie immer noch an. »Ich habe Cognac im Haus, Sydney. Möchten Sie ein Glas?«

»Ja, bitte. Ja.«

Sie war ganz erleichtert, daß er annahm und dazu so höflich antwortete. Den Cognac hatte sie im Haus als Medizin für sich, aber sie hatte keinen getrunken, seit sie hier eingezogen war. Sie brachte ein großes Stielglas und schenkte Sydney reichlich ein. Er trank in kleinen Schlucken und lehnte sich dabei etwas über den Tisch.

»Noch etwas Kaffee«, sagte Mrs. Lilybanks und füllte Sydneys Tasse mit der silbernen Kaffeekanne nach.

»So geht das nicht weiter«, sagte Sydney wie zu sich selbst.

»Was geht nicht so weiter?«

»Daß Sie nichts davon sagen – was Sie gesehen haben.«

Sie bemühte sich, ihn ruhig anzusehen. »Sie kennen mich vielleicht noch nicht sehr gut, Sydney. Ich halte meine Versprechen. Dies ist ein Versprechen, das ich mir selbst gebe, nicht Ihnen. Es kommt mir nicht zu, jemanden zu verdächtigen. Vor allem nicht dann, wenn der Verdacht vielleicht falsch ist.«

Er wurde allmählich ruhiger. Vielleicht half der Cognac. Er begann sogar eine Unterhaltung über Fernsehapparate und daß man in Suffolk einen guten Empfang habe, weil es so flach war. Aber ihm war nicht wohl dabei zumute, und er sah sie mit anderen Augen an als vorher.

»Prissie kommt dieses Wochenende her«, sagte Mrs. Lilybanks. »Diesmal müssen Sie sie kennenlernen. Schade, daß es letztesmal nicht klappte.« Sie hatte auf eine Gelegenheit gewartet, das vorzubringen. Es war das Besänftigendste, was sie sich vorstellen konnte, denn wer würde wohl seine junge Enkelin einem Mann vorstellen, den er für einen Mörder hielt?

»Ja, gern«, sagte Sydney.

Er rauchte seine Zigarette im Wohnzimmer nur halb zu Ende und verabschiedete sich dann, ohne ihr seine Hilfe beim Abwaschen anzubieten, wie er es sonst getan hatte. Mrs. Lilybanks blieb noch minutenlang auf dem Sofa sitzen und versuchte, sich zu sammeln. Ja, sie hatte sich in Gefahr gebracht, unleugbar, aber vielleicht war der Gefahrenpunkt nun vorüber. Sydney wußte jetzt, daß ein ernsthafter Verdacht auf ihm ruhte, und wenn er schuldig war, so würde seine eigene Nervosität ihn zu Fall bringen. Das – und der Druck der Schuld, davon war sie fest überzeugt. Die meisten Mörder hatten eine starke Neigung zum Beichten, zum Erwischtwerden. Sie, Grace Lilybanks, hatte, wie Sydney vielleicht sagen würde, den Ball ins Rollen gebracht; im ganzen hatte sie also nicht falsch gehandelt heute abend. Und außerdem hatte sie etwas entdeckt: sie glaubte jetzt selber, daß Sydney Alicia umgebracht hatte.

18

Am nächsten Morgen rief Mrs. Sneezum bei Sydney an und teilte ihm mit, daß sie und ihr Mann am Nachmittag bei ihm vorbeikommen würden. Das war alles, kurz und bündig.

Anschließend wanderte Sydney im Haus umher und rückte hier und da einiges zurecht, obwohl das Haus seiner Meinung nach ganz annehmbar aussah. Er nahm das Zeitungsfoto mit dem etwas anrüchigen Ausspruch von der Wand des Badezimmers; dabei fiel ihm ein, daß Mrs. Lilybanks es zweifellos gesehen haben mußte, denn sie war ein- oder zweimal oben gewesen. Die Sneezums würden sicher Mrs. Lilybanks aufsuchen wollen. Alicia mußte ihrer Mutter bestimmt viel von ihr erzählt haben.

Heute war Sonnabend, und Sydney erinnerte sich, daß Mrs. Lilybanks heute ihre Enkelin Prissie zu Besuch erwartete. Es gab also noch einiges zu tun. Zum Arbeiten würde er nun nicht mehr kommen. Schade, er saß gerade über einem neuen Exposé, das schon beinah fertig war; er brauchte nur noch ein Überraschungsmoment, dann konnte er es runterschreiben. In dieser fünften Folge ging es um ein Betrugsmanöver: Der ›Schatten‹ – in Frauenkleidung – spielte die Rolle einer älteren Dame, die man für tot gehalten hatte. Es gelang ihm, den Ehemann der Frau zu täuschen und erst recht die Anwälte; er raffte eine Menge Bargeld und Juwelen an sich, bevor er verschwand. Die Handlung war lebhaft und witzig, und Sydney war sicher, daß er wieder einen Volltreffer gelandet hatte. Nur der Titel fehlte noch. Vielleicht ›Kleider machen Leute‹? Nein, lieber nicht.

Immer noch mit den Gedanken bei seiner Arbeit, holte er den Wagen heraus und fuhr nach Roncy Noll.

»Morgen, Mr. Veery«, begrüßte Sydney den Schlachter, als er den Laden betrat.

»Morgen.« Mr. Veery nickte finster und betrachtete Sydney mit mißtrauischen Blicken.

»Zwei schöne Steaks und ein halbes Pfund durchwachsenen Speck«, bestellte Sydney.

Mit spitzen Fingern reichte der Schlachter ihm das Wechselgeld zurück, als habe er Angst, Sydney zu berühren. Eine Kundin wich zur Seite, als er zur Tür ging, starrte ihn aber mit aufgerissenen Augen an. Draußen drehte Sydney sich noch einmal um; richtig, Veery und die Frau steckten schon die Köpfe zusammen und tuschelten.

Als er wieder zu Hause war, rief Mrs. Lilybanks an und fragte, ob er gegen halb drei zu einer Tasse Kaffee herüberkommen wolle. Prissie war da; sie mußte in seiner Abwesenheit angekommen sein, ihr roter Viva stand drüben vor dem Haus.

»Ja, gern, vielen Dank«, erwiderte Sydney. »Ich kann aber nicht lange bleiben, weil meine Schwiegereltern um drei vorbeikommen wollen.« Seine Stimme klang heiter und ehrlich erfreut, als habe die Unterhaltung vom Donnerstag abend nie stattgefunden.

Auch Mrs. Lilybanks tat, als sei nichts geschehen.

Gewiß, er hatte Mrs. Lilybanks an dem Abend erschreckt, aber das war gegenseitig gewesen. Das ganze Spiel, das er sich zu seiner eigenen Belustigung ausgedacht hatte, war plötzlich Wirklichkeit geworden. Kein Mensch konnte auf Kommando in Angstschweiß ausbrechen, auch der größte Schauspieler nicht. Nun, er wußte jetzt, wie es war, wenn man von einer reizenden alten Dame des Mordes verdächtigt wurde. Es war gräßlich, unsagbar peinlich, schandbar, bizarr, ja einfach wahnsinnig.

Um Viertel nach zwei war er mit dem Exposé fertig und ging hinüber zu Mrs. Lilybanks. Priscilla Holloway war das, was Sydney für sich ein tolles Mädchen nannte: nicht groß, schlank, aber wohlgerundet, mit langem, glattem Braunhaar, mandelförmigen Augen, weichem olivenfarbenen Teint und einem ganz phantastischen Sex-Appeal, von dem sie vielleicht gar nichts wußte, und Mrs. Lilybanks sicher auch nicht. Sie gab sich außerordentlich ruhig und sicher, vielleicht weil sie versuchte, älter und erfahrener zu wirken. Und auch wohl, weil sie von ihrer Großmutter einiges über ihn und über Alicias Verschwinden gehört hatte; aber Sydney glaubte nicht, daß Mrs. Lilybanks ihren Verdacht erwähnt hatte. Prissie sah ihn an, als hielte sie ihn für einen Mann voller Geheimnisse, aber nicht für einen Verbrecher.

In der halben Stunde, die er mit ihnen verbrachte, wurde Alicias Name nicht erwähnt. Sie unterhielten sich über London und über ein Stück, in dem Prissie eine kleine Rolle hatte, es hieß A CUP OF SUMMER; sie fragte Sydney nach seinen Fernsehstücken, von denen die Großmutter ihr erzählt hatte.

»Grannie, deine Bilder hast du mir auch noch nicht gezeigt«, sagte Prissie dann.

»Ja, das kommt noch, aber nicht jetzt, Kind. Sydney kann nicht lange bleiben, und er kennt die meisten schon.«

»Ja, ich muß gehen«, sagte Sydney und stand auf. »Sie haben die Sneezums, glaube ich, noch nicht kennengelernt, Mrs. Lilybanks, oder?«

»Nein. Aber bringen Sie sie doch zum Tee mit herüber.«

»Ach, vielen Dank, ich wollte drüben Tee machen. Ich rufe Sie später an, und dann sehen wir weiter, ja?« Er blickte Mrs. Lilybanks offen und freundlich an. »Es war sehr nett, Mrs. Lilybanks. Vielen Dank. Und auf Wiedersehen, Miss Holloway.«

Die Sneezums kamen zehn Minuten früher als angesagt. Sydney sah sie aus ihrem grauen Mercedes-Benz steigen; es fiel ihm auf, daß beide älter aussahen; älter und sorgenvoll. Mr. Sneezum war ein knapp mittelgroßer, schmaler Mann mit dünnem rötlichen Haar und blassem Gesicht; seine Frau war aber etwas größer, blond und mit fliehendem Kinn, aber mit entschlossenen Augen und Nase. Alicia hatte Glück gehabt; sie hatte sich von beiden das beste ausgesucht.

»Hallo, Sydney«, sagte Mrs. Sneezum. »Wie geht's?« Aber sie reichte ihm nicht die Hand.

Sydney war ihnen bis zur Gartenpforte entgegengegangen. »Danke, ganz gut. Und Ihnen?«

Sie gingen ins Haus. Sydney bot ihnen Sherry an, den sie ablehnten, dann Tee, den sie ebenfalls ablehnten mit der Begründung, es sei noch etwas zu früh. Beide sahen sich im Wohnzimmer um, als suchten sie hier nach dem Schlüssel für Alicias Verschwinden. In den nächsten fünf Minuten stellte ihm Mrs. Sneezum die gleichen Fragen, die sie ihm in den letzten Wochen am Telefon gestellt hatte; aber Sydney merkte jetzt, daß ihr hauptsächlich daran lag, sein Gesicht beim Antworten zu beobachten. Mr. Sneezum saß still dabei und konzentrierte sich gleichfalls auf Sydney; er sah aus wie ein kleineres zusammengeschrumpftes Abbild von Sinclair Lewis.

»Sind Sie ganz sicher«, fragte Mrs. Sneezum jetzt, »daß sie in Ipswich nicht umgestiegen ist? Ich meine, aus dem einen Zug raus und dann in einen anderen, vielleicht nach Norden?«

»Ich habe den Zug abfahren sehen«, sagte Sydney. »Wir haben – wir haben noch gewinkt.« Sie hatten nicht gewinkt, aber er hatte den Zug abfahren sehen.

Mrs. Sneezum ließ ihre kühl berechnenden Augen auf ihm ruhen. »Hm. Ja. Die Polizei hat versucht, einen Bahnbeamten ausfindig zu machen, der sich erinnert, Alicia an dem Morgen einsteigen gesehen zu haben oder ...«

»Das dürfte wohl schwierig sein«, unterbrach Sydney sie lächelnd.

»Ja. Niemand entsinnt sich.« Mrs. Sneezum warf einen Blick auf ihren Mann, der finster dasaß und sich die Nase mit dem Zeigefinger rieb. Sie setzte sich aufrecht und kreuzte die schlanken Beine. Sie trug ein schwarz und blau gemustertes Seidenkleid und duftete nach einem Parfum, das Sydney nicht identifizieren konnte; wahrscheinlich war es so teuer, daß er es gar nicht kennen konnte. »Sydney, ich muß Sie etwas fragen. Haben Sie mit Alicia vor ihrer Abreise einen ernsthafen Streit gehabt?«

»Nein, Mrs. Sneezum. Ehrlich nicht.« Er fuhr sich mit der Zunge über die Lippen, hob die Hände von den Knien und ließ sie sachte wieder fallen. »Sie wollte eine Weile allein sein und malen; sie sagte, sie wollte sich mit mir in Verbindung setzen, sobald sie mich wiedersehen oder heimkommen wollte. Deshalb bleibe ich ja hier und fahre nicht zur Abwechslung selber in irgendeine kleine Stadt. Ich möchte hier sein, wenn sie schreibt oder anruft.« Wieder floß sein Redestrom viel zu eifrig dahin; er merkte es und spürte den Unglauben, den die reichlich weitschweifigen Erklärungen hervorriefen. Vielleicht dachten sie: ›Sydney bleibt zu Hause, weil er die Leiche im Garten bewachen will. Man weiß ja, wie lange Christie noch in seinem Haus gewohnt hat.‹ Unwillkürlich zuckte Sydney mit den Achseln und bemerkte, daß Mrs. Sneezum die Bewegung registrierte.

›Schriftsteller und Maler. Alles wissen sie besser als andere Leute.‹ Mrs. Sneezums Blicke heischten Unterstützung von ihrem Mann.

»Ach, so sind doch alle jungen Leute«, sagte er unsicher und schlechtgelaunt.

»Ja. Sie lehnen es ab, wie alle anderen in der Gesellschaft zu leben, ruhig und friedlich, und das Gute und Schlechte gleichermaßen hinzunehmen. Und dann halten sie den Belastungen eines derartigen Lebens nicht stand. Du weißt, was ich meine, Hartley.« Wieder sah sie ihn an.

Aber Hartley gab diesmal gar keine Antwort; mit zusammengepreßten Lippen und hochgezogenen Brauen betrachtete er den Teppich.

»Und dafür muß Alicia jetzt büßen«, fuhr Mrs. Sneezum fort, während sie immer noch steif auf ihrem Stuhl saß und Sydney anblickte.

»Ja«, murmelte Sydney mechanisch.

»Sie war unglücklich – natürlich war sie unglücklich.« Mrs. Sneezum sah Sydney befriedigt an. Sie plädierte für ihre eigene Weltanschauung und für die gottgewollte Weltanschauung ihrer Tochter, gegen die Alicia sich vergangen hatte.

»Ja«, sagte Sydney wieder.

Alle dachten in einem Augenblick stillen Gebetes über die Worte nach. Dann sagte Sydney: »Meine Nachbarin, Mrs. Lilybanks, läßt Sie fragen, ob Sie beide Lust hätten, auf eine Tasse Tee zu ihr hinüberzukommen. Um vier Uhr ungefähr. Sie war öfter mit Alicia zusammen. Sicher hat Alicia auch von ihr gesprochen, nicht wahr?«

Mrs. Sneezum hob fragend den Kopf und sah ihren Mann an. »Ich weiß nicht, Hartley. Was meinst du? Wir müssen es natürlich Mrs. Lilybanks wissen lassen. Ja, Alicia hat von ihr erzählt«, fügte sie, zu Sydney gewandt, hinzu.

»Wir müssen aber doch vielleicht schon etwas früher weg«, schob Hartley Sneezum dazwischen.

Auf Mrs. Sneezums Bitte zeigte ihnen Sydney Alicias Zimmer im ersten Stock. Gleichgültig und ablehnend kommentierte sie einige von Alicias jüngsten abstrakten Bildern.

»Sie hat ein gutes Porträt von Mrs. Lilybanks gemacht«, sagte Sydney. »Es ist unten im Wohnzimmer. Vielleicht haben Sie es nicht bemerkt.«

Das stimmte, aber Mrs. Sneezum vertuschte es mit den Worten: »Ach ja, ja. Das muß ich mir noch einmal ansehen.«

Um zehn Minuten vor vier verließen sie das Haus. Auf dem Eingangsweg blickte Mrs. Sneezum zu Mrs. Lilybanks' Haus hinüber und sagte obenhin: »Wir können ja eben mal bei Mrs. Lilybanks hereinschauen, Hartley, nur um ihr guten Tag zu sagen. Aber zum Tee wollen wir nicht bleiben.«

»Wie du meinst«, stimmte ihr Mann zu.

Sie verabschiedeten sich höflich mit dem Versprechen, einander Nachricht zu geben, wenn es etwas Neues gab. Dann ging Sydney ins Haus zurück. Er wußte, daß die Sneezums mindestens eine halbe Stunde bei Mrs. Lilybanks bleiben und ganz bestimmt mit ihr Tee trinken würden. Sie hatten ihn einfach abgeschoben, um allein mit ihr zu sprechen. Da aber Prissie da war, waren die Möglichkeiten dessen, was Mrs. Lilybanks berichten konnte, beschränkt. Und von dem Teppich würde sie ihnen wohl ohnehin nichts sagen, ob Prissie dabei war oder nicht.

Fünfzehn Minuten später hörte Sydney, wie ein Auto anfuhr; er stand auf und blickte aus dem Fenster. Unten fuhr Prissies roter Viva davon in Richtung nach Ipswich und London.

19

Mrs. Lilybanks war leicht überrascht, als sie die Sneezums ohne Sydney kommen sah, aber sie begriff sofort, worauf es ihnen ankam. In den ersten Minuten, als Prissie noch dabei war, ging alles gut; die Spannung setzte erst ein, als Prissie dann fort war. Die Sneezums horchten sie aus, langsam, behutsam und unerbittlich. Was hielt sie nun tatsächlich von Sydneys und Alicias Bohèmeleben? Von dem ungepflegten Rasen im Vordergarten? Nur völlig haltlose Menschen konnten einen Rasen so verkommen lassen ... Mrs. Lilybanks beantwortete einige der Fragen mit der ihr eigenen Toleranz, was ihre Gäste aber nicht zu überzeugen schien. Mrs. Sneezum ging sofort zum Angriff über.

»Ich habe immer gefürchtet, daß sie mit Sydney nicht glücklich werden würde«, sagte sie. »Wir waren von Anfang an gegen diese Ehe; aber was kann man machen? Und jetzt fürchten wir sogar das Schlimmste, nicht wahr, Hartley?«

»Ja, wir fürchten das Schlimmste«, bestätigte Hartley Sneezum.

»Alicia hat immer gemeint, ihren Willen durchsetzen zu müssen, und gewöhnlich hat sie das auch getan. Auch als sie Sydney heiratete, hat sie ihren Willen durchgesetzt. Eine Weile hält sie das aus, und dann ...« Mrs. Sneezum schlug mit dem Handrücken der einen Hand in die offene andere Hand. »Sie verträgt keine Belastung, was immer sie auch selber glauben mag. Was sie braucht, ist ein ruhiges, solides Leben, wie sie es von zu Hause gewohnt war. Ich hatte nicht viel übrig für Sydney Bartleby, als sie ihn heiratete, und offen gesagt, gefällt mir sein Verhalten auch jetzt nicht.« Sie blickte Mrs. Lilybanks offen an.

»Was wollen Sie damit sagen: sein Verhalten gefällt Ihnen auch jetzt nicht?« fragte Mrs. Lilybanks.

»Er benimmt sich nicht wie ein Mann, dessen Frau verschwunden ist«, sagte Mrs. Sneezum fest. »Jedenfalls nicht so, wie ich mir das vorstelle. Völlig kühl ist er. Als ob er wüßte, wo sie ist, und es nicht sagen will. Aber ich glaube nicht, daß er es weiß. Ich glaube, es ist ihm ganz egal. Das meine ich. Hoffentlich nehmen Sie es mir nicht übel, Mrs. Lilybanks, daß ich so offen rede, aber die Sache ist sehr ernst, und wir sind seit einem Monat in Sorge. Glauben Sie, Sydney und Alicia haben eine geheime Abmachung getroffen, von der sie niemand was sagen?«

Mrs. Lilybanks hob die Teekanne, um noch einmal einzuschenken, sah aber, wie Mrs. Sneezum leicht den Kopf schüttelte. »Sydney und auch Alicia haben mir gesagt, daß sie sich eine Weile trennen wollten.«

»Ach ja, das habe ich nun schon so oft gehört, daß es mir zum Halse heraushängt. Und Hartley auch. Ich meine eine ernsthafte Vereinbarung – eine Scheidung.«

»Nein, davon habe ich kein Wort gehört«, sagte Mrs. Lilybanks. »Aber ich glaube auch nicht, daß Alicia mir etwas davon gesagt hätte.«

»Einen anderen Mann hat sie nie erwähnt?« fragte Mrs. Sneezum.

»Nein, niemals. Wirklich nicht.«

»Wir müssen allmählich auf alles gefaßt sein«, sagte Mrs. Sneezum und fügte nach einer Pause hinzu: »Auch darauf, daß Sydney sie vielleicht umgebracht hat.«

Mrs. Lilybanks blickte Mrs. Sneezum an, die ihr den Blick zurückgab – offenbar um zu sehen, ob ihr die gleiche Idee gekommen war. Mr. Sneezum saß unbeweglich da; er hatte also das Thema mit seiner Frau schon erörtert.

»Haben Sie daran schon mal gedacht?« fragte Mrs. Sneezum.

»Clarissa«, bat Mr. Sneezum sanft. »Du siehst zu schwarz, meine Liebe.«

»Halten wir uns an die Tatsachen«, gab seine Frau mit ingrimmiger Ruhe zurück. »Die Polizei hat Alicia weder in Brighton noch sonstwo gefunden. Sie hat sich nicht gemeldet, obgleich ihr Bild vor mehr als einer Woche in jeder englischen Zeitung erschienen ist. Sydney Bartleby hat in seinem Leben nie einen roten Heller besessen und hat einiges zu gewinnen, wenn Alicia tot ist.«

»Das klingt ja direkt nach einem Detektivroman.«

»Das sagen sie alle, bis es zu spät ist«, erwiderte seine Frau. »Ich meine, hier gehört jetzt ein guter Detektiv her.« Sie wartete auf eine Antwort von Mrs. Lilybanks.

Mrs. Lilybanks konnte nicht sprechen. Mehrere Sekunden vergingen.

»Ich hoffe, Sie haben keine Bedenken und sind ehrlich genug, es mir zu sagen, wenn Sie einen Verdacht auf Sydney haben, Mrs. Lilybanks. Wenn Sie etwas bemerkt haben – einen Streit zwischen den beiden . . .«

Mrs. Lilybanks sah, wie Alicias Mutter die Tränen in die Augen stiegen. Mitgefühl wallte in ihr auf, das sie vorher nicht gespürt hatte. »Sicher haben sie sich manchmal gezankt, wie jedes Ehepaar.«

»Das klingt, als wären Sie dabei gewesen. Wann?«

»Ach ...« Mrs. Lilybanks stockte. »Einmal hörte ich eine laute Stimme in der Küche, abends, als ich zum Dinner drüben war. Es war eigentlich gar nichts, es dauerte auch bloß ein paar Sekunden. Alle Ehepaare machen so was mal.«

»Wessen laute Stimme?«

»Sydneys. Nur für einen Moment.«

Die Auskunft schien Mrs. Sneezum nicht zu befriedigen. »Und ein Streit kurz vor Alicias Abreise?«

»Nein, davon weiß ich gar nichts«, erwiderte Mrs. Lilybanks.

»Haben Sie je gesehen, daß er sie geschlagen hat?« fragte Mrs. Sneezum.

»Lieber Himmel, nein. Niemals.«

»Sie – Sie mögen Sydney also?«

Mrs. Lilybanks holte tief Atem und sagte vorsichtig: »Ich finde ihn interessant – und manchmal sehr amüsant. Er hat viele Einfälle.«

»Ja – für Geschichten, die er nicht los wird.«

»Nun, mit dieser ›Schatten‹-Serie scheint er doch jetzt Erfolg zu haben. Hat er das nicht erwähnt? Es sind Stücke fürs Fernsehen.«

»Ach.« Mrs. Sneezum warf einen Blick auf ihren Mann, den die Information anscheinend nicht interessierte. »Die macht er sicher zusammen mit Alex Polk-Faraday.«

»Ja, ich glaube«, sagte Mrs. Lilybanks.

»Ein netter junger Mann. Der findet es nicht unter seiner Würde, eine Stellung anzunehmen, auch wenn er gern Schriftsteller wäre.«

Mrs. Lilybanks schwieg; ihre Sympathie für Mrs. Sneezum ebbte wieder ab. Und doch: mußte sie ihr nicht aus Gründen der Fairness von der Teppichsache berichten? Wäre Mrs. Sneezum nicht so ein gefühlsbetonter Typ gewesen, hätte Mrs. Lilybanks vielleicht etwas davon erwähnt und ihnen geraten, das Wenige, was sie beobachtet hatte – es war noch ziemlich dunkel gewesen, und ihre Augen waren auch nicht mehr die besten –, der Polizei mitzuteilen. Ruhig und vernünftig. Aber Mrs. Sneezum war nicht der Typ, der eine solche Information sachlich und gelassen weitergeben würde.

»Sie mögen Sydney also?« wiederholte Mrs. Sneezum.

»Clarissa, ich finde, du solltest unsere Gastgeberin nicht allzu gründlich ausfragen«, sagte Mr. Sneezum und betonte das vorletzte Wort.

Wenige Augenblicke später standen die Gäste auf und verabschiedeten sich mit Dank für den Tee. Mrs. Lilybanks war ganz gerührt, als sie sah, wie Mrs. Sneezum sie spontan auf die Wange küssen wollte und sich nur im letzten Augenblick noch zurückhielt. Auch Mr. Sneezum hielt ihre Hand einen Augenblick warm in seinen beiden Händen.

»Alicia spricht immer so sehr nett von Ihnen«, sagte er. »Sie hat sie sehr gern.«

»Deshalb finde ich es ja auch so merkwürdig, daß sie ihr gar nicht geschrieben hat«, sagte Mrs. Sneezum.

Sie gingen zu ihrem Wagen, der nahe bei Sydneys Haustür stand.

Mrs. Lilybanks räumte den Teetisch ab, stellte das Geschirr zum Abwaschen bereit in den Spültisch und zwang sich dann, ans Telefon zu gehen. Sie hatte bei dem Gespräch mit ihren Gästen einen Entschluß gefaßt und wollte nicht wieder wankend werden.

Sie wählte die Nummer der Polizei in Ipswich und verlangte Inspector Brockway. Der Inspector war nicht da.

»Ich habe möglicherweise eine wichtige Information für ihn«, sagte sie. »Sie betrifft Alicia Bartleby.«

»Soll ich ihm etwas ausrichten, Mrs. Lilybanks?«

»Ja, bitte. Wenn er vielleicht einmal bei mir vorbeikommen könnte . . . Ich möchte die Sache nicht am Telefon besprechen.«

Als sie aufgelegt hatte, wurde ihr klar, daß sie, wenn sie Inspector Brockway die ganze Wahrheit sagen wollte, auch die verschiedenen Kleinigkeiten erwähnen müsse, die sie teils beobachtet und teils von Alicia gehört hatte. Da war zum Beispiel Sydneys Wutanfall, als Alicia damals das Glas fallen gelassen hatte. Alicia hatte ihr außerdem gestanden, daß Sydney sie schon zweimal geschlagen hatte. ›Sydney kann in eine irrsinnige Wut geraten‹, hatte Alicia gesagt und mit den Fingern geschnippt. Natürlich hatte Mrs. Lilybanks auch die Möglichkeit erwogen, daß Alicia vielleicht mit irgendeinem Mann unterwegs war, um ihr Selbstbewußtsein zu stärken oder sich auch nur an Sydney zu rächen. Nach dem Besuch der Sneezums schien ihr das aber nicht mehr wahrscheinlich; jetzt fürchtete sie tatsächlich, daß Sydney in einem seiner Wutanfälle wirklich die Beherrschung verloren hatte. Inspector Brockway hatte sie gefragt, was sie von Sydneys Charakter oder vielmehr von seinem Temperament halte. Sie konnte sich vorstellen, daß Sydney so in Wut geriet, daß er jemand umbringen könnte, und konnte sich ebenso vorstellen, daß er anschließend kühl und gelassen bleiben und keineswegs den Kopf verlieren würde.

Inspector Brockway rief um 7 Uhr 20 an und war um Viertel vor neun bei Mrs. Lilybanks.

Von ihr aus ging er direkt zu Sydney Bartleby.

20

Sydney saß im Wohnzimmer auf dem Sofa. Das Grammophon spielte *Sacre du Printemps*; er hatte sein kleines braunes Notizbuch vor sich und schrieb:

13. August. So ganz scheine ich immer noch nicht in die Gefühlswelt eines Mörders eingestiegen zu sein, etwas fehlt immer noch. Man sagt, in jedem Menschen steckt ein Mörder – das möchte ich bestreiten; ich habe alles so genau und detailliert ausgesponnen, und das allein läßt mich schon schaudern. Oder ist das vielleicht gerade richtig so? Fühlt ein Mörder nach seiner Tat diese Mischung aus geistiger und physischer Beklemmung, von starkem Unbehagen, Trübsinn, Loslösung von der Menschheit – das Gefühl, daß man der Welt eine Maske zeigt, Beschämung über die eigene Grausamkeit, die auch nicht gemildert wird durch den Gedanken an Kindheitserfahrungen – wirkliche oder erfundene –, auf die sie vielleicht zurückzuführen ist? Es gibt ja sehr dreiste Killer. Oder liegt es daran, daß sie versuchen, nicht nachzudenken? Können sie vielleicht gar nicht nachdenken? Ich bin mit meinen Phantasiebildern nicht zufrieden, wahrscheinlich weil ich im Grunde doch kein Killer bin. Ein richtiger Killer würde sich nicht mit diesen Gedanken und Gefühlen belasten. Warum auch? Meine Verhaltensweise ist schließlich nur die Reaktion auf die von mir selber geschaffenen äußeren Umstände, und ich muß zugeben, daß sie mir etwas über den Kopf wachsen.

Er saß da und blickte in die Luft, als es plötzlich an der Tür klopfte, laut und stark, nicht wie Mrs. Lilybanks. Sydney legte den Füllfederhalter hin, klappte das Notizbuch zu und ging an die Tür. Er war erstaunt, als er Inspector Brockways hohe Gestalt erblickte.

»Oh, Inspector Brockway!« sagte er. Mrs. Lilybanks hatte also den Sneezums von der Teppichsache berichtet, dachte er, ohne jedoch nach dieser Erkenntnis das übliche Schuldbewußtsein zu verspüren.

»Guten Abend«, entgegnete Inspector Brockway, hob die Faust an den Mund und hustete heftig. »Hoffentlich störe ich nicht.«

Sydney stand so nahe vor ihm, daß er bei dem Husten zusammenfuhr. »Absolut nicht. Kommen Sie herein. Warten Sie, ich stelle das ab.« Er ging zum Plattenspieler und schaltete ihn ab.

Der Inspector nahm den Hut ab und setzte sich auf einen Stuhl. »Wie ich höre, haben Sie die Sneezums heute gesprochen.«

»Ja. Sie waren hier, so gegen drei Uhr.«

»Nichts Neues, nehme ich an?«

»Nein.«

»Und Sie haben auch nichts gehört?« Inspector Brockways Augen wanderten leicht bekümmert durch das Zimmer, über den Kaffeetisch, blieben einen Augenblick an dem braunen Notizbuch hängen, das mehr von der Zeit als vom Gebrauch abgenutzt war, und hoben sich dann wieder zu Sydneys Gesicht.

»Nein.« Wenn doch das Notizbuch oben wäre, außer Sicht, dachte Sydney. Jetzt berührte der Inspector es auch noch mit den Fingerspitzen der rechten Hand und schob es ein wenig von sich weg.

»Mrs. Lilybanks hat mir heute abend berichtet, daß sie Sie mit einem Teppich gesehen hat, den Sie irgendwo vergraben haben wollen. Stimmt das?«

»Ja«, sagte Sydney. Ganz unabsichtlich und dramatisch brach seine Stimme. »Es war ein alter Teppich mit Motten drin. Ich wollte ihn nicht verbrennen, und die Müllabfuhr kommt nur alle vierzehn Tage, deshalb habe ich ihn vergraben.«

»Wann haben Sie ihn vergraben?«

»Oh – vor ein paar Wochen.«

»Im Juli?«

»Ja.«

»Erinnern Sie sich vielleicht noch an das Datum?«

»Ja, es war gleich nach der Abreise meiner Frau, das weiß ich noch. Ich war früh aufgewacht – am Morgen nach ihrer Abreise.«

»Ganz früh – fast noch vor Tagesanbruch?«

»Ja.« Nur los, weiter, sagte er zu sich selbst. Raus mit den Tatsachen, und seien sie noch so belastend.

»Wo haben Sie ihn vergraben?«

»In der Nähe von Parham. An der Straße nach Parham, von hier aus gesehen. Im Wald.«

Der Inspector zog die Brauen zusammen und sah ihn an. »Erzählen Sie mir, wie Sie das gemacht haben.«

Sydney holte tief Luft; es tat richtig weh. Also erst mal hab ich sie die Treppe hinuntergestoßen, dachte er. Die Leiche habe ich die Nacht hierbehalten. Er fuhr sich mit der Hand über das Haar und starrte blind auf die gegenüberliegende Wand. Dann blickte er Inspector Brockway an. »Ich habe mit der Forke ein Loch gemacht.«

Inspector Brockway zog ein Päckchen Zigaretten hervor und bot sie Sydney an, aber Sydney schüttelte den Kopf. Zum erstenmal rauchte der Inspector in seiner Gegenwart. War das ein Zeichen der Entspannung, da nun der Fall geklärt war? »Sie können doch den Platz sicher wiederfinden?«

»Ja, das glaube ich schon. Ich könnt's ja jedenfalls versuchen«, sagte Sydney mit unsicherem Lächeln. Alles kam, wie er es vorausgesehen hatte.

»Schön.« Der Inspector stieß die erste Rauchwolke aus, erhob sich und ging zum Fenster, dann hustete er wieder so explosiv, daß Sydney von neuem zusammenfuhr. Und jetzt wußte er auch, woran er bei dem Husten immer denken mußte: an einen Fuß, der krachend in eine leere Lattenkiste tritt und sie zersplittert. »Es ist noch nicht dunkel. Wollen wir es versuchen?« fragte der Inspector.

»Gewiß.«

Der Wagen des Inspectors stand vor Mrs. Lilybanks' Haus. Er kannte den Weg nach Parham; Sydney übernahm erst die Führung an dem geraden Teil der Landstraße, wo das Waldgebiet lag.

»Links von hier. Bißchen langsamer jetzt«, sagte Sydney. Brockway verlangsamte das Tempo.

Sydney führte ihn in den Wald und sah sich um. Er versuchte sich an bestimmte Bäume und Büsche zu erinnern, aber es gelang ihm nicht. Und wenn er es nun gar nicht wiederfand? Na wennschon. Er warf einen Blick zurück und versuchte, sich die Entfernung von damals klarzumachen, die zwischen der Stelle und dem Straßenrand lag, wo sein Wagen gestanden hatte. »Hier ist jetzt mehr Unterholz als damals.«

»Das kann schon sein. Aber versuchen Sie es nur.«

Langsam schritt Sydney weiter. An einer kleinen Lichtung, einer baumlosen Stelle, hielt er an und sah auf den Boden. »Hier könnte es sein.«

Der Inspector besah sich den Erdboden. »Schön. Ich markiere die Stelle, und wir kommen morgen wieder her.« Er riß ein Blatt aus seinem Notizbuch und legte einen Stein darauf.

Sie gingen zum Wagen. Der Inspector fuhr schweigend zurück zu Sydneys Haus und setzte ihn mit kurzem ›gute Nacht‹ dort ab.

Das also war die kühle Gelassenheit der Engländer, dachte Sydney. Man läßt den Mörder noch ein letztes Mal im eigenen Bett schlafen. Man setzt ihn zu Hause ab und sagt ihm gute Nacht; bald genug wird sich der Strick um seinen Hals legen. Sydney malte sich aus, daß doch eine Leiche im Teppich eingewickelt war; Alicia, kaum noch erkennbar; er selbst wand sich in Angstträumen hin und her, schlaflos und entsetzenerfüllt in dieser entscheidenden Nacht, denn Mrs. Lilybanks hatte ihn mit dem Teppich gesehen und es der Polizei gemeldet; seine Freiheit zählte nur noch Stunden. Ein Mörder oder ein Psychopath würde jetzt vielleicht hinübergehen zu Mrs. Lilybanks und sie im Zorn und Rachedurst erwürgen, solange ihm noch Zeit dazu blieb. Eigentlich merkwürdig, daß die Polizei Mrs. Lilybanks nicht bewachen ließ oder ihr riet, fortzugehen. Bei diesem Gedanken erhob er sich aus dem Bett und blickte hinüber.

Draußen war es stockdunkel, einen parkenden Wagen oder einen eventuellen Wachtposten hätte man nicht erkennen können. Vielleicht war Mrs. Lilybanks über Nacht bei Freunden in der Umgegend. Oder vielleicht war auch ein Mann über Nacht in ihrem Haus stationiert, den sie im Gästezimmer untergebracht hatte. Sydney ging wieder zu Bett. Er versuchte, sich noch weiteres vorzustellen, war aber sehr müde und schlief bald ein.

Am nächsten Morgen gegen acht sah Sydney Mrs. Lilybanks wie jeden Morgen im Garten, wie sie Wasser in das Vogelbad auf dem hinteren Rasen goß. Er dachte flüchtig an die Polizisten, die jetzt beim Umgraben waren und einen leeren Teppich, ganz ohne Blutflecken, ausbuddeln würden. Dann machte er sich Kaffee. Bevor er sich oben an die Arbeit setzte, warf er noch einen Blick zu Mrs. Lilybanks' Haus hinüber. Ihre Fensterscheiben blitzten, aber sie selbst war nirgends zu sehen. Gewöhnlich war sie um diese Zeit mit irgend etwas im Garten beschäftigt. Ihr war vermutlich unbehaglich zumute, dachte Sydney, vielleicht sogar außerordentlich unruhig und beklommen. Er müßte ihr eigentlich ein beruhigendes Wort sagen. Sie dachte sicher, er habe es ihr sehr übelgenommen, daß sie mit dem Inspector gesprochen und ihr Versprechen gebrochen hatte. Aber er wollte doch lieber erst mit ihr reden, wenn die Bestätigung der Polizei vorlag, daß man nichts in dem Teppich gefunden habe. Sie mußte ihn natürlich für schwachsinnig halten, weil er sich am Sonnabend abend so benommen hatte, als habe er tatsächlich ein schlechtes Gewissen. Er mußte ihr erklären, daß seine Phantasie mit ihm durchgegangen war, er hatte nur gescherzt (ein reichlich makabrer Scherz, den ihm Mrs. Lilybanks übelnehmen mußte, aber sei's drum). Oder er könnte sagen, er habe unter einer momentanen Geistesverwirrung gelitten, einer Halluzination, Angst, Sorgen, er habe an dem Abend tatsächlich das Gefühl gehabt, daß er Alicia umgebracht habe. Alle diese Erklärungen mußten unbefriedigend bleiben; worauf es ankam, war nur, daß er ihr so bald wie möglich mitteilen konnte, man habe nichts in dem Teppich gefunden. (Was? Das glaube ich nicht, würde er zu den Polizisten sagen. Unglaublich – da hat jemand meine Leiche gestohlen. Das gibt's ja wohl nicht. Sehen Sie noch mal gründlich nach!) Und Sydneys Gedanken wandten sich der neuen ›Schatten‹-Story zu.

Kurz nach zehn läutete das Telefon.

»Hier ist Inspector Brockway. An der Stelle, die Sie mir gestern abend angaben, ist kein Teppich vergraben. Können Sie jetzt herkommen, Mr. Bartleby? Vielleicht geht es besser bei Tageslicht.«

In drei Minuten war Sydney fertig und verließ das Haus. Liebe Zeit, den ganzen Morgen hatten die armen Kerls den harten Boden umgegraben. Wahrscheinlich schaufelten sie schon seit sechs Uhr früh.

Er traf den Inspector, der eine Zigarette rauchte und sich neben seinem Wagen mit dem jungen, blonden Schutzmann aus Roncy Noll unterhielt. Sydney hielt hinter ihnen an. »Guten Morgen, Inspector. Guten Morgen, Wachtmeister. Tut mir leid, daß ich Sie falsch geführt habe. Wäre vielleicht ganz gut, wenn ich die Straße ein Stück hinaufgehe. Vielleicht erkenne ich etwas wieder.«

»Wie Sie meinen«, sagte der Inspector.

Sydney ging an der linken Seite der Straße entlang und blickte aufmerksam prüfend auf die Bäume, aber jedes Stückchen Wald glich dem anderen. Er kehrte um und kam zu Brockway zurück, der an seinem Wagen lehnte.

»Tut mir leid, Inspector, aber da oben ist es nicht, glaube ich. Ich meine immer noch, daß es hier irgendwo sein muß. Ich geh mal ein Stück hinein in den Wald.«

»Nur zu«, sagte der Inspector und begann Sydney zu folgen.

Nach zwanzig oder dreißig Schritten erblickte Sydney die schwarzen Gestalten von zwei Polizisten; einer saß auf irgend etwas, der andere schlug seinen Spaten gegen einen Baum, um den Schmutz zu entfernen. Sydney ging auf die Männer zu. »Ich höre, Sie hatten kein Glück«, sagte er. »Tut mir wirklich leid um all die Mühe.«

Der Boden war aufgegraben, als hätten sie versucht, ein Quadrat auszuheben. Beide Männer hatten die Uniformröcke aufgeknöpft.

»Mächtig hart ist der Boden hier«, sagte der stehende Polizist.

»Ich bin aber ganz sicher, daß es hier irgendwo ist«, sagte Sydney und schritt weiter nach rechts, parallel mit der Straße, die jetzt nicht zu sehen war. Rankpflanzen hielten seine Hosen fest. Einmal glitt er auf irgendwas aus und sah mit Ekel eine zwölf Zentimeter lange schwarze Schnecke. Er kam an eine kleine Lichtung und zögerte. »Hier könnte es gewesen sein«, sagte er zu dem Wachtmeister, der hinter ihm ging.

Der Wachtmeister zog ein Taschenmesser heraus und machte zwei senkrechte Schnitte in einen jungen Baum, dann zog er ein Stückchen Rinde ab, so daß die Stelle weiß leuchtete. Der Inspector besah sich den Boden und stampfte darauf herum.

Sydney wandte sich wieder zur Landstraße. Er kam zu einer anderen Stelle, die ebenfalls in Frage kam, aber er war mehr für die vorige. »Zu dumm, daß das Gras so hoch gewachsen ist. Deshalb ist es so schwer zu finden.«

»Ist ja auch viel Zeit inzwischen vergangen. Fast zwei Monate«, sagte der Wachtmeister.

Und die Leiche wäre jetzt in einer furchtbaren Verfassung, dachte der Wachtmeister vermutlich. »Mehr kann ich nicht tun«, sagte Sydney und hielt wieder an der Stelle, wo der Wachtmeister den Baum markiert hatte. Er schrak zusammen, als Inspector Brockway vor ihm im Wald erschien.

»Wie tief war die Grube?« fragte der Inspector.

»Ich würde sagen, ein Meter«, erwiderte Sydney. »Deshalb haben Sie es vielleicht auch an der ersten Stelle nicht gefunden. Ich möchte mal sehen, wie tief sie gegraben haben.« Er ging an dem Inspector vorbei.

Der Wachtmeister und der Inspector folgten ihm.

Bei der ersten Stelle bat Sydney um Erlaubnis und ergriff einen Spaten. Er versuchte es zunächst nahe bei einem großen Baum und warf ein paar Schollen dunkler Erde auf eine Seite. Aber unterhalb der Tiefe, die die Polizisten erreicht hatten, war der Boden ganz fest, die Baumwurzeln schienen intakt zu sein, und weiter konnte man nichts tun. »Ich verstehe das nicht«, sagte Sydney.

Die vier Männer standen da und blickten ihn an.

»Also los, ich denke, wir graben hier noch etwas tiefer, wo Mr. Bartleby gegraben hat«, sagte Brockway. »Und da hinten ist auch noch eine Stelle.«

Verdrossen machten sich die Männer erneut an die Arbeit. Der zweite Spaten schnitt in den Boden.

Sydney sah ihnen eine Weile zu und wandte sich dann an den Inspector. »Muß ich noch hierbleiben? Ich habe zu Hause zu arbeiten.«

Der Inspector erwiderte, er brauche nicht zu bleiben, man werde ihn später anrufen.

Sydney kehrte zu seinem Wagen zurück. Eine schwache Spur im Gras führte zu der Stelle, wo die Männer jetzt gruben.

Um ein Uhr rief der Inspector an und sagte, sie hätten auch die zweite Stelle aufgegraben und nichts gefunden.

Sydney fuhr sich mit den Fingern durchs Haar und dachte: alles vom Mörder erfunden: Mord, Teppich, Leiche, Begräbnis – alles. »Komisch«, sagte er. »Der Teppich ist doch richtig lang, in einer Rolle; den sollte man leicht finden.«

Brockway antwortete, nach dem Essen würden sie weiter versuchen, an der dritten Stelle, die Sydney angegeben hatte.

Nehmt euch nur Zeit, dachte Sydney, dann findet ihr ihn auch, denn er war ja bestimmt da. Er ging wieder an seine Arbeit. Der ›Schatten‹ war von der Polizei, die von seinen kriminellen Umtrieben nichts ahnte, vorgeladen und um Hilfe bei der Verfolgung einer in Paddington hausenden Geldräuberbande gebeten worden. Der ›Schatten‹, nun in der Maske eines kürzlich entflohenen Strafgefangenen, schloß sich der Bande an, um von innen heraus zu arbeiten; dabei lernte er die Bandenhehler kennen, von denen er einige an die Polizei ausliefern und den schlauesten für seinen persönlichen Gebrauch behalten wollte.

Um vier hatte Inspector Brockway immer noch nicht angerufen.

Plötzlich dachte er an Alicia. Wo, zum Teufel, war sie jetzt? Was machte sie, wer hielt sie aus? Jemand mußte sie aushalten. Sie hatte zwar reiche Freunde, aber die würde sie kaum in einer solchen Lage um fünfzig Pfund bitten. Nein. Wenn ein Mann sie aushielt, so mußte sie mit ihm schlafen. Sydney runzelte die Stirn, verwirrt und tief verletzt. Er erhob sich vom Schreibtisch; für heute war ihm die Lust zum Arbeiten vergangen.

Um fünf Uhr etwa hörte er das Telefon vom Hintergarten aus, wo er mit dem Komposthaufen beschäftigt war. Er lief ins Haus und nahm den Hörer ab.

»Hallo, Sydney, hier ist Elspeth Cragge. Wie geht es Ihnen?«

»Danke, gut. Und Ihnen?«

»Haben Sie was von Alicia gehört?«

So ging es fünf Minuten weiter. Elspeth Cragge hatte schon einmal angerufen. Sie hatte gerade ein Baby bekommen. Sie und ihr Mann wohnten in Woolbridge, beide waren langweilig. Ihre Fragen und Bemerkungen waren langweilig; und um das Gespräch etwas zu beleben, war Sydney versucht, ihr zu erzählen, er habe einen alten Teppich verscharrt und die Polizei grabe jetzt danach, weil sie Alicias Leiche darin vermuteten. Aber Elspeth hatte eine so interessante Neuigkeit gar nicht verdient, und wenn er noch länger mit ihr redete, konnte ihn Inspector Brockway nicht erreichen, deshalb beendete er die Unterhaltung so schnell, wie das höflicherweise zu machen war.

»Uff!« sagte er, als er eingehängt hatte.

Kurz nach sechs rief die Polizei an. Inspector Brockway sagte: »So, wir haben ihn endlich gefunden, Mr. Bartleby. An der fünften Stelle.«

»Allmächtiger. Tut mir wirklich leid.«

»Ja. Na ja, wie's gerade kommt.« Er stieß ein kurzes Lachen aus. »Sie haben recht, es ist ein alter, vermotteter Teppich. Jetzt hat er mehr Schimmel als Motten, würde ich sagen.«

»Hahaha. Ja, das kann ich mir vorstellen.«

»Sie müssen eine Energiesträhne gehabt haben an dem Morgen.«

Ja. Grabt nur noch etwas tiefer, dann findet ihr die Leiche, hätte Sydney gern gesagt. Der Teppich ist ja bloß eine Falle.

»Ja. Ich wollte nämlich – ich wollte genauso tief graben, als ob ich wirklich jemand dort zu vergraben hätte, das brauche ich in einem meiner Bücher. Wissen Sie: wie viele Wurzeln man trifft, wie lange es dauert, und so. Sie verstehen.«

»Ach ja, die Probleme eines Romanschriftstellers«, sagte der Inspector.

»Ja. Aber fürs Fernsehen. – Vielen Dank, daß Sie mich noch angerufen haben, Inspector.«

»Bitte. – Sind Sie morgen irgendwann zu Hause?«

Morgen war Montag. »O ja. Eigentlich den ganzen Tag, nur ein paar Besorgungen muß ich machen.«

»Ich werde am Nachmittag mal vorbeikommen.«

Sydney nahm ein Bad und zog eine frisch gebügelte Hose und ein sauberes Hemd an. Er beeilte sich, denn er wollte nicht, daß ihm Brockway zuvorkam und Mrs. Lilybanks die Neuigkeit schon erzählte; diese Möglichkeit war ihm mitten beim Baden eingefallen. Ob er ihr Blumen mitbringen sollte? Eine Rose aus dem Garten? Oder einen Blumenkohl? Ach, Unsinn. Letzte Woche hatte er ihr Rosenkohl mitgebracht. Dies war ja nur ein kurzer Besuch; er wollte ihr sagen, daß er nicht eher hatte kommen können, weil er der Polizei geholfen und dann auf den Anruf gewartet hatte.

Er schritt mit ernsthafter, aufrechter Miene hinüber, ging über den Eingangsweg, versuchte aus der Entfernung von mehreren Metern zu erkennen, ob sie im Wohnzimmer war, und entschloß sich dann für die Küchentür. »Mrs. Lilybanks?« rief er. Er drückte auf die Klinke, die Tür öffnete sich, Mrs. Lilybanks war nicht in der Küche. Er rief noch einmal und ging dann ins Wohnzimmer. Mrs. Lilybanks stand mit dem Rücken zum Sofa, das Gesicht ihm zugewandt, die Faust an die Brust gedrückt. Einen Augenblick dachte Sydney, sie habe etwas in der Hand, aber sie hielt nur die Faust unter der linken Brust an den Körper gepreßt.

»Mrs. Lilybanks? Was ist los?« fragte Sydney und ging auf sie zu.

Ihr Gesicht war geisterbleich, der Mund stand offen wie nach einem furchtbaren Schrecken. Ein schriller, zitternder Schrei entrang sich ihr, dann fiel sie rückwärts auf das Sofa und glitt auf den Fußboden, bevor Sydney sie halten konnte.

»Hier – so. So. Warten Sie, ich helfe Ihnen hinauf.«

Sie lag völlig schlaff, er konnte sie kaum hochheben.

»Haben Sie eine Medizin? Wo ist sie? Mrs. Lilybanks – Ihre Medizin.« Sydney ließ sie los und lief in die Küche, wo er ein Tuch unter das Wasser hielt und mit dem nassen Tuch zurücklief. Ob er ihr Wasser zu trinken geben sollte? Das war aber vielleicht gefährlich; sie sah nicht aus, als sei sie imstande, zu schlucken. In der Küche fand er eine Flasche mit Cognac und goß etwas in eine Tasse; vielleicht würde der Geruch sie beleben. Er hielt ihr die Tasse unter die Nase.

Und jetzt erkannte er, daß Mrs. Lilybanks tot war. Die Hand, die sie an die Brust gepreßt hatte, war heruntergefallen und lag nun neben ihr auf dem Sofa, merkwürdig jung und hübsch, mit nur ganz feinen Runzeln. Sydney hätte gern selbst einen Schluck von dem Cognac getrunken, aber er stellte ihn hin und schob die Hände an der Hose entlang, als wolle er sie abwischen. Dann ging er zum Telefon. Neben dem Apparat wandte er sich um und rief laut: »Mrs. Lilybanks!«

Er nahm den Hörer auf und drehte 999, dann warf er ihn wieder hin, bevor die letzte Ziffer eingerastet war. Was würde man von seinem Anruf halten? Sydney Bartleby meldete den Tod einer Frau, die ihn gerade wegen des Vergrabens eines Teppichs angezeigt hatte? Würde man nicht denken, er habe sie umgebracht, vielleicht einfach durch starkes Erschrecken, denn er kannte ja ihre Herzzustände? Und war es nicht genauso auch gewesen? Oder – Sydney wandte sich noch einmal um zu Mrs. Lilybanks und sah sie an – hatte sie sich etwa gerade diesen Augenblick zum Sterben selbst ausgesucht, hatte sie sich in die Angst hineingesteigert oder unterlassen, irgendeine notwendige Medizin zu nehmen, damit man ihm die Schuld gab, damit es so aussah, als habe er sie im Zorn über die Teppichgeschichte getötet? Nein, das ging doch wohl zu weit.

Ein paar Sekunden lang war Sydney nicht imstande, etwas zu tun. Er nahm die Hand vom Telefon. Seine Fingerabdrücke waren auf der Tasse mit dem Cognac, auf der Klinke der Küchentür. Warum sollte er eigentlich nicht die Wahrheit sagen? Bei diesem Gedanken verlor er sich von neuem in Phantasiebildern. Ja, er hatte Mrs. Lilybanks umgebracht, er hatte den Arm gehoben, um sie zu schlagen, und hatte sie zu Tode erschreckt. Das paßte alles zu dem Bild. Lag es nicht auf der Hand? Selbst wenn die Polizei in dem Teppich nichts gefunden hatte, war Alicia doch irgendwo verscharrt, und Sydney Bartleby war völlig von Sinnen; das konnten seine besten Freunde bestätigen.

Das Telefon läutete. Sydney sah den Apparat an, der viermal das doppelte Klingelzeichen ertönen ließ, und dachte nach. Egal, wer es war, er wollte ihm sagen, er sei gerade in Mrs. Lilybanks' Haus getreten, als sie einen tödlichen Herzanfall hatte. Ja, er war gerade im Begriff gewesen, die Polizei oder den Arzt oder sonstwen anzurufen, der jetzt gerufen werden mußte. Ob es Prissie war, da am Telefon? Oder Mrs. Hawkins, die jeden Tag anrief? Inspector Brockway? Ja, der vielleicht. Eilig nahm Sydney den Hörer auf.

»Hallo?« Er hörte, daß die Leitung leer war, drückte die Gabel herunter, ließ sie wieder heraufkommen und wählte Null. Als sich das Amt meldete, sagte er: »Würden Sie mir bitte die Polizei in Ipswich geben.«

Er wurde verbunden und erfuhr, daß Inspector Brockway das Polizeirevier vor zwei Minuten verlassen hatte. Ob man ihm etwas bestellen könne?

»Nein«, sagte Sydney nervös. »Nein, danke«, und hängte ein.

Wenn sich der Inspector vor zwei Minuten hierher auf den Weg gemacht hatte, würde er in etwa zwanzig Minuten da sein, überlegte Sydney. Ob er warten sollte? Er wäre lieber nach Hause gegangen, aber das würde nicht gut aussehen. Also warten. Selbst wenn ein Nachbar an die Tür klopfte, brauchte er ja nur die Wahrheit zu sagen. Er vermied es, Mrs. Lilybanks' liegende Gestalt anzusehen. Er warf einen Blick auf seine Uhr und überlegte, daß Brockway bis Viertel vor acht eintreffen mußte, wenn er wirklich auf dem Weg hierher war. Auf einer Sessellehne lag ein zusammengefaltetes Plaid; Sydney nahm es auseinander und breitete es über Mrs. Lilybanks, aber er sah sie dabei nicht an und berührte sie auch nicht.

Dann ging er nach oben, um dem Anblick der Leiche zu entgehen. Er trat in den Raum, in dem sie gemalt hatte und wo es nach Terpentin roch, genau wie in Alicias Schlafzimmer, aber dieser Raum hier war noch voller Leben, als habe Mrs. Lilybanks gerade eben mit der Arbeit aufgehört und sei hinausgegangen. Sydney wandte sich um und schritt durch eine zweite offene Tür. Er stand jetzt in Mrs. Lilybanks' Schlafzimmer. Am Kopf des bequemen Bettes waren die Kissen aufgehäuft, darüber war eine breite, gehäkelte Decke gebreitet. Auf dem Nachttisch lag ein Buch von Pamela Hansford Johnson. Auf der unteren Platte lag das in Messing eingefaßte Fernglas. Sydney drehte sich um und ging hinaus. Er blieb ein paar Minuten in dem Raum stehen, der offenbar das Gästezimmer war, sauber und hübsch und weniger persönlich. Sein Atem ging jetzt leichter; er erkannte, wie angespannt er gewesen war.

Nach einer Weile ging er ins Schlafzimmer zurück und ergriff das Fernglas. Es war das erste Mal, daß er es in der Hand hielt. Er trat ans Fenster und stellte es auf Weitsicht ein. Sein eigenes Haus erschien vor ihm, großartig nahe und klar. Er blickte in den Hintergarten und auf die Garage und malte sich aus, wie er an jenem Morgen mit dem schweren Teppich – wenn auch nicht ganz so schwer, wie es den Anschein hatte – über der rechten Schulter aus dem Haus trat, ein paar Schritte zu dem wartenden Wagen ging und dann in der dämmerigen Morgenfrühe davonfuhr.

Sydney hörte ein Klopfen an der Hintertür.

»Mrs. Lilybanks?« rief eine Frauenstimme.

Allmächtiger, das war sicher Mrs. Hawkins. Er hörte, wie sie in die Küche ging. Plötzlich wurde er kühl wie ein Fisch, wie die Alte sagen würde – wie sie tatsächlich immer sagte. Er ging zur Treppe. »Sind Sie das, Mrs. Hawkins?« rief er.

Seine Worte gingen unter in einem lauten Ruf, fast einem Schrei, den sie ausstieß.

»Mrs. Hawkins?« Eilig lief Sydney die Treppe hinunter.

Mrs. Hawkins drehte sich um, erblickte ihn und stieß einen schrillen Schrei aus. Sie trat einen Schritt zurück und warf dabei das kleine Tischchen um, auf dem die Tasse mit dem Cognac stand.

»Rühren Sie mich nicht an! Bleiben Sie stehen!«

»Herrgott, halten Sie doch den Mund!« schrie Sydney zurück. Ihr Geschrei erboste ihn.

Mit schreckgeweiteten Augen und ohne zu wissen, was sie tat, ergriff sie einen der Porzellanhunde, die auf dem Kaminsims standen.

»Mein Gott, lassen Sie das stehen!« rief Sydney, entsetzt über diesen sakrilegischen Akt. Aber schon warf sie nach ihm.

Automatisch ließ er das Fernglas fallen und fing den Porzellanhund auf, der mit lautem Anprall gegen seinen Ring schlug. Er warf einen Blick darauf, um zu sehen, ob der Hund zerbrochen oder angestoßen war, und starrte Mrs. Hawkins böse an. »Ruhe jetzt! Sie sind ja verrückt.«

»Keinen Schritt kommen Sie näher!« Das Haar hing ihr noch wilder als sonst um den Kopf, die Augen traten fast aus den Höhlen. »Was machen Sie hier? Mrs. Lilybanks ist tot! Was machen Sie hier?«

»Ich warte auf die Polizei, und wenn Ihnen das nicht paßt, machen Sie, daß Sie rauskommen«, gab Sydney zurück. Bei dem Anblick der Furie vor ihm vergaß er alle beabsichtigte Höflichkeit. Er machte einen Schritt auf den Kamin zu, um den Hund an seinen Platz zu stellen, aber Mrs. Hawkins trat noch einen Schritt zurück und landete fast auf Mrs. Lilybanks' Kopf. Sydney wurde weiß vor Wut. Er wandte sich um und trug den Hund hinüber zum Bücherbord auf der anderen Seite des Zimmers. Dann hob er das Fernglas auf und murmelte: »Megäre.«

»Raus«, sagte Mrs. Hawkins, »aus dem Haus hier!«

»Ich warte auf die Polizei«, erwiderte Sydney und sah sie dabei nicht an.

Von draußen kam das Geräusch eines Wagens. Halb ohnmächtig und mit einem langgezogenen »Oohh« schwankte Mrs. Hawkins unsicher zum vorderen Fenster und fiel fast gegen die Scheibe; die Knie trugen sie nicht mehr.

Sydney öffnete die Tür. Gott sei Dank, Inspector Brockway kam gerade zur rechten Zeit. »Inspector Brockway! Gerade habe ich versucht, Sie zu erreichen«, sagte er. »Kommen Sie herein.«

»Was gibt's denn?« fragte der Inspector und trat schnell ein.

»Mrs. Lilybanks hat einen Herzanfall gehabt«, sagte Sydney.

»Sind Sie der Inspector?« fragte Mrs. Hawkins. »Ich kam hier vor fünf Minuten rein und fand *den* da –« sie zeigte auf Sydney, »wie er eiskalt die Treppe runterkommt, und dann sagt er zu mir, *ich* sollte verschwinden, und da drinnen liegt sie – steif und tot!« Sie wies auf Mrs. Lilybanks. »Und zu *mir* sagt er ...«

»Beste Frau, beruhigen Sie sich erst mal, dann wollen wir Ihren Bericht hören. Mrs. Lilybanks ist tot?« Der Inspector ging hinüber zu Mrs. Lilybanks, hob behutsam die Decke hoch, nahm die rechte Hand und suchte den Puls. Er schüttelte leicht den Kopf. »Was ist hier vorgefallen?« fragte er Sydney.

Mrs. Hawkins setzte wieder an wie ein mißtönender Sprechapparat.

»Bitte ...« sagte der Inspector und hob ihr die gespreizten Hände entgegen, um sie zum Schweigen zu bringen. Er zeigte mehr Geduld, als Sydney aufgebracht hätte.

Mrs. Hawkins schwieg.

»Ich kam um ungefähr Viertel nach sieben«, sagte Sydney. »Ich klopfte, aber niemand antwortete, deshalb kam ich durch die Hintertür herein und rief sie. Als ich ins Wohnzimmer kam, stand sie da und hielt sich das Herz fest – so.« Er machte es vor. »Ich fragte sie, wo sie ihre Medizin hätte, aber das konnte sie mir schon nicht mehr sagen. Sie fiel einfach um, und ich hob sie auf das Sofa. Dann ist sie wohl gestorben. Einfach so.« Die Kehle war ihm trocken geworden. »Ich hab noch versucht, ihr Cognac zu geben. Mrs. Hawkins hat den Tisch umgeworfen.«

»Tut mir leid«, knarrte Mrs. Hawkins.

»Wann sind Sie gekommen, Mrs. Hawkins?« fragte Brockway.

»Vor fünf Minuten. Ich bin reingekommen und hab ihn hier gefunden. Er war oben und kam einfach so die Treppe runter, und die ganze Zeit lag sie hier. Was hat er oben gemacht? Was hat er überhaupt hier zu suchen?«

»Warum sind Sie gekommen?« fragte der Inspector Sydney.

»Ich wollte sie besuchen, weil sie vielleicht glaubte, ich sei böse mit ihr – weil sie Ihnen von der Teppichgeschichte erzählt hatte. Verstehen Sie – ich hatte sie seitdem nicht gesehen, und gewöhnlich wäre sie herübergekommen oder hätte mich angerufen. Ich wollte sie beruhigen . . .« er zögerte.

Der Inspector blickte Sydneys Hand an, die immer noch das Fernglas festhielt, das er vom Fußboden aufgehoben hatte.

»Was hatten Sie damit vor?« fragte Brockway.

»Ich bin nach oben gegangen – hier unten mochte ich nicht bleiben, und ich nahm an, Sie seien auf dem Weg hierher. Das Glas habe ich in ihrem Schlafzimmer gefunden. Ich habe einen Augenblick aus dem Fenster gesehen.«

Der Inspector sagte nichts dazu. Er nahm sein Notizbuch und schrieb auf, was Mrs. Hawkins mit großer Befriedigung auszusagen hatte. Dann sagte er, das sei vorläufig alles, was sie tun könne, er werde später auf sie zurückkommen. Darauf wandte sich Mrs. Hawkins gewichtig und mit dem zufriedenen Ausdruck erfüllter Pflicht zum Gehen, aber an der Küchentür drehte sie sich noch einmal um.

»Sir, was wird mit Mrs. Lilybanks?« fragte sie.

»Ja, Sie könnten mir noch den Namen ihres Arztes sagen, Mrs. Hawkins. Er muß den Totenschein ausstellen.«

»Das ist Dr. Thwaite. Er wohnt in der Stadt, gleich hinter der Kirche, in dem Haus mit der offenen Veranda.«

»Ach ja, den kenne ich. Er hat schon für uns gearbeitet. Vielen Dank, Mrs. Hawkins.«

Der Inspector ging hinüber zu Mrs. Lilybanks und zog ihr langsam die Decke über das Gesicht. Dann nahm er das Telefonbuch und begann eine Nummer zu suchen, vermutlich die von Dr. Thwaite; Sydney verließ das Zimmer und ging ins Eßzimmer. Er konnte nicht dabeistehen und zuhören. Er hatte Mrs. Lilybanks sehr gern gehabt. Er sah auf das Fernglas, das er noch in der Hand hielt, und bemühte sich, dem Gespräch, das Brockway führte, nicht zuzuhören.

Der Inspector kam ins Eßzimmer und sagte: »Nun berichten Sie einmal in Ruhe, was geschehen ist.«

Sydney setzte sich und legte das Fernglas vor sich auf den Tisch. Zwischen ihm und dem Inspector stand eine Vase mit hübschen bunten Blumen, die Mrs. Lilybanks zurechtgemacht hatte; sie waren so frisch, als seien sie gerade eben geschnitten. »Ich habe Ihnen doch schon alles gesagt. Genauso war es.«

»Sie haben die Polizeistation angerufen?«

»Ja.« Das konnte der Inspector nachprüfen, dachte Sydney.

»Haben Sie eine Nachricht hinterlassen, daß Mrs. Lilybanks tot war?«

»Nein. Ich wollte lieber mit Ihnen selbst sprechen. Ich dachte, Sie wären auf dem Weg hierher.«

»Warum haben Sie das angenommen?«

»Ich dachte, Sie würden Mrs. Lilybanks aufsuchen, um ihr zu sagen, was in dem Teppich war – daß sie sich nicht zu beunruhigen brauchte«, sagte Sydney.

»Genau das hatte ich vor, ja. Und dann wäre ich zu Ihnen gekommen.«

»Ach? Wozu?«

»Um Sie zu fragen, ob Sie noch etwas anderes im Wald vergraben haben. Oder in einem anderen Wald.«

Sydney fühlte, wie sein Gesicht warm wurde. »Nein.«

»Nun, vielleicht doch. Denken Sie noch einmal nach.«

»Glauben Sie, ich hätte das vergessen?« fragte Sydney mit leichtem Lächeln.

»Ja, vielleicht. Wenn Sie es vergessen wollten. Möglicherweise hätten Sie es auch durcheinandergebracht mit einer Geschichte, die Sie gerade schreiben.«

Sydney war peinlich berührt und auch leicht verärgert, weil der Inspector der Wahrheit so nahe gekommen war. Sein Notizbuch steckte hinten in der Schublade seines Arbeitstisches, dort hatte es seit gestern abend gelegen. Er überlegte jetzt, daß es wohl doch besser sei, es stets bei sich zu tragen, denn dies war genau die Art Material nach dem der Inspector in seinem Haus einmal suchen könnte.

Brockways bellender Husten ließ Sydney aus seinen Gedanken auffahren.

»Ich habe mir überlegt, daß Sie das Teppichbegräbnis vielleicht deshalb so auffällig in Szene gesetzt haben, weil Sie wußten, daß Mrs. Lilybanks Sie eventuell beobachten würde – und daß Sie vorher oder nachher tatsächlich noch einen Körper vergraben haben.« Inspector Brockway lächelte und zeigte dabei Zähne, die uneben waren wie sein Gesicht und braun vom vielen Rauchen. »Kein Mensch verscharrt einen vermotteten Teppich so tief wie Sie, wenn er nicht etwas anderes damit vortäuschen will.«

Sydney hob ein wenig die Schultern. »Sie suchen also noch immer die Wälder nach einer Leiche ab?«

»Nicht unbedingt diese Wälder. Was geschah damals am *nächsten* Morgen, Mr. Bartleby?«

»Haben Sie Mrs. Lilybanks nicht danach gefragt? Sie hatte ja das Fernglas. Wahrscheinlich hat sie mich auch am nächsten Morgen beobachtet.«

»Haben Sie vielleicht an dem Morgen, als man Sie mit dem Teppich gesehen hatte, irgendwo noch ein anderes Loch gegraben? Damit die Sache am nächsten Tag schneller ging?«

»Welche Sache?« Sydney begriff nicht ganz, worauf der Inspector hinauswollte. Wenn er wirklich glaubte, daß Sydney Alicias Leiche in dem Teppich aus dem Haus geschafft hatte, ja, was stellte er sich eigentlich vor, daß Sydney mit der Toten angefangen hätte? »Warum denn nicht am gleichen Morgen? Wozu die Zeitverschwendung?« fragte er schnell.

»Weil es hell wurde. – Sie hatten nicht am Tag vorher ein zweites Loch gegraben, nein?«

»Nein, Sir«, sagte Sydney mit Betonung.

»Sie müssen zum Vergraben eine gute Stunde gebraucht haben.«

»Mehr«, räumte Sydney ein.

»Wann ist es Ihnen klargeworden, daß Mrs. Lilybanks Sie mit dem Teppich gesehen hat?«

»An dem Abend, als Sie herüberkamen und mich danach fragten. Gestern abend.« Es schien viel länger zurückzuliegen.

»Vorher nicht?«

»Nein ... Mrs. Lilybanks hat mich ja erst gestern nachmittag zum Kaffee gebeten.«

Einen Augenblick herrschte Schweigen.

»Haben Sie Ihre Frau vergraben, Mr. Bartleby?« fragte Inspector Brockway so gelassen, als biete er Sydney eine Zigarette an.

Mußte ich ja, sie war doch tot, dachte Sydney, aber sein Gesicht war angespannt. »Nein.« Er merkte, daß er das Fernglas spielerisch immer wieder über dem Tisch in der Hand gedreht hatte. Vorsichtig legte er es nieder.

»Sie möchten sicher das Glas gern haben, aber das kann ich leider nicht zulassen. Es gehört jetzt mit zum Beweismaterial.« Der Inspector erhob sich. »Es steht Ihnen völlig frei, jederzeit zu behaupten, daß meine Theorien großer Blödsinn sind.«

»Das würde ich nie sagen. Ich habe selbst eine Schwäche für Theorien.«

»Ja. Ich muß jetzt noch hierbleiben, bis der Arzt kommt. Ich will Sie nicht aufhalten, Mr. Bartleby.«

Sydney erhob sich. »Danke.«

Der Inspector ging hinüber ins Wohnzimmer. Sydney folgte ihm und ging zur Haustür. An der Tür wandte er sich um und warf einen letzten Blick auf Mrs. Lilybanks, von der nichts mehr da war als eine weiche, lange Gestalt unter dem rosa Plaid: schon jetzt eine Leiche unter dem Bahrtuch. Er sagte zu Brockway: »Sie scheinen anzunehmen, daß ich auch an Mrs. Lilybanks' Tod schuld bin.«

»Wie kommen Sie darauf?« fragte der Inspector stirnrunzelnd.

»Warum glauben Sie, daß ich meine Frau umgebracht habe?«

»Ich habe nicht gesagt, daß ich das glaube. Ich habe Sie nur gefragt.«

Sydney sah, wie der Inspector sich mühte, seine – Sydneys – Gedanken zu lesen. Brockway wartete darauf, daß er irgendein bedeutsames Zeichen gab oder daß er sich verriet, und das war natürlich nicht möglich, weil es nichts zu verraten gab. Er hätte nur wieder schauspielern können, und danach war ihm jetzt nicht zumute. »Gute Nacht, Inspector.«

»Gute Nacht, Mr. Bartleby.«

Sydney ging hinaus.

Als er noch einige Meter von seinem Haus entfernt war, meinte er, das Telefon klingeln zu hören. Er fing an zu laufen. Richtig, es klingelte, und es war Alex.

»Ich hab schon mal angerufen. Wußte nicht, wo du warst. Vielleicht im Kittchen, hab ich mir gedacht.«

»Ach – wieso?«

»Wegen dieser Teppichgeschichte. Wir haben es heute abend in den Sieben-Uhr-Nachrichten gehört. Es wurde gesagt, daß die Polizei den Teppich erst vor ein paar Minuten gefunden hatte, nachdem sie den ganzen Tag gesucht hatten. Mensch, Sydney, was soll das bloß heißen? Probierst du die nächste ›Schatten‹-Story aus? Dann sag mir bitte Bescheid, die Sache hört sich vielversprechend an.«

»Also, mein Bester, es ist keine Geschichte, sondern die Wahrheit.«

»Aha. Du hast einen Teppich vergraben. Mit nichts drin.«

»Ich habe einen Teppich vergraben, ja.«

»Aha. Na, vielleicht sind sie gerade knapp an Meldungen. Deshalb wurde das wohl so wie eine Art Scherz aufgezogen, was? Sie machten sich mächtige Arbeit mit der Suche, was? Der Ansager brachte es als letzte Meldung, weißt du.«

Sydney verstand. Sie versuchten immer, die Meldungen mit etwas Leichterem abzuschließen. »Vielleicht kommt der Witz noch nach«, sagte er vielsagend.

»Einen Meter tief, sagten sie. Mensch, Sydney, bist du nicht ganz bei Sinnen? Oder hast du dir vorgestellt, der Teppich sei Alicia? Hahaha!«

»Alicia liegt unter dem Teppich. Sie haben bloß nicht tief genug gegraben«, erwiderte Sydney und gab ein noch gespenstischeres Lachen von sich. »Warte nur, morgen wird's noch aufregender.«

»Du, mir ist ganz komisch zumute – so als ob du gar nicht scherztest. Eine Nachbarin soll es angezeigt haben; sie hat dich durch ein Fernglas gesehen. Das kann doch nur Mrs. Lilybanks sein, oder?«

»Ja, genau. Also, Alex, warum rufst du nun eigentlich an? Doch nicht wegen dieses Unsinns?«

»Hör mal, du bist aber reichlich nervös, Sydney. Mal ehrlich, steckst du wirklich in irgendeiner Patsche? Mir kannst du es doch sagen. Hittie macht sich auch Sorgen.«

»Natürlich stecke ich in der Patsche. Alicia –« er senkte die Stimme zu einem Flüstern – »Alicia war in dem Teppich, und Mrs. Lilybanks glaubt, sie gesehen zu haben. Sie sah die Füße herausgucken. Oder vielleicht auch einen Arm oder Kopf.«

»Hm. Sie hat aber ziemlich lange gebraucht, bis sie das der Polizei meldete, was?«

Sydney dachte an Mrs. Lilybanks' Tod, und das Scherzen verging ihm.

»Syd?«

»Ja, ich bin noch da.«

»Du hast sie also in dem Teppich rausgetragen.«

»Ich hab sie aber ganz woanders vergraben, und das finden sie nie. Da – das Gespräch geht zu Ende, Alex.«

Das kümmerte Alex nicht. »Wo haben Sie sie vergraben, Bartleby?«

»Warum soll ich denen noch mehr Hinweise geben? Ich habe sie ja zu dem Teppich geführt.«

»Aber auf Umwegen, Bartleby. Immerhin: können wir das angeben? Sie haben sie woanders vergraben?«

»Ja. Ich habe sie rausgerollt und woanders vergraben.« Sydney zerrte an seiner Krawatte, das Gespräch langweilte ihn allmählich. »Ich muß jetzt aufhören. Dies hat dich schon fünf Shilling gekostet.«

»Und was hast du der Polizei nun wirklich gesagt?«

»Alex, ich bin müde ...«

»Also, Syd, der Zweck meines Anrufs war, dir zu sagen, daß ich diese Woche zu Hause bleibe und den nächsten Abschnitt fertigmache. Hittie ist seit Sonnabend mit den Kindern in Clacton. Wenn du also irgendwas willst: ich bin hier.«

»Okay, Alex, danke schön. Ich werd dran denken.«

»Ist ja auch nicht schwer.« Alex lachte. »Also, leb wohl, Syd.«

Sehr edelmütig von Alex, dachte Sydney, eine seiner beiden Ferienwochen zu opfern, nur um weiter an der ›Schatten‹-Serie zu arbeiten.

Er zog sich ein Paar alte Hosen an und wollte versuchen zu arbeiten, warf sich aber dann im Schlafzimmer aufs Bett. Mrs. Lilybanks war tot, und es tat ihm in der Seele leid, daß er der Anlaß zu ihrem Ableben gewesen war: sie hatte geglaubt, er habe Alicia umgebracht und käme jetzt, um auch sie zu töten. Ihre Reaktion, also ihre Verhaltensweise, war durch sein Verhalten hervorgerufen worden. Beide waren völlig falsch, hatten aber einschneidende und sehr reale Wirkungen gezeitigt. Auch Mrs. Sneezums Hang zur konventionellen Lebensführung war eine Art Verhaltensweise, so falsch wie Heidentum oder heidnische Götzenverehrung (oder auch so echt); da sie aber Gesetz und bürgerliche Ordnung und Familienleben aufrechterhielt, wurde sie von der Gesellschaft unterstützt. Auch Religionen waren nichts als Verhaltensweisen. Es vereinfachte die Dinge sehr, wenn man das alles Verhalten nannte anstatt Überzeugung, Wahrheit oder Glauben. Die ganze Welt bewegte sich durch Verhaltensweisen, die man auch Illusionen nennen konnte.

Er stand auf und holte sein braunes Notizbuch aus der Tischschublade. Er notierte diese Gedanken und steckte das Notizbuch dann neben die Brieftasche in die Innenseite seines Jacketts.

21

Am nächsten Morgen stand in der *Times* ein einspaltiger Bericht von zehn Zentimetern. Alicias Verschwinden und die näheren Umstände wurden darin noch einmal zusammengefaßt. ›Der Ehemann (29), Sydney Bartleby, Amerikaner, ist freier Romanschriftsteller‹, hieß es am Schluß, und Sydney hatte das Gefühl, die *Times* halte ihn darüber hinaus für einen freien Erfinder von romanhaften Ereignissen im Privatleben. Na wenn schon. Der Teppich war zwar leer, aber in der Phantasie von Millionen Lesern war er keineswegs leer gewesen, weil sie ihn nicht leer haben wollten: es mußte was dringewesen sein. Vor allem für die Leser des *Daily Express*, die oft dieselben waren wie die Leser der *Times*. Sydney fuhr mit dem Wagen nach Roncy Noll zu dem Tabak- und Süßwarenladen, der auch Zeitungen führte. Er erstand dort den *Daily Express*. Mit zusammengekniffenen Lippen reichte der dicke Inhaber ihm die zwei Pence Wechselgeld zurück ... Mrs. Hawkins hatte also schon die Runde gemacht und von Mrs. Lilybanks' Tod berichtet.

Zu Hause setzte sich Sydney aufs Sofa und überflog den Artikel.

... Die Sache mit dem Teppich kam heraus, als Bartlebys Nachbarin, Mrs. Grace Lilybanks, 73, schließlich der Polizei mitteilte, was sie beim Beobachten der Vögel am Morgen des 3. Juli zufällig durch ihr Fernglas gesehen hatte ... Ein Ehemann, dessen

Frau gerade verschwunden ist, sollte tunlichst vermeiden, kurz nach ihrer Abreise etwas zu vergraben, auch keinen vermotteten Teppich. Es könnte Anlaß zu falschen Vermutungen geben.

Danach setzte sich Sydney an den Schreibtisch und nahm sich die ›Paddington-Bande‹ vor. Nach Alex' letzter Mitteilung hatte Plummer den dritten abgeschlossenen Teil seit neun Tagen in den Händen, ebenso das Exposé der vierten und fünften Story. Er könnte sich allmählich einmal entschließen, dachte Sydney, bevor Alex noch die laufenden Sachen fertig hatte. Sein Agent in Amerika hatte ›Die Planer‹ nun auch schon eine Woche, und das Manuskript lag jetzt wahrscheinlich bei Simon & Schuster. Er konnte jetzt jeden Tag mit einer Nachricht rechnen, denn er hatte seinen Agenten gebeten, ihm nicht nur die Annahme, sondern auch eine eventuelle Ablehnung sofort mitzuteilen. Sydney schrieb das Exposé zu Ende und machte sich an die Einteilung der Szenen. Um drei war er fertig, spannte einen neuen Bogen in die Maschine und schrieb:

TOTALE:

Ärmliche Straße in der Slumgegend von Paddington. Kamera schwenkt über abbröckelnde Fassaden von Mietskasernen.

Jeweils HALBNAH *und/oder* NAH:

Kurzszenen (jeweils mit hartem Schnitt):

1. *Eine* Frau *beugt sich a. d. Fenster und schickt kleinen* Jungen *Bier holen (Eckkneipe).*
2. Frau *schwatzt mit* Nachbarin, *die ebenfalls am Fenster lehnt.*
3. Alter Mann *starrt gebannt,* KAMERA *folgt, erfaßt* Prostituierte. *Er spricht sie an. Sie winkt ab.*
4. Greeno, *16, Mitglied einer lokalen Halbstarkenbande, erscheint am Fenster u. signalisiert nachdrücklich mit Handzeichen.*

Ein Raubzug ist geplant ... In wenigen Sekunden wird die ›Paddington-Bande‹ im Londoner Westen zuschlagen. Ein gestohlener Rolls-Royce dient ihnen als Beförderungsmittel. Sydney war bei der zweiten Szene angelangt und hämmerte munter drauflos, als es an der Tür klopfte. Der Wäschemann, schoß es ihm durch den Kopf. Er hatte das Bett nicht abgezogen.

Es war aber Inspector Brockway.

»Tag, Mr. Bartleby. Entschuldigen Sie, daß ich nicht vorher angerufen habe, aber ich war unterwegs und fand keine Telefonzelle. Könnte ich Sie wohl einen Augenblick sprechen?«

»Natürlich«, sagte Sydney und trat zur Seite.

»Dr. Thwaite hat gestern abend abgelehnt, den Totenschein für Mrs. Lilybanks zu unterschreiben. Ich dachte, das sollten Sie wissen.«

»Und das bedeutet?«

»Das bedeutet, daß eine Autopsie und eine gerichtliche Untersuchung angeordnet wird.«

»Ja, aber ... Sie starb doch an einem Herzanfall, soweit ich das beurteilen konnte.«

»Der Arzt meint, Sie hätten sie vielleicht erschreckt. Möglicherweise unabsichtlich, aber – was glauben Sie?«

Sydney wußte, worauf der Inspector hinauswollte; er wußte auch, daß die Polizei immer noch im Wald nach der Leiche suchte. Mrs. Lilybanks' Tod hatte die Polizei natürlich in ihrem Verdacht bestärkt. »Es ist möglich, daß ich sie erschreckt habe. Ich habe aber angeklopft und ihren Namen gerufen.«

Der Inspector zog sich einen Stuhl heran. »Was war eigentlich der genaue Grund Ihres Besuches?«

»Ich wollte ihr sagen, daß nichts in dem Teppich war und daß ich es ihr nicht übelgenommen hatte, daß sie der Polizei von der Sache Mitteilung gemacht hatte.«

»Ja.« Der Inspector warf einen schnellen Blick auf Sydney. Er schien zu überlegen, ob er ihm glauben sollte.

Sydney nahm auf dem Sofa Patz.

»Ja, so gehen die Wochen dahin, und Ihre Frau meldet sich nicht.«

Sydney fuhr sich nervös über die Stirn. »Ich glaube allmählich, daß sie mit jemand zusammen ist – mit einem Mann – und das nicht zugeben will. Sie müßte es ja eingestehen, wenn sie sich jetzt meldete.«

»Reimen Sie sich das *jetzt* so zusammen?« fragte der Inspector freundlich.

»Ich weiß nicht, wie sie ohne Geld auskommt, wenn sie nicht mit jemand zusammen ist. Sie könnte auch unter einem anderen Namen eine Stellung angenommen haben, aber das glaube ich eigentlich nicht.«

»Hm. Ich habe ebenfalls durch das Fernglas aus Mrs. Lilybanks' Fenster gesehen«, sagte der Inspector. »Eines Abends, in der Dämmerung. Ich würde sagen, man kann sich da irren bei so einem großen Teppich – ob was drin ist oder nicht.«

»Was hat denn Mrs. Lilybanks gesagt, was sie gesehen hat?«

»Oh – wenn sie gesagt hätte, sie habe etwas in dem Teppich gesehen, dann hätte ich Ihnen das erzählt«, erwiderte Brockway und zeigte kurz die Zähne. »Sie hat später gesagt, es könnte wohl etwas in dem Teppich dringewesen sein. Aber das war ja so ihre Natur, nicht wahr. Sie hat den Teppich von vornherein nur sehr ungern erwähnt und sprach dann natürlich noch viel weniger gern von dem peinlichen Verdacht, den sie hatte.«

Sydney hatte sich beruhigt und hörte zu.

»Sie hätten einen Körper in dem Teppich hinaustragen und dann die Leiche woanders vergraben können.«

»Ja, das wäre wohl möglich. Aber wie gesagt, nicht am selben Morgen. Dazu wäre ich zu müde gewesen. Zwei solche Gruben – na, wissen Sie.«

Inspector Brockway lächelte nachsichtig. »Warum sagen Sie: ›Das wäre wohl möglich‹? Merkwürdige Antworten geben Sie.«

»Die Geschichte ist denkbar, aber für mich physisch nicht möglich. – Graben die Leute noch immer im Wald?«

»Ja, wir graben noch weiter. Ich fürchte, das ist vom polizeilichen Standpunkt aus das einzig Logische. Natürlich sehen wir uns auch weiterhin um in Brighton und Umgebung.«

»Vielleicht ist es für mich das einzig Logische, mich ebenfalls in Brighton und Umgebung umzusehen. Wenn sie ihre Frisur geändert hat, werde ich sie wahrscheinlich leichter erkennen als jemand anders.«

»Da haben Sie recht.«

Sydney war innerlich fast enttäuscht, wie wenig ihn die Haltung des Inspectors kränkte. Er reagierte eher mit Ungeduld als mit Schuldgefühlen, und das paßte wohl nicht in die Betrachtungen eines Mörders. Oder doch?

»Hätten Sie etwas dagegen, wenn ich für ein paar Tage nach Brighton ginge?«

»Nein – Sie müßten nur mit der Polizei dort in Verbindung bleiben. Rufen Sie mich vorher an. Wenn ich nicht da bin, hinterlasse ich eine Nachricht auf dem Revier in Ipswich. Morgen um elf sollen wir übrigens das Ergebnis der Autopsie haben, falls Sie das interessiert.«

Es interessierte Sydney nicht, aber er nickte höflich. »Ja, danke schön.«

Als Brockway fort war, nahm Sydney seine Arbeit wieder auf. Um Viertel vor sieben – der Zeitungsladen schloß um sieben – fuhr er nach Roncy Noll, um zu sehen, was der *Evening Standard* Neues zu vermelden hatte. Wenn sie noch immer gruben, würden die Reporter bestimmt eine Riesengeschichte daraus machen.

Er hatte recht. Auf Seite vier stand ein Bericht mit dem großen Foto eines Polizisten, der in Hemdsärmeln im Wald schaufelte, und ein wenig günstiges Bild von Sydney Bartlebys Haus: es sah so grau und trübe aus, daß man es sich gut als Tatort für einen Mord vorstellen konnte. Der Mülleimer im Vordergrund gab dem Ganzen noch einen besonders heruntergekommenen Anstrich. Der Bericht betonte vor allem, wie tief Sydney den Teppich vergraben hatte und daß die Polizei noch nicht zufriedengestellt war und weitersuchte. Der *Daily Express* würde die Geschichte sicher morgen früh fortsetzen. Merkwürdig eigentlich, dachte Sydney, daß die Sneezums wegen dieser Sache gar nicht telefoniert hatten. Aber sie überließen den Fall jetzt wohl völlig der Polizei.

Das Telefon klingelte, als er nach Hause kam.

Der Mann am anderen Ende der Leitung sagte, er spreche für den *Daily Express*. Ob er wohl Sydney aufsuchen dürfe? Er telefoniere aus einer Zelle nahe Roncy Noll.

»Bedaure, heute abend nicht und morgen auch nicht.«

»Wenn Sie nicht schuldig sind, Sir – und dessen bin ich sicher –, dann wäre ein guter Zeitungsbericht eine große Hilfe. Der *Daily Express* würde gern als erster ...«

»Ich habe nichts zu sagen, was ich nicht schon der Polizei mitgeteilt hätte.«

»Aha. Die Lage sieht ja im Augenblick nicht ganz – rosig für Sie aus, Sir. Ich habe den Nachmittag mit der Polizei im Wald verbracht.«

»Dann machen Sie doch Ihren Bericht nach dem, was man Ihnen erzählt hat.«

»Haben Sie eine Aussage zu machen über den Tod Ihrer Nachbarin, Mrs. Lilybanks, Sir?«

Sydney legte auf.

Am nächsten Morgen war er zeitig auf und fuhr ins Dorf, um einen *Daily Express* zu holen. Diesmal standen drei Frühaufsteher, ein Mann und zwei Frauen, im Laden und starrten ihn an, während er wartete, um die Zeitung zu bezahlen. Die Frauen wichen vor ihm zurück, aber der Mann blieb unbeirrt stehen. Sydney kannte sie alle vom Sehen, hatte sie vielleicht früher auch schon mal begrüßt, aber davon war jetzt keine Rede. Eine Frau lächelte zwar schüchtern, aber Sydney malte sich aus, wie sie ebenso wie die anderen bei sich dachte: ›Mörder ... Die Polizei ist dabei, nach der Leiche seiner Frau zu graben ... Der Totengräber von Roncy Noll ...‹ Wieder hielt der dicke Ladeninhaber den Mund fest geschlossen. Sydney hatte sein Wechselgeld zu Hause in einer Hosentasche vergessen und mußte mit einer Zehnshillingnote bezahlen. Draußen auf dem Gehweg stellte ein Junge sein Fahrrad ab und blickte Sydney unter dem krausen Haarschopf mit offenem Interesse ins Gesicht. Sydney lächelte ihm zu, und der Junge lächelte zurück.

Er öffnete die Zeitung erst, als er zu Hause war, und fand einen fünfzehn Zentimeter langen Bericht über Mrs. Lilybanks und ihren Arzt, der die Bescheinigung einer natürlichen Todesursache abgelehnt hatte, weil sie sich ›nach seinem Wissen am Sonntag, dem 14. August, in einem guten Allgemeinzustand befand und kein Grund zu der Annahme vorlag, ein plötzliches Ableben zu erwarten.‹ Dann hieß es weiter:

Sydney Bartleby, ihr nächster Nachbar, gab an, er habe sie am Sonntag abend besuchen wollen, um ihr mitzuteilen, daß die Polizei in dem berühmten Teppich nichts gefunden habe ... Die Polizei sucht in der Gegend weiter nach einer Leiche, da Mrs. Alicia Bartleby seit dem 2. Juli verschwunden ist. Eine sechsunddreißigstündige Durchsuchung der Wälder hat bisher nichts ergeben.

Den Rest des Tages und Abends verbrachte Sydney über seinem Manuskript der ›Paddington-Bande‹.

Am Mittwoch fuhr Sydney nach Ipswich, ließ den Wagen auf einem Parkplatz, holte zwanzig Pfund von der Bank und nahm einen Zug nach London. Er hatte eine Tasche mit Nachtzeug bei sich, da er eventuell zwei oder drei Tage fortbleiben wollte. In London fiel ihm ein, daß er vergessen hatte, den Inspector anzurufen; das holte er jetzt nach. Der Inspector war nicht anwesend, er hatte aber hinterlassen, Sydney solle sich in Brighton bei Mr. MacIntosh auf der Polizeistation King Street melden. Aus dem ›Mr.‹ vor dem Namen ging hervor, daß es sich vermutlich um einen höheren Beamten handelte. Bei Ärzten jedenfalls war es so, das wußte Sydney.

Er mußte von der Liverpool Street zum Bahnhof Victoria fahren und nahm dazu den Bus. Wegen des starken Verkehrs dauerte die Fahrt sehr lange, aber es war ihm egal, wann er in Brighton eintraf. Die Chance, Alicia abends um acht in einem Restaurant zu entdecken, war etwa ebenso groß wie die Aussicht, sie nachmittags am Strand zu finden. Aber Sydney glaubte auch gar nicht, daß sie sich in Brighton selbst aufhielt. Am Bahnhof Victoria hatte er bis zum nächsten Schnellzug 45 Minuten Zeit und rief deshalb Alex an, um zu erfahren, ob er etwas Neues über den ›Schatten‹ gehört hatte.

»Was machst du denn in London?«

»Ich bin auf dem Weg nach Brighton, um bei der Suche nach Alicia mitzumachen«, antwortete Sydney. »Ich rufe an, um zu fragen, ob du was von Plummer gehört hast.«

»Jawohl, mein Alter! Heute morgen kam der Brief. Sie haben angenommen.«

»Sehr schön. Und der Preis?«

»Achthundert Pfund für jede Story.«

»Hm. Na ja, das ist Durchschnitt, aber ich will nichts sagen. Hoffentlich arbeitest du noch fieberhaft?«

»Fieberhaft, ja, das stimmt. Eh – hast du noch einen Moment Zeit?«

»Jetzt lieber nicht, ich möchte weg. Worum geht's denn?«

»Ja – also diese Polizeigeschichte, Syd. Verstehst du – es ist geradezu ein Wunder, daß Granada das so gut geschluckt hat.«

»Was soll das heißen?« Aber Sydney wußte die Antwort auch selber.

»Dein Name steht doch mit auf dem Manuskript. Und wenn du nun ins Kittchen kommst?«

»Ich komme nicht ins Kittchen. Verdacht ist schließlich noch nicht Kittchen«, verteidigte sich Sydney.

»Nein, das vielleicht nicht, aber wenn es nun schlimmer wird?«

»Es wird nicht schlimmer. Dazu fahre ich ja nach Brighton, um meine ausschweifende Ehefrau aufzustöbern.«

»Hm. Na ja, ruf mich von Brighton aus mal an, hörst du? Du kannst ja mit R-Gespräch anrufen, wenn es da nicht anders geht.«

»Schön«, sagte Sydney ohne Begeisterung. Dann fiel ihm die

verkaufte Sendung ein, und seine Stimmung hob sich. »Du, Alex, jetzt sind wir gemacht. Hast du's Hittie erzählt?«

»O ja.«

»Also – leb wohl, Alex.«

»Leb wohl.«

Natürlich hatte Alex Hittie angerufen. Aber ihn, Sydney, hatte er nicht angerufen, er war bis fast elf Uhr zu Hause gewesen, und kein Anruf war gekommen. Er konnte sich denken, was in Alex' Kopf vor sich gegangen war. Alex dachte, daß, wenn Sydneys Lage sich verschlechterte, die ›Schatten‹-Sendung vielleicht gestoppt werden würde. Oder die Sache gehörte dann Alex allein. Ob er das wirklich dachte? Sydney runzelte die Stirn. Nun mal Ruhe, sagte er sich. Ruhig abwarten. Er schritt langsam, die Tasche in der Hand, auf Bahnsteig 9 zu, wo der Zug nach Brighton abgehen sollte. So also fühlte es sich an, wenn man Erfolg gehabt und einen großen – jedenfalls verhältnismäßig großen – Verkauf abgeschlossen hatte. Alex war jedenfalls sehr aufgekratzt. Sydney fühlte sich scheußlich. Die Stadt zog ihn an wie ein Magnet; er wandte sich um. Wen sonst konnte er anrufen? Natürlich, Carpie und Inez. Er mußte sich am Zeitungsstand noch Pennies besorgen, was viel Zeit in Anspruch nahm.

In zwei Minuten hatte er vereinbart, zu Inez und Carpie zu fahren. Inez war nicht da. Sydney nahm ein Taxi; sie wohnten weit entfernt von der Bushaltestelle.

Carpie, in Sandalen und einem formlosen Hauskleid, öffnete ihm die Tür. »Willkommen, Sydney! Komm rein und setz dich. Die Kinder sitzen im Wohnzimmer auf dem Fußboden; dies ist jetzt ihre Zeit. Das macht dir doch nichts aus, nein?«

»Aber nein«, sagte Sydney liebenswürdig.

Auf dem Boden lagen zwei Decken und erinnerten Sydney an das Picknick damals; aber heute schoben die Babies Plasticspielzeug umher anstatt Kuchen.

»Tasse Kaffee, Sydney?«

»Nein, vielen Dank.«

»Nimm Platz.«

Um nicht im Weg zu sein, setzte er sich auf die Couch.

»Oder lieber einen Sherry? Das Beste, was das Haus heute zu bieten hat.«

»Vielen Dank, nein. Ich kann doch bloß zehn Minuten bleiben«, sagte Sydney, obwohl er sicher war, daß er auch den nächsten Zug gerade verpassen würde und dann noch eine Stunde warten mußte.

Carpie setzte sich auf einen quadratischen Hocker aus gelbem Leder. »Wie lange bleibst du in Brighton?«

»Zwei oder drei Tage, denke ich. Nur so lange wie ich brauche, um mich richtig umzusehen. Ich glaube, das mache ich besser als die Polizei.«

»Erzähl doch mal. Von dieser Umgraberei. Was ist da los?« Carpie lachte ihr kehliges Lachen. Der Hocker sackte etwas ein unter ihrem Gewicht. Erstaunlich, daß jemand mit vierundzwanzig schon so fraulich reif sein konnte, denn älter war sie nicht. Sie behauptete gern, es zu sein.

»Ja, sie haben nach dem Teppich gesucht, den ich ziemlich tief vergraben hatte«, sagte Sydney, »und jetzt verschwenden sie ihre Zeit damit, nach Alicia zu graben. Und Mrs. Lilybanks hatte einen Herzanfall in dem Augenblick, als ich Sonntag abend bei ihr in die Tür trat; ich wollte ihr sagen, daß gar nichts in dem Teppich war und daß sie sich beruhigen könnte. Die Polizei hatte das gerade festgestellt, ich hatte also die amtliche Bestätigung, verstehst du.« Sydney zog die Schultern hoch und nahm eine Zigarette, die Carpie ihm anbot. »Danke.« Er tat einen langen Zug. »Ich denke, ich werde Freitag und Sonnabend nacht in Brighton bleiben. Wenn Alicia einen Freund hat, so kommt er wahrscheinlich zum Wochenende. Vielleicht sehe ich sie auch gar nicht.« Ihm war sehr deprimiert zumute.

Carpie war erschlagen von all den Neuigkeiten. Sie sah Sydney aufmerksam an. »Ich mochte Mrs. Lilybanks gern.«

»Ich auch.«

»Und du hast kein Wort von Alicia gehört? Keine Spur von irgendwo?«

»Keine Spur. Ich bin eigentlich zu dir gekommen, um noch mal zu fragen, ob du irgendeine Idee hast – wegen einem Freund.«

Carpies volle, unbemalte Lippen blieben ruhig und fast feierlich geschlossen. Die großen schwarzen Augen blickten Sydney an. »Darüber haben Inez und ich auch schon gesprochen. Aber ich kann dir wirklich nicht helfen, Syd. Tut mir leid.«

»Weißt du ...« Sydney stand auf. »Ich habe so ein Gefühl, nur ein Gefühl, verstehst du – daß es jemand ist, den sie hier kennengelernt hat. Wir kennen nicht viele Leute, die solche Parties geben wie ihr hier. Die Polk-Faradays zum Beispiel nicht, und auch niemand da oben in Suffolk. Da unten, meine ich. Wann war doch noch die letzte Party – im März?«

Carpie dachte angestrengt nach, die feste Hand gegen die Schläfe gepreßt. »Liebe Zeit. Ja, ungefähr da. Ich weiß es noch, die Leute standen an den Wänden. Ich kannte bestimmt nicht alle, die hier waren. Jeder bringt jeden mit; du kennst das ja.«

Wenn ein Mann auf dieser Party mit Alicia Bekanntschaft geschlossen hatte, dachte Sydney, so war es unwahrscheinlich, daß er noch einmal zu Inez und Carpie gekommen war, selbst wenn sie ihn eingeladen hatten. Das war ein weiteres Handicap bei der Feststellung seines Namens. »Warte mal.« Er stand wieder auf und stellte sich vor die Wand neben der Tür. »Hier hat an dem Abend ein Mann mit Alicia gesprochen. Ich saß drüben auf der Couch, und man hat uns nicht miteinander bekannt gemacht. Erinnerst du dich an jemanden – gut angezogen, braunes Haar, nicht allzu groß, so um dreißig? Die Augen weiß ich nicht mehr. Sehr korrekt.«

Wieder lachte Carpie auf. »Müßte ich eigentlich wissen. Korrekt und gut angezogen: solche haben wir hier nicht allzu oft.«

Sydney lächelte. »Ach, das weiß ich nicht. Ob du Inez fragen könntest, ob sie sich an so jemand erinnert? So richtig nach teurem Maßschneider?«

»Ja, Syd, natürlich.«

»Ich ruf dich heute abend an. Für den Fall, daß sie sich entsinnt.« Er nahm seine Reisetasche auf. »Wenn ich ein Taxi zum Bahnhof nehme, kriege ich den Zug wohl gerade noch. Entschuldige, daß ich so unhöflich bin, Carpie.«

»Aber klar, Syd.« Sie kam mit ihm an die Tür. »Taxi findest du am besten links um die Ecke und dann noch mal links.«

Sydney fand schnell ein Taxi und erreichte den Zug. Ihm fiel ein, daß er heute zum erstenmal seit langem wieder unter Menschen war. Mit ihm im Abteil saßen fünf andere Männer; niemand starrte ihn an. Sein Bild war nur einmal, Anfang August, in der Zeitung gewesen, als damals die Suche nach Alicia einsetzte.

Brighton machte einen sonnigen und friedlichen Eindruck. Die Männer trugen Sporthemden ohne Krawatten, die Frauen Sandalen und Slacks oder buntbedruckte Sommerröcke. Sydney ging zum Strand hinunter. Es war wohl völlig sinnlos, um halb vier Uhr nachmittags auf der Promenade nach ihr zu fahnden; aber die Versuchung, die nächstliegenden Stellen zuerst auszuprobieren, war unwiderstehlich. Er schaute kurz in drei Hotelhallen und ging dann den Weg zurück, den er gekommen war, die Augen auf den Strand und die Promenade gerichtet. Er bezahlte Sixpence Einlaß und ging den Palace Pier entlang mit den vielen Würstchenständen, Caramel-Popcorn-Buden, Dreiminuten-Fotozellen, mit mechanischen Weissagungen, Bingospielhallen und dem Lärm der verschiedenen Musikboxen. Für einen weiteren Sixpence konnte man von neun bis vierzehn Uhr einen Liegestuhl mieten, aber Alicia war in keinem zu sehen. Sydney ging zurück an den Strand und erkundigte sich nach dem Weg zum Polizeirevier.

Mr. MacIntosh war nicht frei, aber ein freundlicher Beamter, Constable Clare, unterhielt sich mit Sydney, zeigte ihm eine Karte von Brighton und Umgebung und erklärte, wie sie bei der Suche verfahren waren.

»Vor zwei Wochen haben wir dies hier alles abgegrast«, sagte er und deutete auf einen weiten Kreis rund um Brighton, voller Straßen mit Namen von Hotels und Gasthäusern und auch von Landstädten. »Wir haben sogar in einigen Häusern nachgefragt. Natürlich erstreckt sich die Suche tatsächlich über ein viel größeres Gebiet – über ganz England, könnte man sagen.«

Jetzt kam Mr. MacIntosh hinzu, ein schlanker dunkler Mann. »Ich höre aus Ipswich, daß Sie sich an der Suche beteiligen wollen.« Sein Mund verzog sich zu einem halben Lächeln.

»Ja, das möchte ich. Ein paar Tage jedenfalls«, sagte Sydney.

»Ich wäre Ihnen dankbar, wenn Sie sich morgens und abends hier melden und uns über Ihre Nachforschungen auf dem laufenden halten wollten. Telefonisch genügt. Wo werden Sie in Brighton wohnen?«

»Ich habe noch keine Ahnung. Vielleicht außerhalb, in einem Vorort.«

»Würden Sie uns dann wohl heute abend anrufen, Mr. Bartleby, wenn Sie ein Zimmer gefunden haben?«

Sydney trat wieder hinaus in die sonnenerfüllte Straße. Es mochte nicht viel Zweck haben, aber vielleicht wäre es doch gut, wenn er sich heute abend um sieben und auch um acht am Bahnhof einfand.

Dieses Vorhaben führte er aus – ohne jeden Erfolg; er sah weder Alicia noch den eleganten Mann von der Party, an dessen Gesicht er sich nur dunkel erinnern konnte. Anschließend suchte er noch drei verschiedene Restaurants ab, aber auch da hatte er kein Glück. Dann holte er seine Reisetasche von der Gepäckaufbewahrung im Bahnhof, schritt damit zur Bushaltestelle und fuhr mit einem Bus zu einem kleinen Ort, Sumner Downs, sechs Kilometer entfernt. So gut wie jeder andere, dachte er. Er nahm ein Zimmer im Gasthaus, wo die Übernachtung mit Frühstück sechsundzwanzig Shilling kostete, und rief aus einer Telefonzelle draußen auf der Straße die Polizeistation in Brighton an, damit im Gasthaus niemand zuhören konnte. Aber die Wirtin hatte bei dem Namen Bartleby auch gar nicht weiter aufgehorcht.

»Tut mir leid, ich weiß nicht, wie das Gasthaus hier heißt«, sagte Sydney auf die Frage des Polizeibeamten. »Es scheint hier aber das einzige am Ort zu sein.«

An den nächsten beiden Tagen – Donnerstag und Freitag – fuhr Sydney kreuz und quer durch die Gegend mit Autobussen, die überall hielten: in Bognor Regis im Westen, Arundel, Lancing und Worthing, und dann Seaford und Peacehaven im Osten von Brighton. Manchmal stieg er aus und wanderte suchend umher, und zuweilen fragte er im Postamt und im Krämerladen. Kein Mensch hatte von einer blonden jungen Frau gehört, einem Sommergast, oder von einer jungen, schlanken, etwas mehr als mittelgroßen Frau mit blondem oder rötlichem oder braunem Haar (Sydney konnte sich nicht vorstellen, daß Alicia sich das Haar schwarz gefärbt hatte); aber jeder fragte: »Wie heißt sie denn?«, worauf er immer antwortete: »Das ist egal, sie lebt ganz bestimmt unter falschem Namen.« Zwei oder drei der Befragten sagten: »Vor zwei Wochen haben sie hier nach Alicia Bartleby gesucht. Sie wird wohl tot sein, die Arme. Das ist doch nicht die, die Sie suchen, nein« – »Nein«, sagte Sydney dann. Wozu hätte er die Frage bejahen sollen?

Am Freitag, dem 19. August, war Sydney um fünf Uhr nachmittags wieder am Bahnhof in Brighton. Die Züge kamen jetzt alle dreißig Minuten. Eilige Geschäftsleute stiegen aus, viele mit erwartungsvollem Lächeln, viele, die einem wartenden Mädchen in die Arme sanken – aber keins der Mädchen war Alicia, und keiner der Männer war der Mann von damals. Wenn der Kerl so gutsituiert war wie er ausgesehen hatte, war es natürlich gut möglich, daß er im Wagen kam. Sydney füllte die Pausen zwischen den Zügen mit Tee oder einem Drink in der Bahnhofshalle. Um sieben war er wieder auf dem Bahnsteig und erblickte einen Ankömmling, der dem Mann von damals sehr ähnlich sah.

Er war eilig, hatte keinen Hut auf und hielt den Kopf ein wenig gesenkt, als wollte er nicht gesehen werden.

Er trug einen grauen Straßenanzug, tadellos gebügelt, mit offenem Jackett, einen zusammengerollten Regenschirm, eine schwarze Mappe und eine hochgefüllte Tragetüte von Sainsbury. Er sah sich draußen vor dem Bahnhof nach einem Taxi um, und Sydney tat das gleiche. Der Mann bekam eins, und Sydney erwischte fünfzehn Sekunden später das zweite auf Kosten einer Dame, der er es vor der Nase wegschnappte.

»Fahren Sie hier rechts um die Ecke – erst mal«, sagte Sydney und lehnte sich nach vorn, um das erste Taxi im Auge zu behalten.

»In die Stadt?«

»Das weiß ich noch nicht.« Einen Moment später sagte er: »Ein Freund von mir ist in dem anderen Taxi, dem dritten da rechts. Dem muß ich folgen.«

Der Fahrer war etwas verwirrt, aber freundlich, und Sydney versprach, ihn weiter zu dirigieren, während er das andere Taxi beobachtete. Sie fuhren zur Seepromenade hinunter und wandten sich nach rechts. Jetzt, wo sie in die Außenbezirke kamen, wurde Sydney langsam unsicher. Wenn es nun gar nicht das richtige Taxi war? Und wenn der Mann sich mit einem dicken, dunkelhaarigen Mädchen traf, oder zu einem Haus fuhr, wo ihn viele Leute erwarteten, wo aber Alicia nicht war und wo kein Mensch je von Alicia gehört hatte?

Das erste Taxi verlangsamte die Fahrt.

»Nicht zu nahe heran, bitte. – Okay, fahren Sie weiter, schnell!« sagte Sydney plötzlich mit erstickter Stimme.

Er hatte Alicia erkannt, die neben einem Motorroller an der linken Straßenseite stand, in blauschwingendem Sommerrock; das kurze rötliche Haar glänzte in der untergehenden Sonne. Er blickte nach links, als er an den beiden vorbeifuhr, die so vertieft ineinander waren – sie hielten sich bei den Händen und küßten sich auf Wange und Mund –, daß sie auch eine vorbeitrottende Löwengruppe nicht bemerkt hätten. Durch das offene Fenster hörte Sydney sogar Alicias Stimme in einem hellen Laut.

»Das sind meine Freunde«, sagte Sydney. »Ich möchte sie nachher überraschen – könnten Sie wohl da oben rumfahren, dann umdrehen und zurückkommen?«

Das tat der Fahrer. Der Motorroller war jetzt verschwunden,

aber nach rechts ging eine schmale Straße ab. Sydney bat den Fahrer, dort hinunterzufahren. Der Motorroller kam einen Augenblick in Sicht und verschwand dann wieder hügelabwärts. Er fuhr nicht sehr schnell. Der Mann saß vorn, Alicia hinten. Links war die See; die Straße verengte sich. Sydney wollte nicht, daß man ihn sah.

»Gut jetzt. Bitte kehren Sie wieder um«, sagte er leicht außer Atem. »Ich möchte zurück.«

»Zurück?«

»Ja – es ist noch zu früh«, sagte er lahm. Er ließ den Fahrer zum Bahnhof zurückfahren, weil ihm kein anderer Ort einfiel, wohin er sich fahren lassen konnte.

Sydney bezahlte das Taxi und blieb eine halbe Minute benommen im Bahnhof stehen. Alicia hatte sehr glücklich ausgesehen. Das war vielleicht von allem der stärkste Schock. Aber jetzt galt es, kühl und praktisch zu überlegen: Namen, Adresse, Daten und so weiter. Telefonnummer. Er zwang sich, nachzudenken, bis ihm die Nummer von Inez und Carpie einfiel; dann wechselte er eine Zehnshillingnote in eine Handvoll Münzen um und trat in eine Telefonzelle.

Zuerst kam Inez' Stimme; sie schrie jemandem hinter sich etwas zu, und man hörte die schweren Rhythmen einer Kalypso-Melodie. »Haallo!« rief sie fröhlich.

»Hallo, Inez. Hier ist Sydney. Was machst du? Außer Musik, meine ich.«

»Musik – ich?« Sie lachte, als ob jemand sie kitzelte.

»Ich wollte gern ...«, begann Sydney und hielt inne. Er konnte ihr nicht sagen, daß er Alicia gefunden hatte und unter welchen Umständen. »Weißt du, ich habe doch Carpie am Mittwoch ein paar Minuten gesprochen. Ich fragte sie nach einem – einem bestimmten Mann, den ich mal auf einer Party bei euch gesehen hatte.«

»O ja, natürlich«, sagte Inez, schnell gefaßt. »Carpie! Wie hieß doch der Mann? Ach ja. Sie meint – wir meinen, es könnte Edward Tilbury gewesen sein. Aber ganz sicher wissen wir's auch nicht. Er ist Rechtsanwalt, ein Freund von Vassily. Du kennst doch Vassily. Er war damals mit bei dir, bei dem Picknick.«

Sydney erinnerte sich an Vassily mit dem Kombiwagen. »Denk mal nach. Ist er ungefähr einssiebzig, gut angezogen? Aufgerollter Regenschirm, so der Typ?«

»Ja, das ist er. Und ich entsinne mich auch noch ein bißchen an ihn, aber ich wußte seinen Namen nicht mehr, bis wir jetzt beide zusammen draufkamen.«

Sydney hätte sie leicht bitten können, festzustellen, was Edward Tilbury in den letzten Wochen in seiner freien Zeit getrieben hatte; aber er brachte die Bitte nicht über die Lippen. »Tausend Dank, Inez.«

»Bitte schön, Sydney. Es ist ja nur so eine Idee, daß das der Mann ist, von dem du sprichst, und ich habe natürlich keine Ahnung, ob er sich mit Alicia getroffen hat.«

»Ja sicher, das verstehe ich, Inez. Ich bin dir sehr dankbar. Es war ja auch nur eine Vermutung von mir, weil sie nicht so viele Leute kennt. Aber sie kann genausogut mit jemand anderem zusammensein.«

»Aber du bist überzeugt, daß sie noch am Leben ist«, stellte Inez fest. »Du glaubst nicht, daß sie Selbstmord begangen hat oder so was?«

»Nein, bestimmt nicht.«

»Dieses ganze Gerede, daß du sie umgebracht haben sollst ... das ist natürlich Unsinn, ich weiß. Ob sie vielleicht ein anderer ...?«

»Alles Unsinn«, sagte Sydney.

Inez schrie vor Lachen. »Das habe ich mir ja auch gedacht. Mann, du bist mir schon einer ... Einen Teppich zu vergraben mit nichts drin! Hahaha!«

Inez' gute Laune wirkte ansteckend. »Du, Inez, wir haben die ›Schatten‹-Serie verkauft, Alex und ich. Vor zwei Tagen haben wir Bescheid bekommen.«

»Nein – wirklich? Mensch, das ist ja großartig! Muß ich gleich den anderen erzählen, Syd. Komisch, daß Alex nichts davon gesagt hat. Carpie hat gestern abend mit ihnen telefoniert, weil wir morgen eine Weinparty machen wollen. Bist du morgen abend zurück, Syd?«

»Nein, das glaube ich nicht. Vielen Dank, Inez.«

»Ach, schade. Was machst du in Brighton? Läufst du einfach bloß durch die Straßen?«

»Ja, so ungefähr.«

Sie beendeten das Gespräch und hängten ein, ohne Edward Tilbury noch einmal zu erwähnen.

Sydney wartete zehn Minuten lang geduldig und noch immer leicht verstört auf einen Bus nach Sumner Downs, bis er begriff, daß er weitere fünfzehn Minuten zu warten hatte und daß er die Polizeistation in Brighton anrufen mußte, um seine übliche Meldung abzugeben. Er ging in eine Telefonzelle.

»Ich bin noch in Sumner Downs«, sagte er und wollte hinzufügen, er führe morgen heim, tat es aber nicht.

»Haben Sie heute irgend etwas gefunden?«

»Nein, leider gar nichts.«

22

In seinem Gasthauszimmer in Sumner Downs fiel Sydney erschöpft in den einzigen Polstersessel und griff in die Tasche nach dem braunen Notizbuch. Es war nicht da. Er zog in panischer Hast die Brieftasche heraus und fühlte noch einmal nach. Es war nicht da. Hatte er es gar nicht mitgenommen, als er in Roncy Noll abfuhr? Er blieb im Sessel sitzen und blickte sich im Zimmer um, aber er wußte, hier war es nicht, denn seit seiner Ankunft hier hatte er keinerlei Notizen gemacht. In seinem Kopf wirbelte der Satz herum, den er hatte niederschreiben wollen.

›Ich habe A. gesehen und beginne langsam zu begreifen, was man unter Schizophrenie versteht.‹ Jetzt war noch viel mehr zu dem Thema zu sagen, weil das Notizbuch verschwunden war. Hatte er überhaupt eins gehabt? Welche seiner Hälften hatte es gehabt? Wo war diese Hälfte jetzt?

Wo war das Notizbuch? Bevor er sich in Roncy Noll auf den Weg machte, hatte er seinen besten Anzug angezogen, aber er hatte sein altes Tweedjackett mitgenommen. Er sprang auf und ging an den Schrank, fühlte in dem alten Jackett nach und fand nichts. War es möglich, daß er zu Hause geistesabwesend das Notizbuch auf dem Bett hatte liegenlassen, wo seine Sachen beim Packen ausgebreitet gelegen hatten? Denkbar war es. Oder hatte er es in einem Laden vergessen? Heute? Beim Tabakhändler hatte er eine Pfundnote gewechselt, als er Zigaretten kaufte. Sein Name stand nicht drin; es war kein Grund zur Sorge, daß man ihm an Hand des Notizbuches irgendeine Schuld nachweisen konnte. Es war nur ärgerlich, die niedergelegten Gedanken verloren zu haben.

Er sah sich nach Papier um, fand keins und zog aus der Nachttischschublade ein angeschmutztes Stück braunes Packpapier, auf dem er seine schizophrene Beobachtung notierte und dann fortfuhr:

Vielleicht sind wir ein Quartett, die Leiche Alicia, und ich, der Mörder, irgendwo, und Alicia braungebrannt hier unten und ich, der besorgte und gehörnte Ehemann. ›Wir, die Schizophrenen‹ – das wäre kein schlechter Titel.

Plötzlich fiel ihm ein, daß vorn im Notizbuch auf einer Seite ein Name stand: Cliff Hanger. Den hatte er irgendwann mal Alex vorgeschlagen als Namen für einen ihrer nächsten Fernseh-Detektive.

Erbittert verzog Sydney das Gesicht und murmelte: »Verdammt.«

Er besah sich die Karte von Brighton und Umgebung, die er gekauft hatte. In der Richtung, die Alicia eingeschlagen hatte, lagen Shoreham, Lancing und Worthing, dann Goring, Ferring. Angmering, Rustington und Littlehampton. Hatte sie Angmering nicht früher mal erwähnt? In Lancing und Worthing war Sydney gewesen. Aber er sollte wohl noch einmal hinfahren und sich auch die vier anderen Orte noch einmal ansehen. Nach einem kleinen Imbiß ging er ins Bett, aber die Gedanken ließen ihm keine Ruhe, und er schlief schlecht.

Um sieben stand er auf, rasierte sich, zog sich an und ging dann hinunter und bat um ein Londoner Telefonbuch. Im Gasthaus war keins vorhanden. Er ging nach draußen in das Telefonhäuschen und erfuhr von der Auskunft, daß es mehrere E. Tilburys gab – ob er vielleicht noch einen weiteren Anfangsbuchstaben wüßte? Das würde die Suche erleichtern. Sydney bat, die Nummer von Edward J. Tilbury in Maida Vale anzuläuten. Es kam keine Antwort, obwohl er es viele Male klingeln ließ.

Etwas nach zehn nahm Sydney einen Bus, der nach Worthing fuhr und in dem er bis Angmering sitzen blieb. Dort stieg er aus. Hier war er auch schon gewesen; er erkannte das Postamt wieder und auch den dünnen, sommersprossigen Mann am Schalter. Sydney ging am Strand entlang. Vier oder fünf Sommerhäuser waren von hier aus zu sehen; er suchte bei allen, ob draußen ein Motorroller geparkt war oder ob irgendwo an einem Fenster oder draußen etwas von Alicia oder von Tilbury zu entdecken war. Vergebens. Vielleicht waren sie so vorsichtig, den Motorroller mit ins Haus zu nehmen, wenn sie heimkehrten.

Sydney betrat das Postamt. »Morgen«, sagte er zu dem Mann am Schalter.

»Tag«, gab der Mann lächelnd zurück.

»Ja – ich wollte fragen, ob Sie hier wohl jemand kennen, der Tilbury heißt? Sommergäste?«

»Tilbury . . .? Nein, aber ich will doch lieber mal nachsehen.« Er blickte in eine Liste, die er aus der Schublade zog, und schüttelte dann den Kopf. »Nein, kein Tilbury.«

»Aha. Vielen Dank.« Plötzlich war Sydney müde und enttäuscht.

»Sie haben schon mal nach einem Mädchen gefragt. Ist sie das?«

»Ich weiß nicht recht.« Er lächelte ein wenig, zuckte die Achseln und ging hinaus. Gleich darauf kam er zurück. »Kennen Sie vielleicht jemand, der einen Motorroller hat? Grau, hinten mit Soziussitz? Ein Mädchen mit kurzen rötlichen Haaren, die ihn fährt?«

»Oh . . . das klingt nach Mrs. Leamans.« Der Sommersprossige zog die Stirn zusammen. »Ist das die, die Sie suchen?«

»Wohnt sie hier in der Nähe?«

»Da unten, in einem der Sommerhäuser«; er deutete auf einen Strandweg, der am Meer entlanglief. »Da wohnt sie mit ihrem Mann. Er kommt am Wochenende immer raus.«

»Sommergäste? Neu hier?«

»Stimmt, ja. Das lila Haus – das vierte oder fünfte auf der anderen Seite.«

»Vielen Dank«, sagte Sydney und ging hinaus.

Eine lange Minute besah er sich das Haus, das der Mann wohl gemeint hatte, ein Cottage von blasser Lavendelfarbe; er konnte von hier aus nur eine hintere Ecke sehen. Näher hingehen wollte er nicht. Mrs. Leamons? Leamans? Klug ausgedacht, wenn das Alicia und Tilbury waren. Klang gar nicht wie ein falscher Name, nicht so falsch wie Tilbury.

Es war schon drei Uhr nachmittags, als Sydney nach Sumner Downs zurückkam. In seinem Gasthaus bezahlte er die Rechnung und ging nach oben, um seine wenigen Sachen zu holen. Er trug die heutige Zeitung unter dem Arm; auf dem Nachttisch lagen die Zeitungen der letzten beiden Tage. Die gerichtliche Untersuchung wegen Mrs. Lilybanks' Todesursache war auf unbestimmte Zeit vertagt worden; die Beisetzung hatte am Mittwochmorgen stattgefunden. Die Autopsie hatte keinerlei tödliche Dosis von Gift oder Medikamenten ergeben, aber das

Herz zeigte die Ausweitung oder was es sonst gewesen war, das das Versagen verursacht hatte und das nach Dr. Thwaites Ansicht durch irgendeinen starken Schock herbeigeführt worden war. Und das, dachte Sydney, wäre nicht passiert, wenn Inspector Brockway Mrs. Lilybanks bloß ein paar Minuten früher angerufen und ihr erzählt hätte, daß nichts in dem Teppich gewesen war. Die Donnerstag-Zeitung berichtete auch noch, Sydney Bartleby sei nach Brighton gefahren, um die Polizei bei der Suche nach seiner Frau zu unterstützen. Kein Wunder, daß Edward Tilbury am Freitagabend den Kopf tief gesenkt hatte. Erstaunlich, daß er überhaupt gekommen war.

Als er wieder unten war, nahm Sydney das Hoteltaxi, das ihn nach Brighton brachte. Da das ›Schatten‹-Geld ja bald kommen mußte, fand er, die zwanzig Shilling könne er sich leisten.

Er ging in die Polizeistation. Mr. MacIntosh war da. Sydney berichtete ihm, er habe kein Glück gehabt und fahre jetzt nach Suffolk zurück.

»Würden Sie wohl hier noch unterschreiben, Mr. Bartleby?« Mr. MacIntosh gab ihm einen Bogen, wo er mehrere leere Stellen ausfüllen mußte, die die Zeit seiner Ankunft in Brighton und die der Abfahrt betrafen. Der Text besagte, daß er nach Brighton gekommen war, um der Polizei bei der Suche nach seiner Frau Alicia zu helfen; unten sollte er das Ergebnis angeben. Er schrieb: ›Ergebnislos.‹

Im Bahnhof von Brighton nahm er sich das Londoner Telefonbuch vor und fand, daß ein Edward S. Tilbury, Sloane Street, der wahrscheinlichste sei. Es gab nur vier E. Soundso Tilburys. Sydney holte sich Wechselgeld und versuchte, anzurufen. Tilbury, Sloane Street, meldete sich nicht.

Natürlich könnte er sich am Sonntag abend oder Montag früh vor dem Haus in der Sloane Street aufbauen und abwarten, ob der Mann aus Brighton erschien, aber er haßte diese Art von Schnüffelei. Wenn er seinen Stolz überwand, konnte er auch Inez und Carpie bitten festzustellen, wo ihr Edward Tilbury wohnte. Dieser schäbige Dreckskerl. Und auf den war Alicia reingefallen!

Er hatte noch zwanzig Minuten Zeit bis zur Zugabfahrt. Vielleicht war Alex zu Hause, aber wahrscheinlich war er schon nach Clacton gefahren. Er rief an, und Alex antwortete.

»Ich komme um fünf in London an. Kann ich dich ein paar Minuten sprechen?« fragte Sydney.

»Ach – ich wollte um sechs fahren, Syd.«

»Kannst du nicht einen späteren Zug nehmen?«

»Hast du was von Alicia gehört?«

»Nein, gar nichts, leider. Du, Alex, ich komme so schnell ich kann. Wir haben doch gerade den ›Schatten‹ verkauft, und ...« Sydney unterbrach sich; er wollte nicht bitten. »Wie ist es überhaupt mit dem Vertrag?«

»Der ist hier.«

Sydney wiederholte, er werde jetzt kommen, und legte den Hörer auf, bevor Alex ihm widersprechen konnte.

Im Zug nach London döste er ein. Kurz vor Victoria spülte er sich in der Toilette das Gesicht ab – Kein Trinkwasser! – und fuhr sich mit dem Kamm durchs Haar. Dann nahm er ein Taxi nach Notting Hill, wo die Polk-Faradays im ersten Stock eines weißen Hauses wohnten. Er war darauf gefaßt, daß niemand auf sein Läuten antwortete, aber Alex kam die Treppe herunter und öffnete die Tür.

»Hallo«, sagte er.

»Hallo. Ich werd dich nicht lange aufhalten. Es ist erst zwanzig nach fünf, vielleicht kriegst du sogar noch den Sechs-Uhr-Zug.«

Alex interessierte sich nicht für die Zeit, und Sydney hatte plötzlich das Gefühl, daß das mit dem Zug nur ein Vorwand gewesen war. Sie stiegen die Treppe hinauf.

»Wollen sie noch Änderungen im ersten Stück haben?« fragte Sydney.

»Ja, allerhand kleine Sachen, aber das mache ich schon.«

»Änderungen in der Handlung?«

»Nein.« Alex öffnete die Wohnungstür; sie führte gleich in einen großen und jetzt sehr unordentlichen Wohnraum, der auf die Straße hinausging.

Auf dem Sofa lag ein erst halb gefüllter Koffer. Hier im Wohnraum stand ihr größter Schrank, ein großer weißer Kleiderschrank, in der Ecke. Daneben stand ein Schaukelpferd; eine angeschmutzte bräunliche Giraffe lag seitlich auf dem Boden.

»Laß mal den Vertrag sehen«, sagte Sydney.

Alex nahm ihn aus der Tasche im Kofferdeckel. »Ich hab noch nicht unterschrieben.«

Sydney las die drei Seiten durch. Der Vertrag sah eine Teilung von je fünfzig Prozent vor. Die Sendung sollte mindestens sechs Wochen laufen und konnte dann verlängert werden; in diesem Fall würde die Zahlung erhöht werden. »Scheint in Ordnung zu sein, was?« fragte Sydney. »Nicht gerade sensationell, aber ich sehe auch keinen Pferdefuß.«

»Das nicht«, sagte Alex unruhig.

»Wieso? Was hast du denn?«

»Was ich habe ...« Alex machte sich an seinem Koffer zu schaffen und richtete sich dann auf. »Na hör mal, Syd, das solltest du wohl am besten wissen.«

»Ach, Blödsinn. Alicia ist wohl und munter. Wahrscheinlich hat sie sich einen Freund zugelegt. Mir hängt die Sache zum Hals raus.« Da Alex aber immer noch herumdruckste, fragte er noch einmal: »Na komm schon, was denkst du jetzt?«

»Wenn du es genau wissen willst ... Wenn das alles so weitergeht und womöglich noch schlimmer wird, riskieren wir, daß die Sache gestrichen wird.«

Sydney wurde plötzlich wütend; das waren doch nur Ausflüchte. »Ich weiß ganz genau, was in deinem Kopf vorgeht. Du willst mich ausbooten, besonders weil die ersten sechs Stücke fertig zu Papier gebracht sind. Und bereits angenommen, von der Klempner-Geschichte an bis zu der Paddington-Story.«

»Ach, sei doch nicht blöd. Dich ausbooten!« Alex lachte kurz auf. »Aber das Problem bleibt bestehen, Syd, und das weißt du auch. Wo ist Alicia? Leicht gesagt, sie ist wohlauf und hat einen Freund, aber wo ist sie? Glaubst du, die Zuschauer lassen sich jede Woche deinen Namen, zusammen mit meinem, auf dem Bildschirm vorführen, ohne an die Sache zu denken oder etwas zu tun?«

»Zu tun?«

»Ja. Uns zu boykottieren. Beschwerden einzusenden.«

Sydney lächelte. »Aha. Das Stück hat mir gefallen, aber ich protestiere gegen den Verfasser. Hach!«

»Mir ist nicht zum Lachen. Siehst du einen Grund, warum ich das Risiko eingehen sollte? Bloß für dich?«

Sydney zog die Stirn zusammen. »Was schlägst du also vor?«

»Ich finde, ich müßte sechzig Prozent kriegen und du vierzig. Das ist wohl nicht mehr als fair in Anbetracht all der Arbeit, die ich hineingesteckt habe und noch hineinstecken werde. Und in Anbetracht der Möglichkeit, daß es jederzeit gestrichen werden kann.«

Sydney seufzte. Er dachte an Alex' Geldgier, die ihm von seiner Familie eingeimpft wurde. Dauernd waren sie hinter ihm her, damit er es ja nicht vergaß. »Das Risiko ist das gleiche für mich. Ich habe ja auch Zeit hineingesteckt.«

»Aber deine Arbeit ist jetzt fertig. Und das Risiko hast du verursacht.«

»Ohne mich hättest du überhaupt kein ... Ach, zum Teufel. Ich hab den Streit satt, Alex. Auf deine Bedingungen gehe ich nicht ein.«

Alex lächelte dünn und ging hinüber zum Rauchtisch, um sich eine Zigarette zu holen. »Ja, noch bist du ja frei – verhältnismäßig. Aber wie lange, glaubst du, wird das dauern? Wenn die Polizei nun wüßte, was Hittie und ich wissen, Syd? All dies Gerede, wenn du angeschickert warst, wie du sie im Wald vergraben hättest und von ihrem Einkommen leben wolltest ... Und eure ewigen Streitereien, wenn wir bei euch waren ...«

»Um mir solche Räubergeschichten auszudenken, brauche ich mir nicht erst einen anzutrinken. Das kann ich jederzeit.«

»Woher soll ich wissen, ob alles frei erfunden war? Es könnte ja auch wahr sein.«

Sydneys Zorn war verraucht, er war nur noch verärgert. Egal, was Alex wollte, ob er sich nur dämlich anstellte oder ob dies ein ungeschickter Erpressungsversuch war, es langweilte Sydney. »Na schön, Alex. Glaubst du also, daß sie wahr waren?«

»Weiß ich nicht«, sagte Alex.

Sydney sah ihn an. Log er jetzt? »Nun mal zur Sache. Glaubst du es? Oder willst du dir einfach einen größeren Anteil sichern?«

»Syd, ich weiß nicht, wie es weitergehen soll. *Hast* du Alicia umgebracht?«

Er sah aus wie eine theatralische Figur in einem seiner eigenen Stücke, dachte Sydney. »Nein, mein Bester«, sagte er. »Soll dies ein Erpressungsversuch sein?«

»So würde ich es nicht nennen. Ich möchte bloß ...«

»Nein, das würdest du sicher nicht. Erpressung ist nämlich ein deutliches Wort, es ist ganz klar, was es bedeutet. Und du willst dich anscheinend nicht gern klar ausdrücken.« Sydney trat, ohne sich etwas dabei zu denken, auf Alex zu, und Alex wich unwillkürlich zurück. »Was ist denn mit dir los? Glaubst du vielleicht, ich bringe am laufenden Meter Leute um?«

»Na schön, da du im Plural sprichst: wir dürfen auch Mrs. Lilybanks nicht übersehen. Der Arzt hat es abgelehnt, eine natürliche Todesursache zu attestieren. Was meinst du, welche Schlüsse die Leute daraus ziehen werden? Daß du sie zu Tode erschreckt hast, selbstverständlich. Vielleicht absichtlich.«

»Wenn die Polizei diesen Schluß zöge, hätte man mich verhaftet. Hör bloß auf, Alex. Wenn dir das Wort Erpressung nicht gefällt, nennen wir es Geldgier. Gierig bist du.« Sydney fingerte eine von Alex' Zigaretten aus dem Päckchen auf dem Rauchtisch. »Danke«, sagte er und nahm sie an sich.

Alex war einen Augenblick verwirrt, aber nicht geschlagen. Er nahm jetzt den Angriff mit neuer Kraft wieder auf. »Ich verlange sechzig Prozent, Syd – zu meiner eigenen Sicherheit. Ja oder Nein – aber es ist dir wohl klar, was eine Ablehnung bedeutet.«

»Keine Ahnung.«

»Ich könnte der Polizei viel erzählen. Vieles und gar nicht so Hübsches, und auch einiges, was bei euch los war, bevor Alicia verschwand. Die häßlichen Streitereien zwischen euch ...«

»Ach Gott – das mit der Teetasse?« Sydney lachte. »Wenn du wirklich glaubst, was du da redest, dann solltest du es melden – nämlich der Polizei.«

»Ich weiß einfach nicht, was ich glauben soll«, sagte Alex. »Ich muß versuchen, meine Interessen wahrzunehmen. Und das kannst du mir nicht verdenken.«

Seine Logik erinnerte Sydney an Alicias Logik, die jedoch stets naiv gewesen war. Aus Alex sprach nichts als Selbstsucht. Aber Sydney sah, daß Alex wirklich meinte, was er sagte. Er machte sich selbst etwas vor und versteckte sich wie ein Tintenfisch hinter seiner eigenen Tinte.

»Dir wird das Lachen schon vergehen.« Alex ging hinüber zu seinem Koffer. »Ich hab auch keine Lust mehr zum Streiten, und jetzt fahre ich.«

»Ohne meine Antwort abzuwarten? Meine Antwort lautet: ich lehne ab.«

»Das ist nicht sehr klug von dir«, gab Alex zurück. »Ich gebe dir Zeit bis Montag für deinen Entschluß. Bis dahin bist du vielleicht schon verhaftet, aber wenn nicht, so erreichst du mich in Clacton-on-Sea, Hotel *Sea Winds*.«

»Grüß Hittie von mir«, sagte Sydney. Er nahm seine Reisetasche und ging durch den Wohnraum zur Tür hinaus.

Im Zug nach Ipswich hatte Sydney nachdenken und überlegen wollen, was jetzt zu tun war. Aber schon beim ersten Versuch schienen sich seine Probleme wie ein riesiger Berg vor ihm aufzutürmen, ein Berg, den er nicht überwinden konnte. Er war wie betäubt und suchte Zuflucht im Schlaf. In Ipswich holte er seinen Wagen und fuhr durch die sinkende Dämmerung nach Hause.

23

Erleichtert lasen Alicia und Edward am Sonnabend, dem 20. August, eine kleine Meldung im *Evening Argus*, wonach Sydney Bartleby Brighton nach einer ergebnislosen Suche nach seiner Frau verlassen hatte.

Sie wohnten jetzt in Lancing, wo sie – immer noch als Mr. und Mrs. Leamans – ein preisgünstiges, großes Haus gemietet hatten. Seit dem Tod von Mrs. Lilybanks versuchte Edward Alicia zu bewegen, das Spiel aufzugeben. Sydney war allmählich in eine Lage geraten, die man ihm nicht mehr zumuten konnte. Am liebsten wäre Edward unauffällig nach London zurückgekehrt, und er hatte Alicia wiederholt vorgeschlagen, zu ihren Eltern zu fahren und sich von dort aus zurückzumelden. Aber Alicia weigerte sich strikt; sie hatte nicht den Mut, ihren Eltern und Sydney einzugestehen, daß sie seit über einem Monat unter falschem Namen mit einem Mann zusammengelebt hatte. Edward und sie wollten heiraten, sobald die Scheidung ausgesprochen war; aber im Moment fühlte sie sich wie gelähmt und versank immer mehr in Ratlosigkeit und Schuldgefühlen. Zu Beginn ihres Zusammenseins und später, als die Nachricht von Mrs. Lilybanks' Tod durch die Zeitungen ging, hatte sie öfters zu Edward gesagt: »Sydney ist nicht ganz richtig im Kopf. Das hab ich schon lange geahnt. Sieh doch bloß, was er da mit Mrs. Lilybanks angestellt hat. Angestellt ist wirklich der richtige Ausdruck. Und dann diese Teppichgeschichte! Und in der Zeitung stand, er wurde so nervös wegen des Fernglases. Er weiß gar nicht mehr, was Dichtung und was Wahrheit ist.«

»Dann ist es Zeit, daß du dich zum Handeln entschließt, mein Liebling, damit er nicht immer tiefer hineingerät. Für das, was du getan hast, kann man dich nicht einsperren. Du bist nicht die erste Frau, die eine außereheliche Beziehung hat.«

Edward wollte sie mit seinen Worten ermutigen, aber er verschlimmerte nur ihre Ängste und Schrecken. »Ich kann ihm jetzt einfach nicht gegenübertreten«, sagte sie entschieden. »Er bringt mich glatt um, oder zumindest denkt er, ich bin ein Geist. Er hat den Verstand verloren, Edward, ganz sicher. So wie die Dinge jetzt liegen, bringe ich es einfach nicht fertig.«

»Ich glaube nicht, daß er den Verstand verloren hat«, sagte Edward unruhig. »Ich glaube eher, er wartet – daß du zurückkommst.«

»Warum glaubst du das?«

Edward wußte es nicht, aber er glaubte zu ahnen, worum es Sydney ging. Er hätte es kaum in Worte fassen können. Es war typisch für Sydney, nach Brighton zu fahren und vier Tage lang nach Alicia zu suchen – und sie nicht zu finden. »Ich kann mir einfach nicht vorstellen«, meinte Edward nicht zum erstenmal, »daß er sich hier in der Gegend herumtreibt und keinen von uns beiden irgendwo sieht. Auf der Straße oder irgendwo in einem Laden.«

Alicia schwieg einen Augenblick, angsterfüllt von der Idee, daß Sydney sie gesehen und nichts unternommen hatte. Das hätte ihm ähnlich gesehen – glatt verrückt. »Wenn er dich gesehen hätte, das machte ja nichts. An dich hätte er sich von der Party damals nicht erinnert, das weiß ich.«

Edward schwieg darauf (sie hatten diese Unterhaltung bisher dreimal geführt): er war nicht so überzeugt, daß Sydney nicht über ihn und Alicia im Bilde war. Wenn er ihr das aber sagte, so würde sie ihren letzten Mut verlieren und ihn, gebrochen und vernichtet, für immer verlassen. Vassily hatte kürzlich zu Edward eine Bemerkung darüber gemacht, daß Inez und Carpie sich erkundigt hätten, was er in der letzten Zeit trieb. Vassily hatte darauf Edwards Antwort wiederholt: er sei öfter bei Freunden in Surrey gewesen. Guter Vassily. Auf ihn war Verlaß, er besaß die weißrussische Diskretion, auch wenn er die Wahrheit ahnte. Aber Edward hatte das Gefühl, daß Sydney versucht hatte, Inez und Carpie auszuhorchen, es war also durchaus möglich, daß die beiden ebenfalls wußten, was gespielt wurde. Und sie würden kaum den Mund halten, dachte Edward. Die Wochenendfahrten wurden immer quälender für ihn. Bestimmt spionierte man ihm nach, man beobachtete, wie Alicia ihn abholte und er sie mit einem Kuß begrüßte. Das alles machte ihn furchtbar nervös, und er schlief beinahe nur noch mit Hilfe von irgendwelchen Tabletten. Er fühlte das Damoklesschwert über seinem Haupt hängen und sehnte sich nach seinem normalen, bürgerlichen Junggesellenleben in London zurück, wo er die

Wochenenden bei Büchern und Schallplatten verbracht und gelegentlich eine Dinnereinladung angenommen hatte, bei denen er meistens ohne Begleitung erschien. Das war auch das Leben, nach dem Alicia sich sehnte, sagte sie.

»Darling, wir kommen hier niemals weg, wenn du dich nicht aufraffst«, sagte Edward. »Du mußt dich am Ende ja doch mit Sydney in Verbindung setzen, schon wegen der Scheidung.«

Alicia blickte ins Leere und biß sich auf die Unterlippe. O Gott, wie war die Geschichte so verfahren! Und ganz allein durch Sydneys Schuld. Hätte er nicht diese Wahnsinnsidee mit dem Teppich gehabt, wäre alles ganz anders gekommen. Sie wäre, wie abgemacht, ein paar Monate fortgeblieben, hätte Edward in aller Ruhe treffen und mit ihm zusammensein können, dann wäre sie wieder nach Hause gefahren und hätte Sydney ganz einfach mitgeteilt, daß sie sich scheiden lassen wollte. Alles das hatte Sydney zunichte gemacht, und dafür sollte er büßen. Es geschah ihm ganz recht, wenn er sich nun in etwas hineingeritten hatte ...

»Ich bin allmählich auch davon überzeugt, daß mich Sydney irgendwo gesehen haben muß«, sagte sie zu Edward. »Natürlich hab ich aufgepaßt und bin auch nicht unnötig draußen rumgelaufen, aber schließlich hab ich einholen müssen ... Du hast ihn Freitag abend aber nicht am Bahnhof bemerkt, oder?«

»So genau hab ich mich nicht umschauen können, das fällt nur auf«, entgegnete Edward. »Das heißt aber nicht, daß er mich nicht gesehen haben kann.«

»Na schön, wenn er mich gesehen hat, kann er es ja der Polizei mitteilen; und wenn er es aus irgendeinem verrückten Grund verschweigt, kann man mir nicht den Vorwuf machen, daß ich nichts unternehme, um ihn von dem Mordverdacht zu befreien.«

Ihre Stimme klang jetzt fester, ihre Argumentation war aber nicht ganz logisch.

»Es stimmt nicht ganz, was du da sagst, mein Herz. Das würde nur zutreffen, wenn wir positiv wüßten, daß er dich gefunden hat. Und das wissen wir eben nicht. Es ist sogar eigentlich wahrscheinlicher, daß er dich nicht entdeckt hat. Also kann er sich selber nicht von dem Mordverdacht befreien.« Edwards Schlußworte hatten einen erwartungsvollen Klang, und Alicia blickte ihn an. Ihre Augen füllten sich mit nervösen Tränen.

»Ich weiß, was du jetzt sagen willst. Daß ich zurückkehren

und die Sache auf mich nehmen muß. Und das kann ich einfach nicht. Eher bringe ich mich um.«

»Unsinn«, sagte Edward beruhigend. »Aber, Darling, hör zu. Ob du Sydney magst oder nicht, ob er dich gut oder schlecht behandelt hat: wenn das so weitergeht, verliert er auch noch seinen Ruf als Schriftsteller.«

»Als Schriftsteller? Autor einer dummen Fernsehsendung?« Edward hatte von Vassily – der es von Inez und Carpie erfahren hatte – gehört, daß Sydney die ›Schatten‹-Serie verkauft hatte.

»Du hast mir doch erzählt, er schriebe Bücher.«

Alicias Gedanken waren nicht bei Sydney. Sie schaute unglücklich durch das Zimmer auf ihr bestes Gemälde, das beste und größte, das sie je in ihrem Leben gemalt hatte, etwa anderthalb mal zweieinhalb Meter groß, ein abstraktes Bild von See und Blumen. Wenn sie bei Edward war, konnte sie malen. Seine solide Art, sogar seine konservative Haltung waren ein besserer Nährboden für ihre Phantasie, als es Sydneys Verrücktheiten je gewesen waren. Sie kannte das Leben, das Edward führte, die Freunde, die er hatte, sie kannte sein Haus mit der guten, antiken Einrichtung, und die Aufwartefrau, die täglich zum Putzen und Bohnern kam. Sie hatte die Wohnung nie gesehen, aber sie konnte sie sich vorstellen. Das war das Leben, das sie ersehnte, für das sie erzogen worden war, wie es ihre Mutter ganz richtig gesagt hatte. Und nur wegen Sydneys Verrücktheiten war die schöne Zukunft mit Edward nun verbaut; nie konnte sie gut und ruhig beginnen, wenn sie überhaupt beginnen konnte. Die Hauptsache war: welche Entschuldigung sollte sie für sich vorbringen? Daß sie sich vor Sydney gefürchtet hatte? Das war der einzige halbwegs anständige Ausweg. Am meisten fürchtete sie sich vor der Polizei: dort würde man darauf bestehen, zu erfahren, wo und wie sie sich zwei Monate lang verborgen gehalten hatte, mit wem und unter welchem Namen. Nie würden ihre Eltern ihr das verzeihen. Und Edwards Karriere war dann ruiniert.

»Ich kann nicht zurück, Edward«, sagte sie und verbarg das Gesicht in ihren Händen. »Ich bring's nicht fertig.«

Von den beiden Problemen – Alicia und Alex – erschien Sydney das Problem Alicia als das größere. Wenn er versuchte, an Alex zu denken, so kam Alicia dazwischen und zwang ihn, sich mit etwas zu beschäftigen, das er immer von sich geschoben hatte, das eine Selbstverständlichkeit gewesen war und an das er deshalb möglichst nicht gedacht hatte. Das war seine Beziehung zu Alicia. Während der zweiundzwanzig Monate ihrer Ehe hatte er treu zu Alicia gehalten. Aber da er sich bisher nicht damit beschäftigt hatte, wußte er nicht, ob er treu gewesen war, weil er Alicia wirklich liebte, oder weil die Versuchung fehlte, oder weil er von Natur aus treu war. Er hatte immer angenommen, natürliche Treue sei eher eine weibliche als eine männliche Eigenschaft. Er hatte viele hübsche Mädchen gesehen oder auf Parties getroffen und hatte auch bei einigen kurz daran gedacht, wie es wohl mit ihnen im Bett sein mochte, aber es war ihm nie eingefallen, irgendwelche Schritte in dieser Richtung zu unternehmen. Er hatte sogar ein paarmal zu Alicia gesagt: »Du, findest du Soundso nicht auch fabelhaft?«, und Alicia war nicht eifersüchtig geworden, was Sydney auch nicht erwartet hatte. Ebenso hatte Alicia ab und zu gesagt: »Findest du den nicht auch sehr anziehend? Das wäre mein Typ – wenn ich einen Typ hätte«, und dann hatte sie Sydney zugelächelt, und das war alles. Sydney hatte nie daran gezweifelt, daß Alicia ihm treu war, denn sie war im Grunde sehr konventionell und war ziemlich streng erzogen worden. Solche Frauen hatten einfach keine außerehelichen Beziehungen, wenn nicht etwas mit ihrer Ehe oder mit ihnen selbst gründlich schiefging. Da Alicia gesund und bei Sinnen – wenn auch etwas neurotisch – war, mußte Sydney folgern, daß mit ihrer Ehe etwas gründlich in Unordnung war. Gewiß hatten sie früher öfter miteinander geschlafen als in den letzten sechs Monaten, aber das war natürlich Wirkung, nicht Ursache. Sydney hatte sich Sorgen gemacht um Geld und um seine Schriftstellerei. ›Die Planer‹ waren in England fünfmal abgelehnt worden, das wirkte sich nicht nur auf sein Bankkonto aus, sondern auch auf sein Selbstbewußtsein. Und wenn er nicht im inneren Gleichgewicht war, war es schwer für ihn, Leidenschaft oder auch nur Zärtlichkeit für einen anderen aufzubringen. Eine seiner Theorien war, daß Sex im Leben von Mördern eine geringe oder gar keine Rolle spielte. Nun, er war kein Mörder und besaß ganz gewiß Sex und ein Triebleben, aber seit er sich vorzustellen versuchte, daß er Alicia umgebracht habe, hatte er keinerlei Regung für sie oder jemand anders verspürt. Nicht mal für Prissie Holloway; sie hatte ihm einfach gefallen. Er wollte das alles aufschreiben, als ihm das verlorene Notizbuch einfiel. Er ging nach oben und durchsuchte das Schlafzimmer, dann sein Arbeitszimmer, selbst die Schublade, wo er es aufbewahrt hatte. Er schaute unter das Bett. Er mußte es also irgendwo außerhalb des Hauses verloren haben. Er ging in sein Arbeitszimmer und schrieb die Gedanken über Prissie und sich selbst auf ein Stück Papier, das er in die Schublade legte.

Darauf ging er nach unten, öffnete die Reisetasche, die noch mitten im Zimmer stand, und brachte die drei schmutzigen Hemden in den Wäschekorb in der Ecke des Abstellraums hinter dem Wohnzimmer. Es war jetzt Sonnabend abend, elf Uhr zwanzig. Er holte das Londoner Telefonbuch vom Telefontischchen und wählte die Nummer von Edward S. Tilbury in der Sloane Street.

Niemand meldete sich. Er hatte es nicht anders erwartet, und doch beunruhigte es ihn, das bedeutsame Schweigen der Wohnung in der Sloane Street. Es mußte der richtige Tilbury sein; die anderen drei Tilburys waren ein Zahnarzt, ein Mann in Camden Town und der Teilnehmer in Maida Vale, der sich nicht gemeldet hatte, als Sydney von Sumner Downs aus anrief. Vielleicht war es der Tilbury in Maida Vale, aber wahrscheinlicher war Sloane Street. Sydney lauschte dem vergeblichen Läuten und fühlte, daß er Alicia wirklich liebte, vielleicht um so mehr, da er sie als selbstverständlich hingenommen hatte – genauso wie sie ihn als selbstverständlich hingenommen hatte, womit er ganz einverstanden war. Für ihn war es selbstverständlich gewesen, daß sie einander liebten, trotz ihrer Unstimmigkeiten, und er war der Ansicht, daß sie sich auch jetzt noch liebten. Er legte den Hörer auf. Vielleicht dachte Alicia in diesem Moment das gleiche wie er. Vielleicht hatte sie das glückliche Gesicht nur für Tilbury aufgesetzt, oder für sich selbst, um sich zu überzeugen.

Aber was dachte sie sich bloß bei der ganzen Sache? Sie mußte doch wissen, daß sie damit seine Lage von Tag zu Tag verschlimmerte. Wollte sie sich auf diese Art an ihm rächen? Und was sollte er inzwischen tun? Der Polizei melden, daß er sie gesehen hatte und wo er sie gesehen hatte? Sollte er das jetzt melden, oder in zwei Tagen oder in einer Woche? Ob er einen Brief schrieb an Mrs. Leamans, Angmering, und ihr sagte, er wisse alles: wollte sie nun zu ihm zurückkommen oder nicht? Er konnte schreiben, er wolle ihr vergeben, wenn sie ihm vergab, wenn sie ihm die üblen Zankereien verzieh und die derben Scherze – und ob sie zurückkommen wolle? Ja, er wollte sie wiederhaben, wenn sie ihn haben wollte, und er brachte es auch fertig, seinen Stolz zu überwinden und sie zu bitten. Sydney starrte aus dem Fenster, und plötzlich schien das Bild vor ihm lebendig zu werden: der ungepflegte Rasen, der Lattenzaun (den er repariert und Alicia weiß gestrichen hatte), der alte Krokettschläger, der unter der dichten Hecke hervorlugte, der gräßliche Mülleimer mit dem schiefen Deckel – alles wand sich vor seinen Augen wie eine Van-Gogh-Landschaft, erfüllt gleichzeitig von Alicia und von ihrer Abwesenheit.

Sydney beschloß, die Sache mit Alicia vierundzwanzig Stunden ruhen zu lassen und inzwischen, wenn möglich, das Dilemma Polk-Faraday zu lösen. Nur noch vierundzwanzig Stunden lang wollte er mit dem Gedanken herumspielen, zwei Menschen, Alicia und Mrs. Lilybanks, umgebracht zu haben, und sich ausmalen, was die Welt nun von ihm hielt. Diese Zeit würde genügen, das Phantasiebild restlos auszupressen und ihm alles Material zu entziehen, das er für etwaige Geschichten brauchte; dann wollte er sich entschließen, was zu tun war, und danach handeln. Wenn Alicia dann sagte, sie wolle nicht zu ihm zurückkommen, konnte er ihr wenigstens bei der Einleitung der Scheidung behilflich sein, wozu sie ganz sicher allein nicht den Mut hatte.

Er holte sich Kaffee aus der Küche und ging damit nach oben in sein Zimmer, um die Lage zu überdenken. Er versuchte sich Hitties Haltung vorzustellen. Sie mußte eigentlich Alex' Standpunkt ablehnen, wenn er ehrlich gewesen war und ihr berichtet hatte, was er zu Sydney gesagt hatte. Andererseits sollte man die Loyalität einer Ehefrau niemals unterschätzen, ob nun ihr Mann Zuhälter, Einbrecher oder heimlich verheirateter Priester war. Vielleicht handelte Hittie nach rationalen Gründen und tat sich mit Alex zusammen. Oder sie war tatsächlich, wie Alex behauptete, davon überzeugt, daß Sydney Alicia und Mrs. Lilybanks umgebracht hatte, und nahm nun an, die ›Schatten‹-Sendungen würden unterbrochen oder gar nicht erst angesetzt werden. Die erste Sendung sollte, wenn die Serie angenommen wurde, im Oktober anlaufen, das hatte Plummer schon vor Wochen zu Sydney und Alex gesagt. Das beste wäre jetzt wohl, entweder mit einem Anwalt zu verhandeln oder direkt mit Plummer selbst. Plummer schien ja von der augenblicklichen Lage nicht weiter beunruhigt zu sein; Sydney wünschte, er hätte in London daran gedacht, Alex darauf hinzuweisen. Und Alex stellte ihm jetzt eine Frist, ein Ultimatum! Hübsche Frechheit, würde Alex sagen. Sydney stand auf und machte sich bereit zum Schlafengehen. Die sonntägliche Morgenruhe und Zeitungslektüre wurden durch einen Anruf von Inspector Brockway unterbrochen. Er hatte von Brighton gehört, daß Sydney zurück war und wollte »die Lage mit ihm besprechen«.

»Wie ich höre, war Ihre Suche fruchtlos«, sagte er.

»Ich fürchte ja«, sagte Sydney, leicht amüsiert von dem Wort fruchtlos.

»Kann ich heute nachmittag vorbeikommen und Sie ein paar Minuten sprechen?« fragte der Inspector.

Sie vereinbarten eine Zeit zwischen halb drei und drei Uhr. Sydney beschloß, ihm Tee vorzusetzen, obgleich es eigentlich reichlich früh dafür war. Aber Tee schuf eine häusliche und entspannte Atmosphäre in der wenig häuslichen und angespannten Umgebung.

Inspector Brockway erschien heute in Flanell-Knickerbockers und dem blau-braunen Tweedjackett und gratulierte Sydney freundlich zum Verkauf der ›Schatten‹-Serie.

»Danke schön«, sagte Sydney. »Woher wissen Sie es?«

»Ihr Freund Polk-Faraday rief mich an, ich – ja, ich glaube, es war Freitag morgen. Ihr Mitarbeiter, nicht wahr.«

»Ja, er ist eine Art Dramatiker. Jedenfalls mehr als ich.«

»Er war etwas besorgt, ob Sie mit der Serie weitermachen könnten, wenn sich die Lage verschlechtert.«

Sydney blickte den Inspector an, der sich das Kinn rieb und den Fußboden anstarrte, als spräche er von der Verschlechterung des Wetters, von etwas Unkontrollierbarem. »Ja und? Hat sie sich verschlechtert?« fragte er.

»Nein, aber sie ist jetzt offen, sozusagen. Auch wenn nicht jeden Tag etwas über Ihre Frau oder Sie oder Mrs. Lilybanks in den Zeitungen – in allen Zeitungen, meine ich – steht, so wird man die Sache doch nicht abschließen, bis Ihre Frau gefunden ist, tot oder lebendig.«

»Gibt es nicht auch Fälle, wo es Leuten gelungen ist, für

immer zu verschwinden? Wir haben in Amerika mehrere ganz berühmte Fälle. Judge Crater. Ist nie gefunden worden, tot oder lebendig.« Er hörte, wie der Kessel zum Pfeifen ansetzte.

»Ja, natürlich, die haben wir auch. Aber in diesem Fall hier wird es einfach nötig sein, noch näher nachzuforschen. Gründlicher zu suchen, wenn Sie so wollen.«

Weiß Gott, das stimmte, dachte Sydney. Das Pfeifen des Kessels stieg an. Er sprang auf. »Entschuldigen Sie, Inspector. Ich dachte, Sie trinken vielleicht eine Tasse Tee.«

»Danke schön«, sagte der Inspector. Er hob die Hand an den Mund und brach in sein bellendes Husten aus.

Sydney spülte die Kanne mit kochendem Wasser aus und füllte den Tee mit dem Teelöffel ein, wie es Alicia getan hätte. Nur Zitronenscheiben hatte er nicht da. Er brachte den Tee auf dem Tablett ins Zimmer. Nach angemessener Wartezeit schenkte er dem Inspector und sich selbst eine Tasse ein. Zucker. Milch. Der Inspector nahm beides.

»Ihr Freund Polk-Faraday deutete an – oder vielmehr sagte er, es gäbe da einiges, was ihn beunruhigte. Haben Sie eine Ahnung, was er meint?«

Sydney sah den Inspector an und zog leicht die Schultern hoch. »Nein.«

»Wenn Sie glauben, daß er etwas Bestimmtes meinte, dann möchte ich das lieber von Ihnen hören als von ihm.«

Das bezweifelte Sydney. Warum auch? »Ich wüßte nicht, was er wissen kann und was ich Ihnen nicht gesagt hätte. Ich meine, was meine Frau gesagt haben könnte, wohin sie wollte. Es wäre ja denkbar, daß sie mit Alex gesprochen hat und etwas anderes sagte. Meinte er das?«

»Ich weiß wirklich nicht, was er meinte«, sagte der Inspector und blickte Sydney aufmerksam an.

Hier legte Sydney Besorgnis und leichte Unruhe an den Tag; die Unruhe kam automatisch, als er sich etwas vorbeugte und den Teelöffel auf der Untertasse klirren ließ.

»Hat er denn irgend was davon gesagt, daß Alicia ihm etwas sagte?«

»Nein, das hat er nicht. Ich hatte den Eindruck, es lag mehr an der Atmosphäre. An der Situation hier im Hause, kurz vor ihrem Verschwinden.«

Sydney strich sich mit der Hand über die Stirn und langte nach einer Zigarette.

»Wie ich höre, waren die Polk-Faradays häufig bei Ihnen zu Gast, als Ihre Frau noch hier war.«

»Oh, vielleicht einmal im Monat, so ungefähr.«

»Aha. Aber wenn er gehört hat, daß Sie Ihre Frau bedrohten, oder wenn er Streitigkeiten mitangehört hat, wäre es besser, daß Sie es mir erzählen.«

Ach, tu doch bloß nicht so, dachte Sydney. Durchaus nicht besser, eher schlechter. Brockway wollte seinen Bericht mit dem von Alex vergleichen, das war alles. »Ganz sicher haben die Polk-Faradays mal einen Streit mitangehört«, sagte Sydney. »Ich weiß noch einen Abend, da ließ Alicia ein Glas fallen, und ich habe sie angeschrien. Ziemlich laut sogar.«

»Haben Sie Ihre Frau je geschlagen?«

»Ja«, sagte Sydney ernst. »Ein- oder zweimal. Aber nicht schlimm.«

»Hat Polk-Faraday das je gesehen, daß Sie sie schlugen?«

»Nein – ich glaube jedenfalls nicht. Ich glaube, wir haben nie einen ernsthaften Streit gehabt, wenn die Polk-Faradays im Haus waren.«

»Was verstehen Sie unter einem ernsthaften Streit?«

»Ein Streit, bei dem ich sie schlug. Oder einer, der tagelang andauerte.« Sydney ergriff seine Hand, die die Zigarette hielt, mit der anderen Hand. Das Zittern war echt, aber er zitterte nicht wegen des Gesprächs. Er dachte an Alicia und Edward Tilbury.

»Ich wollte, Sie sagten mir, was Sie bedrückt«, sagte der Inspector mit aufrichtiger Freundlichkeit.

Das war nun ganz unmöglich; bei dem Gedanken mußte Sydney fast lächeln. »Ja, natürlich mache ich mir Gedanken darüber, was Polk-Faraday Ihnen erzählen könnte. Er will die ›Schatten‹-Serie für sich haben. Gestern forderte er mich auf, ich sollte mich mit einer Teilung von vierzig zu sechzig Prozent zu seinen Gunsten einverstanden erklären. Sonst würde er der Polizei ein paar Geschichten erzählen«, sagte er.

»Wirklich? Wahre Geschichten?«

»Das weiß ich nicht. Ich glaube kaum.«

»Was für wahre Geschichten könnte er mir denn erzählen?«

»Ich weiß es nicht – vielleicht Zankereien zwischen mir und meiner Frau.«

»Wenn er mir etwas erzählt, können Sie sich darauf verlassen, daß ich es mit Ihnen überprüfe, bevor ich es glaube oder weitergebe«, versprach Inspector Brockway und setzte seine Tasse nieder. »Und nun noch eine Sache, die aufkam, als Sie in Brighton waren. Ein Notizbuch. Sie haben es hier in Roncy Noll im Zeitungsladen liegenlassen.«

Sydney erschrak so, daß es ihn fast kalt überlief. Der Tee schwappte über den Tassenrand in die Untertasse. Es war weniger das Notizbuch als der Fundort und der argwöhnische Ladeninhaber. Er entsann sich jetzt, er hatte dort eine Zehnshillingnote gewechselt an dem Morgen, bevor er nach Brighton fuhr. Er fuhr sich mit den teefeuchten Fingern durchs Haar und sagte: »Ach ja – ich wußte gar nicht, wo ich es verloren hatte.«

Der Inhaber mußte bemerkt haben, dachte er, wie er es auf dem Zeitungsstapel liegenließ, und hatte ihn absichtlich nicht darauf aufmerksam gemacht, weil er einen Blick hineinwerfen wollte.

»Mr. Tucker sagt, er hätte es Ihnen am selben Tag zurückgeben wollen, aber Sie waren nicht zu Hause.«

»Nein«, sagte Sydney. An diesem Tag war er aber zu Hause gewesen; nach Brighton war er erst am nächsten Tag gefahren. »Es – na ja, es ist nicht weiter wichtig. Bloß ein paar Notizen. Für meine Geschichten.«

Der Inspector lächelte verständnisvoll. »Mr. Tucker dachte, es sei ein Tagebuch. Es sieht ja auch aus wie ein Tagebuch, mit den Daten.«

Sydney blickte auf die Jackentaschen des Inspectors. Das Notizbuch war nicht zu sehen.

»Notizen für Ihre Stücke, sagten Sie?«

»Ja. Alles ausgedacht«, sagte Sydney und merkte, daß auch hier die Wahrheit verdächtig nach einer faustdicken Lüge klang.

»Einiges klingt ausgedacht und einiges nicht. Aber Sie sind ja ein Schriftsteller, da kann natürlich alles ausgedacht sein. Nur würde es ein Durchschnittsmensch, wie Mr. Tucker, nicht so auffassen. Der Bericht von dem Mord, wie sie die Treppe hinuntergestoßen wurde und so.« Der Inspector lächelte kurz und preßte seine großen, knochigen Hände zusammen.

»Ja, ja. Sie haben wahrscheinlich erraten, daß ich versucht habe, mir das alles auszumalen.«

»Einiges klingt so, gewiß. Nun, sicherheitshalber haben wir das Notizbuch in Ipswich behalten. Bis jetzt hat es außer mir niemand gesehen, nur Mr. Tucker und seine Frau. Immerhin, angesichts seiner Eigenart muß ich es leider Inspector Hill vorlegen, der nächste Woche aus London kommt. Die Sneezums bestehen darauf, daß Scotland Yard eingeschaltet wird.«

Sydney zog eine Grimasse und stand auf. »Darf ich Ihnen noch Tee einschenken, Inspector?« fragte er und streckte die Hand nach der Teekanne aus.

»Nein, vielen Dank, ich muß gehen. Um vier bin ich drüben in Aldeburgh zum Golf verabredet.« Der Inspector stand ebenfalls auf. »Auf Wiedersehen, Mr. Bartleby, und vielen Dank für den Tee.«

»Auf Wiedersehen, Inspector.« Sydneys Blick folgte ihm auf dem kurzen Eingangsweg bis zur Straße, wo der konservative schwarze Wagen stand; der Beutel mit den Golfschlägern war auf dem Rücksitz sichtbar. Sydney schloß die Haustür.

Eine Stunde später rief Inez an. »Ich dachte mir, daß du zu Hause bist. Wann bist du zurückgekommen?«

»Gestern abend. Und die Antwort auf deine erste Frage lautet, nein, ich hatte kein Glück«, sagte Sydney, um ihrer Frage zuvorzukommen.

»Ach, Syd«, sagte sie teilnehmend. »Mensch, wenn die Polizei sie nicht findet mit dem ganzen Stab von Leuten ... du hast nicht zufällig Edward Tilbury gesehen, nein?«

Sydney lachte. »Wenn ich den gefunden hätte, wäre ich ihm gefolgt.«

»Carpie und ich haben nämlich festgestellt, daß er in der letzten Zeit oft außer Haus war. Besonders an den Wochenenden.«

»Tatsächlich? Du, sag mal, ist das der Tilbury aus der Sloane Street?«

»Ja, ich glaube. Ich weiß, daß Vassily mal Sloane Street erwähnt hat. Wir wollten es nicht so auffällig machen, aber wir haben ein paar Leute gefragt, was er so macht, wir hätten ihn länger nicht gesehen, und die sagten, er sei jedes Wochenende fort. Zu Vassily hat er gesagt, er besuchte Freunde in Surrey oder Sussex irgendwo. Ist wie ein Detektivspiel, nicht?« Inez kicherte. »Sherlock Holmes würde wohl sagen, es wäre nicht logisch, hieraus schon Schlüsse zu ziehen, aber etwas könntest du doch tun, Syd, wenn es dich wirklich interessiert. Du könntest ihm an einem Wochenende von seinem Haus aus folgen und sehen, welchen Zug er nimmt, und vielleicht mitfahren. Oder ihm von seinem Büro aus folgen. Man kann dich nicht verhaften, weil du jemandem folgst.«

»Nein.« Das Gespräch war Sydney verhaßt. »Inez, wenn die Polizei dich und Carpie noch mal verhört, wäre ich euch dankbar, wenn ihr Tilbury nicht erwähntet. Erst mal *wissen* wir ja noch gar nichts, und es wäre unklug . . .«

»Aber die könnten es doch feststellen. Leichter als wir. Das würde dir helfen.«

»Ja, das ist mir klar, aber – ich kann es schwer am Telefon erklären und ich will dir auch nicht vorschreiben, was du sagen sollst, bloß . . .« Der Schweiß stand ihm auf der Stirn. »Ich wäre euch einfach dankbar, wenn ihr sagtet, ihr wüßtet heute nicht mehr als vor einem Monat.«

Inez sagte zögernd zu. Nach einigen Sekunden waren die drei Minuten um.

Sydney verließ das Haus, um einen Spaziergang zu machen. Er ging der sinkenden Sonne entgegen und dachte, ob Alicia und Tilbury wohl irgendwo am Strand zusammen spazierengingen. Mein Gott, jetzt waren sie vielleicht schon zwei Monate zusammen. Das sollte ausreichen, um einander kennenzulernen. Was um Himmels willen hatte Alicia vor? Warum schrieb sie ihm nicht – sie konnte den Brief ja von London aus abschicken, wenn sie ihn nicht wissen lassen wollte, wo sie war! Sydney fühlte den dringenden Wunsch, einen Brief an Mrs. Leamans in Angmering zu schreiben und sie einfach zu fragen, was sie vorhatte, ihr zu sagen, daß er ihr Spiel hochgehen lassen konnte, wann immer er wollte. Aber er schrak davor zurück, ähnlich wie er zurückgescheut wäre vor dem Gedanken, jemandes Privatbereich zu betreten. Auch sein Stolz sprach dabei mit: er wollte Alicia jetzt nicht zeigen, daß ihr Vorgehen ihn beunruhigte und er sie deshalb nach ihren Absichten fragte. Sie würde auf jeden Fall umfallen, wenn sie ahnte, daß man alles über ihren Liebhaber wußte. Und der zweite Faktor, der ihn zurückhielt, war die Tatsache, daß die Geschichte mit der Zeit immer interessanter wurde. Er wollte auch gern ausprobieren, wie weit Alex Polk-Faraday zu gehen wagte.

Am Montag morgen um Viertel nach sieben rief er, mit einer Zigarette in der Hand und einer Tasse Kaffee neben sich, das Hotel *Sea Winds* in Clacton-on-Sea an.

»Würden Sie mir bitte das Zimmer von Mr. Polk-Faraday geben.«

Hittie meldete sich; ihre Stimme klang noch müder als die der Zentrale.

»Hallo, Hittie. Entschuldige, daß ich dich so früh wecke«, sagte Sydney. Es tat ihm wirklich leid. »Aber ich wollte sichergehen und euch noch antreffen. Kann ich bitte Alex sprechen?«

»Ja, Syd, einen Moment. Darling, wach auf, hier ist Sydney.«

Sydney hörte Alex etwas murmeln; dann kam er ans Telefon. »Hallo, Alex. Ich wollte dir nur sagen, daß ich deine Teilung vierzig-sechzig nicht akzeptiere. Ich akzeptiere fünfzig-fünfzig. Ist das klar? Du wolltest es ja heute wissen.«

»Gut«, sagte Alex etwas schärfer. »Wir werden ja sehen.«

»Hast du das Hittie gesagt? Mit vierzig-sechzig?«

Alex schwieg einen Augenblick. »Sydney, ich möchte nicht unfreundlich sein, aber ich glaube, du solltest dir das noch mal gründlich überlegen.«

»Das ist alles, was ich wollte, Alex. Leb wohl.« Sydney legte den Hörer auf.

Alex wollte also nicht unfreundlich sein. Das hörte sich sehr hübsch an vor Hitties Ohren. Sydney schloß daraus, daß er ihr gegenüber nichts von seinen Plänen erwähnt hatte. Sydney stand im Wohnzimmer mit seiner Kaffeetasse und lachte laut auf. Die Sonne schien durch das Fenster; es versprach ein schöner Tag zu werden.

Überdies brachte die Post ein paar Minuten später einen Brief von Potter & Desch, den Londoner Verlegern, denen er vor drei Wochen das Manuskript der ›Planer‹ geschickt hatte. Sie wollten das Buch nehmen. Sydney war erlöst. Er hielt den Atem an und starrte auf die wenigen maschinengeschriebenen Sätze. *Wir freuen uns ... Könnten Sie bald zu uns kommen, damit wir ... Vertrag folgt ...* Er schritt die Wand entlang bis zum Abstellraum, wandte sich um und ging dann, immer noch benommen, in die Küche. Ein fast törichtes Lächeln lag auf seinen Gesicht. Sein Buch sollte herauskommen. Und es war ein gutes Buch.

Niemand war da, dem er es erzählen konnte. Oder doch niemand, dem er es erzählen wollte. Er würde es niemand sagen, überlegte er, bis jemand fragte: ›Na, Sydney, was gibt's Neues? Woran arbeitest du?« Dann wollte er obenhin sagen: »Bei Potter & Desch kommt nächstens mein Buch, *Die Planer*, heraus. Ein gutes Buch, glaube ich. Sie halten es jedenfalls für gut.«

Einige brillante Absätze und Redewendungen gingen ihm durch den Kopf, während er badete und sich rasierte.

25

Gegen zwei Uhr nachmittags, als Sydney dabei war, den Abstellraum aufzuräumen und einiges wegzuwerfen, rief Inspector Brockway an und fragte, ob Sydney um vier nach Ipswich kommen könne.

»Also ...« Sydney hatte nicht die geringste Lust.

»Es ist wirklich wichtig, sonst würde ich Sie nicht bitten. Inspector Hill kommt aus London. Mr. Polk-Faraday hat mit ihm gesprochen. Würden Sie bitte so gut sein, Mr. Bartleby ...«

Er machte sich also um Viertel nach drei auf den Weg; er wollte nicht zu spät kommen und dadurch Inspector Hill gegen sich einnehmen. Sydney wurde mit Inspector Hill bekannt gemacht, einem großen, schlanken, gut aussehenden Mann Ende Vierzig. Inspector Brockway stellte sie einander vor; er sah steif und ernsthaft aus und hatte offensichtlich für London seine besten Manieren angelegt. Sie gingen zu dritt in ein Büro, das vielleicht für diese Unterhaltung zur Verfügung gestellt worden war; vielleicht war es auch Inspector Brockways Arbeitsraum. Sydney wußte es nicht, denn Brockway nahm nicht hinter dem Schreibtisch Platz.

Inspector Hill sprach zunächst ein paar Minuten lang freundlich und unbefangen über die Schwierigkeiten bei der Auffindung von Leuten, die sich verborgen halten wollten, und drückte sein Bedauern darüber aus, daß Sydneys viertägige Suche in Brighton ergebnislos verlaufen war.

Inspector Hill zündete sich eine Zigarette an, und Sydney tat das gleiche.

»Heute morgen habe ich mit Mr. Polk-Faraday in London gesprochen. Er erwähnte ein paar Dinge, die ich gern mit Ihnen besprechen wollte.« Er sprach in liebenswürdigem Ton, in einer Hand hielt er drei oder vier kleine Blätter mit Notizen. »Diese Sache mit dem Teppich ...«, begann er mit einem Lächeln. »Also die Polk-Faradays haben Sie an einem Wochenende besucht, kurz nachdem Ihre Frau abgereist war. Mrs. Polk-Faraday sah, daß im Wohnzimmer ein neuer Teppich lag. Und sie sagten – oder vielmehr Mr. Polk-Faraday sagte, Sie hätten merkwürdig reagiert, als seine Frau das erwähnte.«

»Merkwürdig – wieso?«

»Sie sahen beunruhigt aus, sagte er.«

»Ich weiß nicht, was sie meinen. Ich erzählte ihnen, ich hätte den neuen Teppich sehr billig bekommen und hätte den alten weggeworfen.«

»Haben Sie ihnen gesagt, wohin Sie ihn getan hatten?«

»Nein«, sagte Sydney.

»Zum nächsten Punkt. Mr. Polk-Faraday sagt, Sie hätten so merkwürdig geredet, am Telefon, als er Sie eines Tages aus London anrief. Nach diesem Wochenende. Sie sprachen davon, auf welche Weise Sie Ihre Frau beseitigt hatten. Mr. Polk-Faraday sagt, Sie hätten vielleicht gescherzt. Oder vielleicht auch nicht. ›Die Treppe hinuntergestoßen‹, hätten Sie gesagt. ›Nie im Leben war mir wohler.‹« Inspector Hill lächelte.

Sydney lächelte nicht. »Ja, das habe ich gesagt. Und Alex versucht also jetzt, mir daraus einen Strick zu drehen.«

»Das wissen wir nicht. Er berichtet. Und es stimmt doch, oder?«

»Ja«, sagte Sydney. Er war überzeugt, daß Inspector Hill sein Notizbuch gesehen hatte, wahrscheinlich in der letzten halben Stunde, so daß ihm alles noch frisch im Gedächtnis war.

»Er sprach ferner ...«, sagte Inspector Hill, und Sydney hatte das Gefühl, als wolle er ihm alles auf einmal vorhalten, um die Wirkung zu beobachten, »von einer Atmosphäre hysterischer Lustigkeit bei Ihnen. An dem Wochenende. Daß Ihnen das Junggesellenleben recht gut bekam. So etwa.«

»Das war Alex' Bemerkung.«

»Sie sprachen davon, daß Sie von den Einkünften Ihrer Frau lebten – oder bald leben würden.«

»Auch das war Alex' Bemerkung. Ich machte später Witze darüber. Wir denken uns ja immer solche Sachen aus, wissen Sie. Wir machen immer makabre Scherze.« Bei dem letzten Wort brach Sydneys Stimme. Seine Handflächen, die er zwischen den Knien zusammengepreßt hielt, waren tatsächlich feucht geworden. »Ich habe keinerlei Schritte unternommen, um an die Einkünfte meiner Frau heranzukommen. Ich bin durchaus nicht sicher, daß ich es überhaupt könnte. Wahrscheinlich könnten ihre Eltern das verhindern.«

»Nein, können Sie nicht. Sie sind der gesetzliche Erbe, wenn kein anderslautendes Testament vorliegt.«

Sydney tat einen Zug an seiner Zigarette. Er blickte Inspector Brockway an, der gegen den Schreibtisch gelehnt dasaß und zuhörte.

»Die Polk-Faradays sind außerdem der Ansicht«, fuhr

Inspector Hill nachdenklich fort und schlug die Beine übereinander, »daß Sie reichlich auffällig überall herumerzählt hätten, daß Ihre Frau wahrscheinlich längere Zeit wegbleiben würde. Sie sollen etwas von sechs Monaten oder so erwähnt haben.«

»Das habe ich nur gesagt, wenn man mich nach ihr gefragt hat.«

»Sie haben es nicht betont absichtlich erzählt?«

»Nein.«

»Die Polk-Faradays behaupten das aber.«

Sydney überlegte, ob Hittie wohl auch nach London gekommen war. Nein, sicher nicht, wegen der Kinder. Alex hatte vermutlich einfach berichtet, ›was meine Frau und ich meinen‹. »Die Polk-Faradays irren sich«, sagte er.

»Noch etwas.« Inspector Hill warf einen Blick auf seine Notizen. »Ihre Freunde Inez Haggard und Carpie Dunne ... Mr. Polk-Faraday kennt sie anscheinend ebenfalls. Er sagt, er hat mit ihnen gesprochen, und sie beschrieben einen Sonnabend nachmittag, als sie zu einem Picknick zu Ihnen kamen. Da war Ihre Frau etwa drei Wochen fort. Nachdem, was Mr. Polk-Faraday sagt, hatten Sie ihnen und allen anderen erzählt, Ihre Frau sei bei ihrer Mutter in Kent, und an dem Nachmittag sagte Mrs. Haggard, sie habe Ihre Frau bei ihrer Mutter telefonisch nicht erreicht, die Mutter wisse gar nicht, wo sie sei und daß sie überhaupt fort sei von zu Haus. Und darüber seien Sie erstaunt gewesen. Oder erschreckt.«

»Erschreckt? Überrascht war ich, weil meine Frau mir gesagt hatte, sie ginge zu ihrer Mutter.«

Inspector Hill lehnte sich zurück und beobachtete Sydney.

Auch Sydney lehnte sich zurück und kreuzte die Arme. Er sah Alex vor sich, lallend wie ein Irrsinniger mit hervortretenden Augen, wie er morgens in London vor Inspector Hill geschwafelt hatte; das Bild war lautlos, wie ein Fernsehbild ohne Ton. »Hat Ihnen Mr. Polk-Faraday nichts erzählt von der ›Schatten‹-Serie für den Sender Granada?«

»Nein«, sagte Inspector Hill.

»Sehr schade. Darum geht es ja hierbei. Wir haben gerade eine Serie von sechs Stories verkauft, und Mr. Polk-Faraday wollte, daß wir vierzig zu sechzig teilen – sechzig für ihn –, anstatt fünfzig zu fünfzig, wie im Vertrag vorgesehen. Ich glaube auch, daß Mr. Polk-Faraday meint, wenn er mich genügend verdächtigt, dann kann er mich vielleicht ganz hinausdrängen. Ich nahm an, daß Inspector Brockway Ihnen das gesagt hatte.« Sydney warf einen Blick zu Brockway hinüber.

»Nein, das hat er nicht, und Mr. Polk-Faraday auch nicht«, sagte Inspector Hill. »Ja, ich verstehe, warum Sie sich ärgern; aber Sie sagen doch selbst, daß Mr. Polk-Faradays Aussagen im wesentlichen zutreffen. Oder nicht?«

Sydney bewegte sich unruhig auf seinem Stuhl. »Was ich gesagt habe, war doch nur als Witz gemeint, was Alex damals auch ganz richtig verstanden hat.«

Inspector Hill lächelte und rieb sich das Kinn. »Für die Phantasien eines Schriftstellers habe ich einiges Verständnis. Ich habe gerade Ihr Notizbuch gesehen. Ich will annehmen, daß es Gedanken enthält – keine Wahrheiten.«

Wahrheiten? Gedanken? Sydney fuhr sich mit der Hand über die Stirn. »Die Handlung – ich meine die Beschreibung in dem Notizbuch ist nicht Wahrheit. Man kann sagen, daß die Gedanken wahr sind. Das heißt, es ist keine Wiedergabe von Tatsachen.«

»Eine gefährliche Sache, so etwas jetzt zu schreiben. Gefährlich für Sie.«

»Ich ahnte doch nicht, daß irgend jemand außer mir es sehen würde. Deshalb hatte ich das Notizbuch ja immer bei mir. Ich habe es versehentlich mit der Brieftasche herausgezogen.« Die Freudsche Fehlleistung eines Mörders, dachte Sydney. Er blickte auf den Fußboden. Er hatte Durst.

»Gut, wir wollen Ihnen glauben, vorläufig. Aber das Notizbuch müssen wir hierbehalten, bis die Sache aufgeklärt ist«, sagte Inspector Hill. »Wenn Sie also alles das gesagt haben, zu Mr. Polk-Faraday – haben Sie so etwas übrigens auch schon zu anderen Leuten gesagt?«

»Nein. Solche Scherze mache ich nur mit Alex.«

»Trotzdem war es erstaunlich, daß Ihre Frau so lange fortging. Viel länger als jemals vorher, nicht wahr?«

Erwarteten die beiden eigentlich, daß er jetzt zusammenbrach, bloß weil sie ihm die simplen Tatsachen vorhielten? »Ja«, sagte Sydney. *Haben Sie sie umgebracht?* Sydney konnte die Frage in den ruhigen Augen des Inspectors lesen und stellte sich vor, wie sich seine Gedanken mit all den Verdächtigungen beschäftigten, die die Sneezums geäußert hatten. Und inzwischen schlief Alicia mit Edward Tilbury. »Warum finden Sie sie denn nicht, wenn Sie meinen, ich hätte sie umgebracht? Über oder unter der Erde?« fragte Sydney ebenso gelassen wie Inspector Hill.

»Wir suchen ja. So leicht ist es nicht, das sehen Sie.«

»Inzwischen bleibe ich solchen Angriffen ausgesetzt wie die von Polk-Faraday. So leicht ist es auch für mich nicht, Inspector.«

»Die Angriffe kommen jedenfalls nicht in die Zeitung. So arbeiten wir hier nicht.« Inspector Hill warf einen Blick auf den reglos zuhörenden Inspector Brockway. »Aber andererseits – Sie tun wirklich alles, um sich selbst zu belasten; und damit meine ich nicht nur das Notizbuch, von dem übrigens Mr. und Mrs. Sneezum nichts wissen. Wie war das mit dem Fernglas? Ihre Nachbarin, Mrs. Lilybanks, hat zu Inspector Brockway gesagt, Sie seien äußerst unruhig gewesen, als Sie das Fernglas in ihrem Haus sahen, und als sie Ihnen erzählte, daß sie Sie an dem Morgen gesehen hatte, als Sie den Teppich wegbrachten.«

»Aber Sie haben ja den Teppich ausgegraben.«

»Bitte beantworten Sie die Fragen, Mr. Bartleby. Warum wurden Sie unruhig, als Mrs. Lilybanks erwähnte, sie hätte Sie durch das Fernglas gesehen?«

»Weil – weil ich wußte, was sie dachte. Was sie sich ausmalte.«

»Wirklich?« fragte Inspector Hill ernst. »Warum nahmen Sie an, daß Mrs. Lilybanks so etwas dachte?«

»Ich – zuerst nahm ich es nicht an. Aber als meine Frau nicht an Mrs. Lilybanks schrieb und sie mir das erzählte, da wurde mir klar, was sie dachte.«

»Hm«, sagte Inspector Hill und sah Brockway an, der immer noch ruhig gegen den Schreibtisch lehnte. Hill erhob sich. »Ich habe jetzt keine weiteren Fragen an sie, Mr. Bartleby, nur – sind Sie jemals in Behandlung gewesen wegen geistiger Störungen?«

»Nein.«

»Keinerlei Nervenzusammenbruch, irgendwann?«

»Nein.« Sydney stand ebenfalls auf: Wahrscheinlich hatte Alex ihnen erzählt, er sei nicht ganz richtig.

»Ich möchte noch ein paar Minuten zu Ihnen nach Hause kommen, wenn Sie nichts dagegen haben«, sagte Inspector Hill.

Natürlich hatte Sydney nichts dagegen.

»Wir können einen von unseren Wagen nehmen«, sagte Inspector Brockway. »Fahren Sie jetzt heim?«

Sydney hatte zwar noch in der Bibliothek vorbeigehen wollen, tat ihnen aber den Gefallen und sagte, ja, er fahre heim.

»Dann komme ich mit Inspector Hill nach. Die Adresse kenne ich ja«, fügte Brockway hinzu.

Sydney fuhr mit seiner üblichen Geschwindigkeit von etwa sechzig Stundenkilometern. Die beiden Inspectoren kamen knapp fünf Minuten später in Brockways schwarzem Wagen an.

Sie traten ins Wohnzimmer, und Inspector Hill blickte sich um und sah die Treppe und die oberen Stufen an, als schätze er mit den Augen den tödlichen Fall ab. Auf der Treppe lag ein ziemlich dicker Läufer, der jeden Fall gemildert hätte – und für jeden Mörder ein Hindernis gewesen wäre. Sie gingen nach oben; Sydney zeigte ihnen Alicias Atelier mit der angetrockneten Palette, auf der sich Staub sammelte. Sie blickten auch in das Zimmer, wo er arbeitete, und ins Schlafzimmer. Dann gingen sie nach draußen; Inspector Brockway zeigte vorn auf Mrs. Lilybanks' Haus. Sydney war nicht zum Mitkommen aufgefordert worden; er blieb deshalb im Haus. Natürlich wollte Inspector Hill sehen, wie weit der Eingangsweg und die Hintertür von Mrs. Lilybanks' Fenster entfernt waren.

Sydney schaute aus dem Fenster des Arbeitszimmer und sah, wie Inspector Hill den Blick auf den Boden geheftet hielt, als er das Rechteck des Gartens abschritt. Er ging auch in die Garage, öffnete die Türen weit, um das Licht hereinzulassen, und verschwand mehrere Minuten in der Garage. Dann blieben beide Männer zwischen der Garage und dem Garten stehen und redeten so lange miteinander, daß Sydney seine Beobachtung aufgab und sich an den Schreibtisch setzte. Die Milchrechnung war gekommen; er nahm sein Scheckbuch und schrieb einen Scheck aus, den er morgen früh in eine leere Milchflasche stecken wollte.

Als er die Männer durch die Hintertür hereinkommen hörte, ging er nach unten.

Inspector Hill lächelte ihn an und sagte: »Vielen Dank, Mr. Bartleby, daß ich mir alles ansehen durfte. Darf ich fragen, welche Pläne Sie mit dem Haus haben? Haben Sie vor, hier zu bleiben?«

»Ja«, sagte Sydney.

»Sie finden es nicht zu einsam?«

»Etwas, ja. Aber es macht mir nichts aus, allein zu sein. Weniger als den meisten Menschen.« Er ärgerte sich über seinen liebenswürdigen Ton. Schließlich sprach er zu einem Mann, der alles geglaubt hatte, was Alex ihm erzählt hatte.

Die beiden Inspectoren gingen.

Es war jetzt nach sechs. Sydney nahm den Wagen und fuhr nach Roncy Noll, um den *Evening Standard* zu holen. Mrs.

Hawkins war im Laden. Aber Sydney war entschlossen, es mit allen aufzunehmen und nicht wegen der Zeitung noch weitere vier Meilen nach Framlingham zu fahren, bloß um dem Zugeknöpften aus dem Weg zu gehen. Mrs. Hawkins zog sich in die hinterste Ecke des Ladens zwischen die Bonbongläser zurück. Der Zugeknöpfte kam auf ihn zu, und Sydney holte vier Pennies aus der Tasche und griff nach der Zeitung. Auf der Titelseite sah er zu seiner Überraschung ein Foto von sich selbst in weißem Hemd mit offenem Kragen, das Alicia in ihrem Elternhaus aufgenommen hatte, kurz nachdem sie in England angekommen waren. Wahrscheinlich hatten die Sneezums die Aufnahme an die Presse gegeben.

»Guten Abend«, sagte Sydney nicht unfreundlich. Eine Art Grunzen war die Antwort.

Er nahm sich die Zeitung erst vor, als er zu Hause war. Der Text unter dem Bild war sehr kurz und wenig präzise.

Gut informierte Quellen berichteten heute, daß ein naher Bekannter von Sidney Bartleby (dessen Ehefrau verschwunden ist) einige Klarheit in das Dunkel um die Persönlichkeit des jungen Amerikaners gebracht hat. Einzelheiten wurden nicht bekannt, doch heißt es, Bartleby sei ›nicht mit ganz normalen Maßstäben zu messen‹.

Der Teufel soll sie alle holen, dachte Sydney wütend. Wenn dieser Blödsinn den Ozean überquerte, würde sich das auf ›Die Planer‹ auswirken, wie es auch schon mit dem ›Schatten‹ geschehen war. Er warf die Zeitung auf den Boden. Wahrscheinlich hatte Alex behauptet, die ›Schatten‹-Stories stammten zum größten Teil von ihm und er hätte Mühe genug gehabt, Sydneys krause Ideen irgendwie mit einzubauen.

Plötzlich kam ihm ein Gedanke. Er ging in die Garage, drehte das Licht an und entleerte einen großen Papiersack, der alte Zettel und Papierabfälle enthielt. Zum Glück hatte er seit fast einem Monat nichts verbrannt. Er suchte eine Anzahl maschinengeschriebener, in der Mitte gefalteter Bogen heraus; auf den Rückseiten machte er stets seine Notizen für die ›Schatten‹-Exposés und für einzelne Kapitel seines Buches, wenn er beim Schreiben war. Er fand vierzehn solcher Faltbogen, alle bedeckt mit seiner kleinen Handschrift, mit skizzenhaften Diagrammen und numerierten Szenen. Natürlich hatte er im Haus die Kopien der Exposés, aber auf diesen Bogen fanden sich die wirklichen Anfänge, und alle stammten von ihm. Er ging ins Haus, um sie zu sortieren und festzustellen, was er in der Hand hatte, wenn es zum Kampf kam.

26

Sydney stellte fest, daß er die Notizen zum dritten, fünften und sechsten Teil der ›Schatten‹-Serie in Händen hatte, und daß sich das Gekritzel eigentlich nicht wesentlich von der endgültigen Fassung unterschied. Teil vier war irgendwo verlorengegangen oder weggeworfen worden; er hatte keine Lust, den ganzen Mülleimer zu durchwühlen, in der Hoffnung, die Zettel noch zu finden. Die Aufzeichnungen für die ersten beiden Stories waren leider schon vor Wochen verbrannt worden. Er heftete die Zettel mit einer Büroklammer zusammen und legte sie sorgfältig weg.

Am Dienstag, dem 23. August, kam ein kurzer Brief von Cecil Plummer beim Sender Granada. Darin stand, daß der Ankauf der ›Schatten‹-Serie unter den augenblicklichen Umständen verschoben werden müsse, ›bis die Lage geklärt ist‹. Der Vertrag, so hieß es, werde dann neu aufgesetzt und neu datiert werden. Sydney entsann sich, daß das Formular ein Datum und auch Plummers Unterschrift getragen hatte, als er es sah.

Der Aufschub war finanziell ein harter Schlag. Wer weiß, das hieß womöglich zwei Monate. Also kein Geld von Granada, bis der Vertrag unterzeichnet war; bis Ende September überhaupt keine Eingänge – dann erst kamen die vierteljährlichen dreihundert Dollar aus dem Nachlaß von Onkel Herbert. Hätte er doch bloß letzte Woche die Rechnung – achtundzwanzig Pfund – des Kolonialwarenhändlers in Framlingham nicht bezahlt; der war immer so entgegenkommend mit dem Anschreiben. Aber er hatte sie bezahlt, weil er ganz sicher mit dem ›Schatten‹-Geld gerechnet hatte.

Sydney suchte im Telefonbuch die Nummer von Potter & Desch, um eine Verabredung zur Besprechung der ›Planer‹ zu treffen. Eine sehr freundliche Sekretärin meldete sich.

»Miss Freemantle ist heute um vier Uhr frei. Würde Ihnen das passen?«

Ja, sagte Sydney, das sei ihm recht.

Nach der Verabredung war ihm leichter zumute. Er badete, rasierte sich zum zweitenmal und fuhr nach Ipswich, wo er den

Zug nach London nahm.

Die Verlagsräume von Potter & Desch lagen in der New Cavendish Street, im ersten Stock eines großen, alten Hauses, das etwas mitgenommen, aber sehr sauber aussah. Miss Freemantle, eine schlanke, bebrillte Dame von etwa fünfundvierzig, empfing ihn. Was sie vorbrachte, hatte Hand und Fuß. Ernestos Politik (früherer Kommunist, jetzt Trotzkist) war nicht klar durchdacht, und eine gegen frühere Liebhaber gerichtete Rede einer Frau war etwas zu gewichtig und wortreich ausgefallen für den Charakter der Sprechenden. Für diese Änderungen brauchte er nicht allzulange, aber das wäre ihm auch egal gewesen. Er unterschrieb den Vertrag in Miss Freemantles Gegenwart, nachdem er sich überzeugt hatte, daß er keine Klausel enthielt, die dem Verlag einen Prozentsatz an irgendwelchen Filmeinnahmen sicherte. Von Filmrechten stand nichts darin.

»Wir würden sehr gern Ihre beiden früheren Bücher kennenlernen, die Sie in Ihrem Brief erwähnt haben«, sagte Miss Freemantle. »Ist das wohl möglich?«

Das Telefon klingelte.

»O ja, natürlich. Ich schicke sie Ihnen diese Woche zu.«

Miss Freemantle nahm den Hörer auf, sprach einige Worte und sagte dann zu Sydney, daß Mr. Potter ihn gern noch sehen wolle und ihn bitten lasse, in sein Büro – die zweite Tür links auf dem Flur – zu kommen.

Sydney verabschiedete sich von Miss Freemantle in rosiger Stimmung, das Manuskript unter dem Arm. Er klopfte an Mr. Potters Tür.

Mr. Potter, groß und dunkelhaarig, mit Brille, erhob sich und begrüßte Sydney.

Ein paar Minuten ging alles gut, dann sagte Mr. Potter: »Also, Mr. Bartley, wir wollen Ihr Buch bestimmt nehmen, aber Sie werden gewiß verstehen, daß wir es nicht herausbringen können, bis die Sache mit Ihrer Frau geklärt ist. Es tut mir sehr leid, aber Sie sind doch auch der Meinung, daß ein neues Buch nicht von vornherein mit einer Sache belastet werden darf, die mit dem Buch überhaupt nichts zu tun hat, nicht wahr.«

Sydney fühlte, wie ihm das Blut ins Gesicht stieg. Er schluckte seinen Stolz hinunter und sagte: »Aber Sie wollten das Buch doch bringen. Es steht fest, daß Sie es herausbringen.«

Mr. Potter zögerte: »Ich fürchte, noch nicht ganz.«

Sydneys Laune war nicht mehr so rosig, als er das Haus verließ. Er wußte, er würde trotz Vertrag die Partie verlieren, wenn er versuchte, Potter & Desch zur Veröffentlichung innerhalb von etwa sechs Monaten zu zwingen. Und wer wollte es schon von vornherein mit seinem Verlag verderben, selbst wenn er recht behielt?

Er besorgte sich ein paar Shillingmünzen in einem Laden, fand eine Telefonzelle und rief das Postamt in Angmering, Sussex, an.

»Hallo«, sagte er, als sich eine Männerstimme meldete. »Könnten Sie mir bitte die Adresse der Leamans in Angmering geben?«

»Die Leamans? Moment mal.« Gelassen, als sei dies ein Ortsgespräch, legte der Postbeamte den Hörer hin und kam nach einer Minute wieder. »Ich höre gerade, sie sind nach Lancing gezogen.«

Sydney war der Ort bekannt. »Haben sie eine genaue Anschrift hinterlassen?«

»Nein, bloß Lancing.«

»Vielen Dank.«

Er nahm den nächsten Zug zurück nach Ipswich und holte seinen Wagen. Zu Hause sah er Lancing auf der Karte nach, um es richtig zu schreiben, und schrieb dann auf seiner Schreibmaschine den folgenden Brief:

Liebe Alicia,
ich weiß schon seit einiger Zeit, wo Du bist; und obgleich ich es immer noch für Deine Privatsache halte und Dir das Recht zugestehe, Dich verborgen zu halten, wäre ich Dir doch sehr dankbar, wenn Du Dich jetzt melden und sagen würdest, daß Du noch am Leben bist. Wenn Du willst, kannst Du ja danach wieder verschwinden. Bitte glaub mir, daß ich keinerlei Groll gegen Dich hege und auch hoffe, daß Du mir nicht böse bist. Ich würde Dir vorschlagen, daß Du zu Deinen Eltern gehst. Du brauchst mich nicht zu treffen, wenn Du nicht willst. Aber Dein Fortbleiben macht mein Leben und meine Arbeit immer schwieriger. Mit vielen herzlichen Grüßen

Syd.

Er las den Brief noch einmal durch, steckte ihn in einen Umschlag und verschloß ihn. Milde genug war er ja wohl. Drohungen hatten bei Alicia nicht den geringsten Sinn; im Geiste hatte er während der Fahrt nach Suffolk böse und drohende Briefe aufgesetzt, in denen auch Edward Tilbury erwähnt wurde. Aber er wußte, wie es in Alicia ausah: sie schämte sich, weil sie mit Mr. Tilbury zusammenlebte, und hatte wahrscheinlich mehr Angst vor ihrer Familie als vor der Öffentlichkeit. Und doch war es unvorstellbar, daß sie zur Polizei ging, daß sie dort anrief oder auf einer Revierwache erschien und sagte: »Ich heiße Alicia Bartleby. Hier bin ich.« Deshalb hatte Sydney ihr vorgeschlagen, sich über ihre Familie zu melden. Die Familie war immer noch eine Art Nest, in dem sie Schutz fand. Außer wenn sie beschloß, an Tilburys Arm auf einer Polizeiwache zu erscheinen, aber Sydney glaubte nicht, daß Tilbury dazu den Mut hatte. So sah er nicht aus. Sydney fuhr mit dem Wagen nach Framlingham und steckte den Brief ein, weil dort der Briefkasten später geleert wurde als in Roncy Noll. Sie sollte den Brief morgen haben.

Am nächsten Morgen fand Sydney auf dem Fußboden unter dem Briefkastenschlitz einen Brief von Dreifuss, Scott & Co., seinen amerikanischen Agenten. Er öffnete ihn ungeduldig. Der Brief kam von Jim Dreifuss und lautete:

22. August

Lieber Syd,
S. & S. waren durchaus interessiert an den ›Planern‹ (mir hat es auch gefallen, das brauche ich wohl kaum zu sagen; ein großer Fortschritt), aber sie haben Bedenken, weil hier so viel über Dich gequatscht wird. Zuletzt gezielte Schüsse in einer der Klatschspalten. Außerdem wurde natürlich im Juli viel geredet, als Deine Frau verschwand. S. & S. wollen abwarten, bevor sie sich festlegen, aber ich nehme sicher an, nachher geht es in Ordnung . . .

Sydney wurde etwas schwach. Er ging in die Küche und fing automatisch an, sich Kaffee zu machen.

Ob Alicia in diesem Moment den Brief öffnete? Sydney hoffte es. Schade, daß er nicht geschrieben hatte: wenn du nicht innerhalb von vierundzwanzig Stunden zu deinen Eltern gehst, mein Kind, dann komme ich hin und hole dich. Aber er hatte es nicht gesagt und konnte sich gut vorstellen, wie Alicia die folgende Woche in panischer Angst verbrachte. Sydney trank eine Tasse Kaffee. Essen mochte er nichts.

Um elf Uhr kam Inspector Brockway vorbei, um Sydney zu bestellen, daß er vielleicht von Scotland Yard nach London gerufen werde, um weitere Fragen zu beantworten. »Man wird Sie vielleicht ein paar Tage dort haben wollen«, sagte Brockway. »Sie wollen Ihnen zusammen mit Mr. Polk-Faraday noch ein paar Fragen stellen, glaube ich.«

Sidney hielt einen Brief an Jim Dreifuss in der Hand, den er gerade hatte einstecken wollen und in dem er geschrieben hatte, er sei ganz sicher, daß die ganze Sache jetzt innerhalb von drei Tagen aufgeklärt sein werde, er könnte nur Jim noch nicht sagen, wieso. Auf die Bestellung antwortete er Brockway: »Es tut mir leid, Inspector, aber ich möchte nicht hinfahren.«

Der Inspector lächelte flüchtig. »Wenn Sie nicht hinfahren, kommen sie zu Ihnen. Es geht nicht darum, daß Sie etwa zwangsweise nach London gebracht werden, aber Sie können es nicht ablehnen, die Fragen zu beantworten, die man Ihnen stellt. Fragen, die die Polizei uns stellt, müssen wir alle beantworten. Das ist doch nicht mehr als vernünftig, nicht wahr?«

Sydney wußte kaum noch, was vernünftig und was nicht vernünftig war. Aber er mußte wohl Alicia noch einmal drängen; sein Brief war nicht stark genug gewesen.

»Haben Sie irgendwas Neues?« fragte der Inspector und warf einen Blick auf den Brief, den Sydney in der Hand hielt.

»Nein, leider nicht.«

Als der Inspector das Haus verlassen hatte, wartete Sydney, bis der Wagen um die Ecke gebogen und verschwunden war; dann fuhr er nach Roncy Noll und steckte seinen Brief nach Amerika ein. Im Postamt saß Mrs. Naylor am Schalter; aber es war Sydney jetzt gleichgültig, was sie dachte, er schrieb ein Telegramm aus und überreichte es ihr. Es lautete:

> BITTE MELDE DICH BIS MORGEN DONNERSTAG BEI DEINEN ELTERN SONST MUSS ICH DICH HOLEN – SYD.

Am Nachmittag kam weder ein Antworttelegramm von Alicia noch ein freudiger Anruf ihrer Eltern, sie sei auf dem Weg nach Kent, noch ein Anruf der Polizei des gleichen Inhalts, sondern ein vulkanartiger Ausbruch von Alex in Form eines zwei Seiten langen Briefes.

... So, mein Teuerer, jetzt hast Du es. Der ›Schatten‹ ist verschoben, und das bedeutet, wie Du weißt, aus, abgelehnt, tot. Genau wie ich gesagt habe.
Ich habe der Polizei mitgeteilt, daß Deine eigene Frau einmal mit mir über Deinen Geisteszustand gesprochen und mich gefragt hat, ob ich nicht fände, Du seist nicht ganz richtig. Das halte ich für bedeutsam. Du bist schon seit einiger Zeit nicht imstande, etwas anderes als wilde und unlogische Farcen zusammenzustellen (Du wirst Dich erinnern, daß ich die Handlung unserer Stories tausendmal ins normale Gleis zurücksteuern mußte), oder aus der Luft gegriffene Melodramen, die Du wie eine Spinne zusammenspinnst. Aber Du wirst Dich in Deinem eigenen Netz fangen, Syd – Du bist schon jetzt darin gefangen. Ich rate Dir zu Deinem eigenen Besten, bewahre Dir den letzten Rest von Vernunft und lege bei der Polizei ein volles Geständnis ab. Berufe Dich auf Geisteskrankheit, das wird die Sache mildern. Ich glaube, daß Du Alicia umgebracht hast und jetzt selber irgendwie überzeugt bist, daß Du es nicht getan hast, nachdem Du es am Anfang frech zugegeben und sogar selbst verkündet hast. Aber jetzt möchtest du lieber glauben, alles sei ein Traum gewesen, nichts als ein Thema für eine Deiner Geschichten. Hittie ist derselben Ansicht, Du brauchst nicht anzunehmen, sie sei auf ›Deiner Seite‹ oder ich hätte sie zu meiner Meinung überredet. Sie denkt genauso über Dich wie ich ...

Es würde ihr ja sonst auch schlecht bekommen, dachte Sydney. Die letzte Seite überflog er nur; es war eine donnernde Predigt zur Verteidigung seiner Arbeit (die Zettelnotizen konnten sich also womöglich doch noch als nützlich erweisen, dachte Sydney) und seiner *Familie,* über Gerechtigkeit, über saubere und normale Gesinnung und die Würde einer ordnungsliebenden Gesellschaft. Alles schmeckte stark nach Sneezums.

Alicia mußte das Telegramm bis ein oder zwei Uhr mittags erhalten haben, spätestens bis vier – außer natürlich, wenn sie aus Lancing weggezogen war oder nie dort gewohnt hatte. Doch nichts rührte sich bis Mittwoch abend, und als er schließlich zu Bett ging, konnte er vor zorniger Ungeduld und Enttäuschung stundenlang nicht einschlafen.

27

Am Montag nachmittag las Alicia in den Abendblättern, ein ›guter Bekannter‹ von Sydney habe ihn praktisch als Psychopathen hingestellt. Bei der Vorstellung von Sydneys Wut auf Alex wurde sie unruhig. Ganz sicher war der ›gute Bekannte‹ Alex Polk-Faraday. Bisher hatte sie von Alex' Äußerungen durch Vassily gehört, der sie von Inez und Carpie erfuhr und an Edward weitergab. Aber diese Aussage hatte Alex vor der Polizei und der Presse gemacht. Sydney mußte sich mit Alex wegen der ›Schatten‹-Serie gestritten haben. Es sah Sydney sehr ähnlich, daß ihm der Kragen platzte und er alles verdarb, wenn er an der Schwelle des Erfolges stand.

Dann kam am Mittwoch Sydnevs Brief und wenige Stunden später das Telegramm. Jetzt verlor Alicia den Kopf. Sydney wußte also, wo sie war, und kannte sogar ihren Namen! Dann wußte er auch, daß der Mann, mit dem sie zusammenlebte, Edward Tilbury war. Er hatte ihr nachspioniert und es natürlich sehr schlau angefangen. Alicia trank mehrere Whiskies, um sich zu beruhigen, aber um drei war sie in einer solchen Verfassung, daß sie nicht mehr stillsitzen konnte. Sie war allein, und zwar schon seit Montag früh. Sie hatte jetzt das Gefühl, Sydney könnte jeden Augenblick ins Haus einfallen und sie zusammenschlagen, bevor er die Polizei rief. Gegen vier Uhr tat sie etwas Niedagewesenes: sie rief Edward in seinem Londoner Büro an. Sie mußte lange warten, bis er aus einer Konferenz gerufen wurde, und als er ans Telefon kam, war er ärgerlich.

»Ich mußte dich anrufen, Edward. Ich bin in furchtbarer Verfassung.«

»Ich habe dringend zu tun. Kann ich zurückrufen?«

»Kannst du heute abend herkommen? Kommst du, ja? Es ist etwas passiert, aber ich kann am Telefon nichts sagen.«

»Gut. Ich weiß nicht, ob ich es vor neun schaffe«, sagte Edward kurz und hängte ab.

Er kam fünf Minuten vor neun. Alicia hatte gehofft, er werde den Zug um sieben Uhr dreißig von London nehmen, und hatte seit einer Stunde andauernd auf die Uhr gesehen. Als sie endlich seine schnellen Schritte auf dem gepflasterten Weg hörte, fiel sie vor Erleichterung innerlich zusammen. Er drückte auf die Klinke, zog dann seinen Schlüssel heraus und sah erstaunt, daß Alicia zusammengekauert in der Sofaecke saß.

»Warum hast du nicht aufgemacht? Was ist los, Alicia?«

»Ach, gar nichts. Jetzt bist du ja da«, antwortete sie und stand auf. »Soll ich dir einen Drink machen?« Sie merkte, daß sie nicht ganz gerade gehen konnte; sie hatte zuviel getrunken – mehr als ein Drittel der Flasche, und genutzt hatte es gar nichts.

»Nun komm mal her, was ist denn los? Hat jemand was zu dir gesagt?« Edward warf seine Mappe und den Hut hin und folgte ihr in die Küche.

Was immer Edward jetzt fragen wollte: Alicia war entschlossen, ihm kein Wort davon zu sagen, was sie von Sydney gehört hatte. Wie es dann weitergehen sollte, wußte sie allerdings nicht. Sie hatte Sydneys Brief und das Telegramm verbrannt. »Ja, sozusagen«, sagte sie schließlich. »Ich wurde so entsetzlich nervös heute, auf der Straße. Ich wollte etwas kaufen – und kam zurück mit gar nichts.« Sie goß Whisky in zwei Gläser.

»Schön, mein Herz. Hast du irgend jemand gesehen? Hat ein Polizist dich angeredet?«

»Nein.«

»Hast du jemand getroffen, den du kennst?«

»Nein, nein, gar nichts.« Sie gab ihm das Glas und lächelte. »Vielleicht – vielleicht krieg ich ein Kind.«

»Aber du hast doch gesagt . . .«

»Ja, schon. Nein, ich glaub's ja auch gar nicht.« Sie tranken im Stehen und schwiegen eine Weile. Besorgt sah Edward sie an. Sie wußte: sobald das Glas halb geleert war, würde er ihr wieder die alte Rede halten, daß sie zu ihren Eltern zurückgehen müsse. Und wie sollte es dann weitergehen?

Die Rede kam, und sie hörte kaum zu. Immer dieselben Argumente, sogar dieselben Worte. Alicia wußte nur eins, sie mußte Edward bei sich haben, sonst war es um sie geschehen. Hier oder in London oder sonstwo, aber neben sich. »Ich gehe nicht zurück, nun hör schon auf damit«, unterbrach sie ihn endlich mit mehr Energie, als sie sich zugetraut hatte.

»Aber offensichtlich kannst du die Anspannung nicht mehr ertragen. Und ich auch nicht viel länger.«

»Würdest du – mit mir kommen, zu meinen Eltern?« fragte sie.

»Nein. Das kann ich nicht. Es gehört sich nicht. Das wäre unmöglich.« Er zündete sich eine Zigarette an. »Aber ich glaube, ich muß jetzt den Anfang machen und nach London zurückfahren. Du wirst nie etwas unternehmen, wenn ich es nicht tue. Ich muß zurückfahren und dort bleiben. Und zwar jetzt. Heute abend.« Er ging ruhelos im Zimmer auf und ab.

»O Edward, verlaß mich nicht!« Alicia war den Tränen nahe.

Er lächelte und klopfte ihr auf die Schulter. Sie stand neben dem Sofa. »Darling, ich warte doch auf dich, das weißt du. Was auch kommt, wir stehen es zusammen durch. Aber ich darf es nicht riskieren, meine Stellung zu verlieren – es wäre verdammt schwer, eine andere zu finden.« Starke Erregung sprach aus seiner Stimme.

»Dann bleib bei mir«, flehte sie.

»Das kann ich nicht, mein Herz. Verzeih, aber ich kann es nicht. Ich muß jetzt gehen.« Er begann – erst zögernd, dann mit mehr Überlegung – seine Sachen zusammenzusuchen, um seinen Koffer zu packen, der im Schlafzimmerschrank stand.

Alicia durchfuhr der unsinnige Gedanke, daß sie Edward zweiundsiebzig Pfund schulde, da er seit ihrem Zusammensein fast alle Rechnungen bezahlt hatte. Sie konnte das mühelos von den hundert Pfund nehmen, die am 2. September auf der Bank in Ipswich sein mußten. Noch vor einem Monat, daran entsann sie sich, war alles, was Geld betraf, für sie mit peinlichster Verlegenheit verbunden gewesen. Jetzt war Geld etwas Lächerliches, verglichen mit dem Zusammenbruch ringsum. Sie hob ihr Glas und versuchte, es auf einmal zu leeren, was ihr auch fast gelang bis auf einen fingerbreiten Rest. Als Edward wieder ins Zimmer kam, saß sie vornübergeneigt und hustete; sie wandte sich um und stürzte zur Tür.

Draußen war es kühl. Sie rannte hinaus in die Dunkelheit, schneller, immer schneller. Hinter sich hörte sie Edwards Stimme, die ihren Namen rief.

28

Donnerstag morgen zog klar und sonnig mit freundlichsten Temperaturen herauf. An einem solchen Tag bekam jede Arbeit und jedes Problem, das man vor sich hatte, einen optimistischen Glanz, fand Sydney. Er begann auch an Alicia mit Optimismus zu denken. Um halb neun malte er sich aus, daß sie – noch in Lancing – jetzt aufwachte und ebenfalls frohen Mutes an die heutige Rückkehr zu ihren Eltern dachte. Na schön, vielleicht war sie nicht gerade frohen Mutes, aber gehen würde sie, und wahrscheinlich auch heute, weil die Sonne so schön schien. Wenn es regnete, so hätte sie vielleicht einen Rückzieher gemacht, oder die Rückkehr verschoben, oder sich einfach geweigert.

Sydney saß im Wohnzimmer in der Sonne und schrieb in eins seiner Notizbücher. Ihm war der erste Gedanke gekommen für ein neues Buch, und er wollte ihn festhalten, bevor ihm der Einfall womöglich in der Atmosphäre von Scotland Yard verlorenging. Er kam nicht sehr weit in den fünf Minuten, die er schrieb, aber der Einfall war immerhin zu Papier gebracht, wie der Anfang eines Traums oder eines Gedichtes; später würde er schon wachsen.

Sydney fuhr zusammen, als das Telefon klingelte. Das war gewiß die Polizei, die ihm sagen wollte, daß Alicia zu Hause war. Vielleicht auch ihre Mutter.

»Hallo?« sagte Sydney.

»Mr. Bartleby? Hier Inspector Hill.«

»Ja?« sagte Sydney gespannt.

»Können Sie heute nachmittag gegen sechs nach London kommen, Mr. Bartleby? Ich würde es gern früher einrichten, aber vorher bin ich besetzt«

»Jaah – ich habe auch viel zu tun und erwarte heute einige wichtige Anrufe. Ginge es vielleicht morgen ...«

»Tut mir leid«, unterbrach ihn Inspector Hill in einem Ton, der jede Weigerung ausschloß.

Und das um zehn Uhr morgens. Für Sydney war der Tag verdorben.

Kein weiterer Anruf kam, bis er, unruhig und deshalb frühzeitig, kurz nach drei Uhr nach Ipswich aufbrach. Er war in schlechtester Stimmung – deprimiert, mutlos und zornig. Wenn Alicia heute nicht nachgab, konnte sie was erleben. Er malte sich aus, wie er in die Cottage oder was sie sonst in Lancing bewohnten, hineinstürmte, Alicia an den Haaren herauszog und nebenbei mit der freien Hand Tilbury noch einen Kinnhaken versetzte. Vielleicht konnte er heute nach dem polizeilichen Interview noch nach Lancing fahren. Oder wenn sie in Scotland Yard unangenehm wurden, gab er ihnen einfach die Adresse von Mr. und Mrs. Leamans in Lancing. Dann mochte die Polizei den Rest besorgen.

Im Bahnhof von Ipswich schlenderte Sydney hinüber zum Zeitungskiosk, nachdem er seine Fahrkarte gekauft hatte. Er las die Schlagzeile im *Evening Standard:* Vermißte Frau tot aufgefunden, darunter das Foto einer Felsklippe; ein Pfeil deutete auf einen hellen Fleck am Fuß der Felsen. Sydney kaufte die Zeitung. Der Bericht stand auf der Titelseite.

Die Polizei nahm an, daß es gestern abend passiert war, aber die Leiche war erst am Vormittag gefunden worden.

Und während der Schmerz ihm die Brust zusammenschnürte, las Sydney die Meldung, die seine Ahnung bestätigte.

Einwohner von Lancing haben die Tote als Mrs. Eric Leamans identifiziert, die vor kurzem mit ihrem Mann eine möblierte Villa in der Stadt gemietet hatte. Mr. Leamans war nicht im Haus. Bei einer Durchsuchung der Villa wurde nur Mrs. Leamans Kleidung, nicht die ihres Mannes, gefunden; auch fand man keinerlei Hinweis auf die Identität, die jetzt bezweifelt wird. Mrs. Leamans hatte blondes, aber rotgefärbtes Haar; diese Tatsache sowie die Initialen A. B. auf dem Schlüsselring in ihrer Rocktasche führten die Polizei zu der Annahme, es handle sich bei der Toten um die 26jährige Mrs. Alicia Bartleby aus Suffolk, die seit dem 2. Juli vermißt wird. Weder bei der Leiche noch im Haus fand sich eine Handtasche. Die Untersuchungen dauern bei Redaktionsschluß noch an.

Der Bericht war sicher seit Mittag im Rundfunk durchgegeben worden; sie mußten jetzt wissen, daß es Alicia war – selbst wenn ihr Gesicht schwer verletzt war. Sydney erschauerte.

War sie selbst gesprungen? Oder hatte Tilbury sie hinuntergestoßen?

Mr. Leamans war nicht im Haus. Er hatte sich also offensichtlich davongemacht. Oder hatte Alicia am Abend ein paar Glas getrunken, weil sie einsam war und panische Angst hatte vor der Entscheidung, ob sie zu ihren Eltern heimkehren oder noch weiter ausharren sollte, und hatte sich dann über die Felskante hinuntergestürzt? Sydney konnte sich nicht vorstellen, daß sie sich in einen solchen Zustand hineinsteigerte. Aber er konnte sich sehr wohl vorstellen, daß Tilbury sie zur Umkehr gedrängt hatte, bevor man sie beide fand – oder vielmehr bevor man ihn fand und er aus seiner glänzenden Stellung entlassen wurde; und das hatte Alicia sicher nicht gewollt. Vielleicht hatte es große Streitigkeiten gegeben. Wenn Tilbury sie hinuntergestoßen hatte und hoffte, es käme nicht heraus, so war das ganz aussichtslos. Ingrimmig malte sich Sydney alle Einzelheiten aus, die ihn zu Fall bringen mußten: Fingerabdrücke im ganzen Haus, die Beschreibung, die die Bewohner von Lancing von ihm geben würden; seine dauernde Abwesenheit von London an den Wochenenden seit einiger Zeit, und vor allem der Versuch, alle identifizierbaren Sachen aus dem Haus zu räumen. Da man keine Handtasche gefunden hatte, sah es so aus, als sei Tilbury gestern abend da gewesen; er mußte völlig den Kopf verloren haben, weil er so töricht gewesen und weggelaufen war. Sydney überlegte, ob er wohl gestern abend noch nach London zurückgefahren und heute wie üblich an seinem Arbeitsplatz erschienen war.

Tilbury mochte den Tag in einiger Nervosität verbracht haben, aber vermutlich noch als freier Mann, da die Polizei ihn noch nicht identifiziert hatte. Sydney sah auf die Uhr: zehn Minuten nach vier. In einer Stunde etwa würde er sein Büro verlassen und sich in seine Wohnung in der Sloane Street begeben, wenn die Polizei bis dahin seine Spur nicht aufgenommen hatte, und warum sollte das so schnell geschehen? Es war sogar denkbar, daß sie ihm überhaupt nicht auf die Spur kamen, wenn Vassily und Carpie und Inez beschlossen, den Mund zu halten.

Sydney fluchte auf Tilbury, als er den Zug bestieg. Was auch in Lancing vorgefallen war: alles war Tilburys Schuld. Er freute sich plötzlich darauf, nach London zu fahren. Vielleicht kam er etwas später nach Scotland Yard.

Im Zug saß er, sann und plante und sann. Einfälle wuchsen in seinem Kopf wie Wolken am Himmel und waren ebenso schnell wieder verschwunden. Es war herrlich, sich so etwas auszudenken. Die Gedanken schossen wie Blitze durch nebelhafte Visionen.

Der endgültige Plan war nicht ganz gefahrlos – welcher Plan war das schon? –, aber mit etwas Mut mußte er eigentlich gelingen. Die Chance zum Erfolg – das heißt zum Gelingen des Vorhabens, ohne daß er unterbrochen wurde – stand etwa neun zu eins, wenn er sofort handelte. Wurde er unterbrochen, bevor er begann, so war er ebenfalls sicher. Kam die Unterbrechung, während er noch dabei war, so war er nicht so sicher. Das war dann eben Pech.

Um fünf Uhr zwanzig war er in London und nahm am Bahnhof Liverpool Street einen Bus nach Kensington. In Knightsbridge stieg er aus, ging in eine Apotheke und erstand mühelos eine große Packung Schlaftabletten namens Dormor. Es war wahrscheinlich kein starkes Mittel, aber ohne Rezept bekam er keine anderen. Hoffentlich hatte Tilbury noch stärkere im Haus. In der Apotheke war lebhafter Betrieb; man würde sich kaum an ihn erinnern. Hoffentlich war es nicht nötig, Tilbury auch noch – wenn nichts Stärkeres im Haus war – die Pulsadern aufzuschneiden. Sydney war nicht sicher, daß er das fertigbrachte.

Es war jetzt fast sechs. Sydney bog in die Sloane Street ein und suchte die Hausnummer. Es war ein mittelgroßes, vierstöckiges Haus mit zwei kleinen, konventionellen Steinpfeilern an der Haustür. Die Hausglocken wiesen fünf Namen auf, einer davon war E. S. Tilbury.

Sydney drückte auf die Klingel.

Nichts rührte sich. Sydney wartete eine ganze Weile.

Er klingelte von neuem, zweimal fest und energisch.

Endlich ertönte das Summerzeichen des Türöffners, und Sydney trat in eine blankpolierte und gutgehaltene Eingangshalle mit teppichbelegten Treppen. Es war immerhin möglich, daß die Polizei gerade bei Tilbury war; in diesem Falle hatte er nur im Vorbeigehen einmal hereinsehen und mit Tilbury sprechen wollen, weil ihm einige Gerüchte zu Ohren gekommen waren. Die Pillen steckten wohlverwahrt in seiner Jackentasche.

Tilbury lehnte oben über dem Treppengeländer. »Was – wer ist da?«

»Ich, Sydney«, sagte Sydney freundlich. Tilburys Wohnung war im dritten Stock. »Guten Abend, Edward.«

Im zweiten Stock kam eine Frau mit einem Hund an der Leine aus der Tür, sah Sydney kurz an und ging vorbei. Pech, dachte er.

Tilbury richtete sich auf und trat einen Schritt zurück. Die Wohnungstür hinter ihm stand offen. Er sah erschreckt und verängstigt aus; Sydney sah, daß er entweder betrunken oder einem Nervenzusammenbruch nahe war. Sein Jackett stand offen und ebenso der Kragen; die Krawatte hing lose herab.

»Haben Sie ein paar Minuten Zeit?« fragte Sydney.

»Ja – ich denke schon. Mein Gott, ja, selbstverständlich. Ich wollte Sie auch schon sprechen.« Tilburys mittelgroße Gestalt schwankte ein wenig, als er durch die Wohnungstür schritt.

Sydney folgte ihm in einen tadellos aufgeräumten, konventionellen Wohnraum mit Perserteppich, Bücherschrank und Tischlampe. Auf dem Rauchtisch stand ein halb ausgetrunkener Highball und ein Aschenbecher mit einem Dutzend Zigarettenstummel.

»Sie wissen es natürlich schon – mit Alicia«, sagte Tilbury und sah Sydney aus verzweifelten, rotgeränderten Augen an.

»Natürlich«, erwiderte Sydney.

»Möchten Sie nicht Platz nehmen ...?« fragte Tilbury und wies auf das grüne Satinsofa.

»Nein.«

Tilbury blickte Sydney unsicher an, wandte sich zu seinem Highballglas um, hielt inne und öffnete die Hände. »Ich – Verzeihung« – er knotete den Schlips und zog den Kragen an dem dicklichen Hals zurecht. »Ich bin heute schon gegen drei aus dem Büro gekommen. Konnt's nicht mehr aushalten. Ich mußte – ich hab wohl einiges getrunken.«

»Na, das macht doch nichts«, sagte Sydney. Er stand etwa anderthalb Meter von Tilbury entfernt.

Tilbury nahm sein Glas. »Oh, entschuldigen Sie. Trinken Sie etwas?«

»Nein«, sagte Sydney mit leichtem Lächeln. »Trinken Sie nur zu.«

Tilbury blickte zu Boden. »Ich muß mich bei Ihnen entschuldigen. Erklären, meine ich natürlich. Es hat mich fast umgeschmissen, gestern abend. Nämlich gestern abend ...« Er sah zu Sydney auf. »Ich rannte im Dunkeln hinter Alicia her. Sie war in fürchterlicher Aufregung, und ich versuchte sie zu bewegen, daß sie nach Hause zurückging, zu ihren Eltern. Das hatte ich schon vorher versucht. Oft schon. Gestern hatte sie reichlich getrunken, bevor ich hinkam. Sie war ungewöhnlich aufgeregt. Sie sagte, es sei was passiert, aber sie wollte mir nicht sagen, was. Dann stürzte sie hinaus. Im Dunkeln habe ich sie eine Weile aus den Augen verloren. Sie war auf der Straße, die am Strand entlangführte. Einmal habe ich sie eingeholt und hatte schon ihre Hand gefaßt, aber sie riß sich wieder los. Sie rannte weiter und stürzte sich die Klippe hinunter, bevor ich irgend etwas tun konnte.« Edwards freie Hand öffnete sich schlaff. Er blickte Sydney an.

Sydney wußte nicht, ob er ihm glauben sollte oder nicht. Wenn Tilbury sie schon bei der Hand gepackt hatte, warum hatte er sie dann wieder losgelassen? Weil er sie loslassen wollte? Oder war die ganze Geschichte eine Tarnung, und Tilbury hatte sie hinuntergestoßen?

»Ich weiß gar nicht, was das Büro von mir denken wird«, murmelte Tilbury; er lockerte die Krawatte wieder und trank einen Schluck aus seinem Glas.

Das Büro, natürlich; das war für ihn das Wichtigste. »Sie sind also weggelaufen. Gestern abend«, sagte Sydney.

»Ja, ich . . .«

»Oh, ich verstehe das. Wirklich. Und dann haben Sie alles aus dem Haus entfernt, was auf Sie deuten konnte.«

»Ich war in einer furchtbaren Verfassung gestern abend, nach dem Schrecken. Es war – vielleicht war es nicht ganz richtig, aber ich wußte überhaupt nicht, was ich tat.« Tilburys Augen baten Sydney um Zustimmung, um Verzeihung.

»Die Polizei hat Sie doch noch nicht vernommen, oder?«

»Nein, und ich – na ja, ich hoffe, sie tut es auch nicht. Das alles tut mir ganz entsetzlich leid. Ich habe Alicia geliebt. Ich wollte nicht, daß ihr irgend etwas zustieß. Im Gegenteil, ich – ich versuchte sie zu überzeugen, daß wir Sie in große Schwierigkeiten brachten. Oder vielmehr, daß sie das tat, weil sie nicht zu ihren Eltern zurückwollte. Aber an Alicias Tod bin ich nicht schuld. Ich hätte sie gerettet, wenn ich gekonnt hätte. Wenn ich jetzt in die Sache hineingezogen werde, ist meine Karriere vernichtet. Und ganz unnötig, nicht wahr.« Wieder blickten die geröteten Augen Sydney an.

»Ach, ich glaube nicht, daß Sie hineingezogen werden.«

Tilbury blickte ihn verwirrt und zweifelnd an. Unter seinen Augen hingen kleine, dickliche Säckchen der Erschöpfung; man konnte sich vorstellen, wie er in etwa zehn Jahren aussehen würde, wenn ihm noch so viele Lebensjahre beschieden waren. Er war blaß, und feine Schweißtropfen standen ihm auf der Stirn. Er ging hinüber zu einem Bartischchen und füllte sein Glas nach.

»Ist jemand über Ihre Beziehung zu Alicia orientiert?«

»Ich weiß nicht«, sagte Tilbury und warf Sydney über die Schulter einen Blick zu. »Einige Leute haben es wohl geahnt. Aber vielleicht sagen sie nichts.«

»Sie brauchen ein Beruhigungsmittel, Edward. Tun Sie mal eine oder zwei Schlaftabletten da rein in Ihr Glas.«

»Was?« Tilbury drehte sich um, das Glas in der Hand.

»Schlafmittel. Haben Sie welche?«

Edward lächelte kindisch. »Ja, aber – ich brauch sie jetzt nicht. Ich nehme was, bevor ich zu Bett gehe. Gestern abend hat's mir aber nichts genützt.«

»Nehmen Sie jetzt eine. Los«, sagte Sydney und machte einen Schritt auf Tilbury zu.

Tilbury wußte nicht, was er davon halten sollte. Er trat einen Schritt zur Seite, als Sydney näher kam.

»Wo sind sie? Im Badezimmer? Los, holen Sie sie«, sagte Sydney.

»Ja.« Gehorsam schritt Tilbury auf eine Tür zu, die vom Wohnzimmer abging. »Ich brauch sie aber jetzt gar nicht.«

»O doch«, sagte Sydney und folgte ihm.

Im Badezimmer öffnete Tilbury die Tür des Medizinschränkchens, zögerte und sagte: »Ich hab wohl gestern abend die letzte genommen.« Er schloß das Schränkchen.

Sydney öffnete die kleine Tür und sah drei oder vier Plasticbehälter mit Pillen neben vielen kleinen Fläschchen stehen. Einer mit gelben Pillen stand vorn und sah ganz vielversprechend aus. »Sind das nicht welche?« fragte er und nahm den Behälter heraus.

»Nein«, sagte Tilbury in einem Ton, dem Sydney entnahm, daß er log.

Sydney blickte ihn an.

»Ach ja, doch«, sagte Edward unsicher mit erschrecktem Lächeln.

Sydney schob eine Pille auf seine Hand, hielt sie Tilbury hin und sagte: »Die brauchen Sie.«

»Nein.« Tilbury schüttelte den Kopf.

Sydney packte ihn vorn am Jackett. »Sie nehmen sie jetzt, oder ich schlag Sie zu Brei.«

Bebend nahm Edward die Pille und schob sie sich in den Mund. Er trank seinen Highball nach.

»Hier, noch eine. Zwei sind besser als eine.«

Beim Anblick der zweiten Pille auf Sydneys Hand wollte sich Tilbury weigern, aber Sydney schob seine Hand näher und berührte mit den Fingerspitzen Tilburys Brust. Tilbury nahm die Pille und schluckte sie.

»So.« Sydney lächelte. »Jetzt fühlen Sie sich gleich besser, nicht wahr. Das ist viel besser für Sie als Whisky.« Er verließ das Badezimmer und behielt den Behälter mit den Schlaftabletten bei sich.

Tilbury kam ins Wohnzimmer zurück.

»Setzen Sie sich hin«, sagte Sydney.

Tilbury blickte auf das Telefon. Sydney stand zwischen ihm

und dem Apparat. Tilbury wandte sich um und stürzte zur Tür.

Sydney packte ihn, bevor er sie erreichte, und riß ihn mit einer Kraft zurück, die ihn selbst erstaunte und die Tilburys Hals herumriß. »Da sehen Sie, wie nervös Sie sind. Nehmen Sie gleich noch zwei.« Er stellte sich mit dem Rücken zur Tür und ließ zwei weitere Pillen in seine Hand rollen.

Tilbury blickte ihn finster an.

»Los jetzt. Kein Theater. Da, nehmen Sie«, sagte Sydney.

Tilbury zuckte die Achseln und sagte mit überraschend gut gespielter Sorglosigkeit: »Mir wird bloß übel davon, und ich muß sie dann wieder ausspucken.« Er nahm die beiden Pillen aus Sydneys Hand.

»Setzen Sie sich aufs Sofa«, sagte Sydney.

Tilbury brauchte eine Minute, um mit langsam schwankenden Bewegungen, als überlege er jeden Schritt, den Raum zu durchqueren. Er nahm sein Glas vom Rauchtischchen, blickte auf Sydney, der ihm gefolgt war, und schluckte die Pillen. Dann setzte er sich mit amüsiert-resigniertem Lächeln auf das Sofa.

Sydney hielt den Behälter hoch, um zu sehen, wieviel noch darin war – etwa dreißig Stück, dachte er –, und Tilbury erhob sich und versuchte unsicher, das Telefon zu packen. Sydney ergriff ihn am Handgelenk, drehte es um und legte den Hörer wieder auf die Gabel.

»Der Notruf nützt ihnen gar nichts mehr«, sagte Sydney und schob Edward wieder auf das Sofa. Er hätte ihn gern zu Brei geschlagen, aber er wußte, das war nicht der richtige Weg. Er wußte auch, daß seine Fingerabdrücke auf dem Telefonhörer waren, aber in ein paar Minuten wollte er den Apparat ja sowieso benutzen. »Hinsetzen«, sagte er.

Tilbury setzte sich unsicher auf das Sofa.

Sydney ging zu dem Bartischchen und kam mit einer Kristallschale voller Kekse zurück. »Kleiner Imbiß«, sagte er. Er fürchtete, Tilbury würde sonst erbrechen.

Tilbury nahm eine Handvoll, als könnten sie ihm helfen.

Dann setzte sich Sydney und wartete eine Minute. Edwards Miene wurde immer ruhiger.

»Ich weiß gar nicht, was Sie vorhaben«, murmelte er und versuchte ein heiteres Lächeln.

»Nur Ruhe. Sie brauchen die Pillen, und das wissen Sie auch ... Weiß Gott, Alicia war schwierig«, sagte Sydney in beruhigendem Ton und schüttete noch mehr Pillen aus. »So, und jetzt nehmen Sie diese ganz langsam, eine nach der anderen.« Er gab Tilbury eine, ging zu dem Bartischchen und holte die Selters-flasche. Er goß etwas Selterswasser in Tilburys Glas und reichte es ihm.

Tilbury nahm die Pillen. »Ganz bestimmt, ich musch – ich musch mich übergeben.«

Das Telefon läutete.

Sydney ignorierte es, und Tilbury hörte es vielleicht gar nicht; schließlich hörte es auf zu klingeln. Tilbury bemühte sich, aufrecht zu sitzen und die Augen offen zu halten. Sydney nahm noch mehr Pillen und hielt sie ihm auf der Handfläche hin; als Tilbury ablehnend aussah, packte ihn Sydney an der Kehle, nicht ganz fest, aber an einer entscheidenden Stelle. Tilbury öffnete den Mund und rang nach Luft, als Sydney ihn losließ.

»Nicht schreien. Wenn jetzt jemand kommt, sage ich, Sie haben die Pillen genommen, weil Sie Alicia von der Klippe heruntergestoßen haben. Verstehen Sie? Na klar, verstehen Sie.«

»Mehr nehme ich nicht«, sagte Edward und stieß Sydneys Hand zurück, so daß die Pillen herunterfielen. Edward versuchte, aufzustehen.

Wieder packte ihn Sydney an der Kehle und versetzte ihm zugleich einen leichten Schlag auf die Nase – nicht zu kräftig, damit sie nicht blutete. »Sie haben Alicia doch hinuntergestoßen, nicht wahr? Geben Sie es zu.«

»Nein«, sagte Tilbury; seine Stimme bebte so sehr vor Angst, daß man ihr nicht entnehmen konnte, ob er log oder nicht.

»Sie kriegen keine Hilfe mehr, Tilbury, und diese Pillen werden Sie nehmen, das sage ich Ihnen.« Sydney hielt ihn noch immer mit der Linken an der Kehle, fest genug, um ihn zu halten, ohne daß die Hand Spuren hinterließ. »Los, Tilbury, Sie machen jetzt Schluß. Das ist der leichteste Weg und dazu ein ganz anständiger. Los, Tilbury. Ein Selbstmordakt zweier Liebender . . . Oder soll ich lieber sagen, Sie hätten mir erzählt, daß Sie sie runtergestoßen haben? Ich bin um sechs Uhr fünfzehn hergekommen und fand Sie hier, Sie waren schon dabei, eine Überdosis Schlaftabletten zu nehmen, und Sie sagten mir, Sie nähmen die Pillen, weil Sie Alicia hinuntergestoßen haben.« Zwei Dinge machten Sydney jetzt Mut: erstens glaubte er, daß Tilbury sie hinuntergestoßen hatte, und zweitens schien es nicht mehr notwendig, ihm die Pulsadern aufzuschneiden, die Dinger waren anscheinend recht stark. Er stieß Tilbury wieder auf das Sofa.

Tilbury schnellte in die Höhe und saß dann ganz still, die Hände hingen herunter. Plötzlich war die Angst wieder in seinen Augen. Er blickte auf. »Mehr nehme ich nicht!« Er drehte sich um und warf sich vom Sofa herunter auf den Fußboden.

Sydney nahm ihn hoch, als sei er nicht schwerer als eine lebensgroße Puppe, drückte ihn aufrecht gegen die Lehne und entnahm dem Behälter weitere Tabletten. Er stopfte sie Tilbury in den Mund und hielt ihm das Glas mit etwas Whisky und Soda an die Lippen – so schnell, daß Tilbury kaum begriff, was da vorging. Jedenfalls hatte er die Pillen im Mund und trank jetzt aus dem Glas. Sydney saß neben ihm und hielt ihn fest, die Schulter und den einen Arm gegen die Sofalehne gepreßt.

Tilbury wehrte sich nicht mehr. Seine Augen nahmen einen glasigen Blick an. Sydney drückte ihn gegen die Sofalehne und ließ, mit dem Blick auf die Uhr, vier Minuten vergehen. Dann schüttete er weitere Pillen aus dem Behälter, und Tilbury nahm sie, als sei er viel zu müde, um zu wissen, was er tat. Er stieß einmal auf, aber sie blieben ihm im Magen.

»So – schön. Das ist recht«, sagte Sydney halblaut.

In den nächsten sechs oder sieben Minuten nahm Tilbury sämtliche Tabletten, die noch da waren, bis auf eine. Er ließ sie sich langsam von Sydney in den Mund schieben, wie ein schläfriges Kind oder ein kleiner Vogel. Schließlich fiel er auf dem Sofa zur Seite, die Lider nur noch spaltbreit offen, den Mund ein wenig geöffnet, als versuche er, etwas zu sagen, und habe nicht mehr die Kraft dazu. Als er ganz ruhig schien und die Augen geschlossen hatte, suchte Sydney auf dem Fußboden nach den drei Pillen, die heruntergefallen waren. Die dritte war unter dem Sofa. Sydney holte sie hervor und ließ alle drei in Tilburys Whiskyrest fallen.

Tilburys Besinnungslosigkeit war jetzt so weit fortgeschritten, daß Sydney ihm aus dem Glas nur noch ein wenig einflößen konnte, bevor ihm die Flüssigkeit am Kinn herunterlief. Dann hob Sydney Tilburys Füße auf das Sofa, zog das sauber gefaltete Taschentuch aus seiner Jackettasche und wischte die eigenen Fingerspuren von Tilburys Glas; darauf ergriff er das Glas am Stiel mit dem Taschentuch, preßte Edwards schlaffe Hand um das Glas und drückte Daumen und Finger an anderen Stellen drauf. Der gleichen Prozedur unterzog er die Seltersflasche. Er ging ins Badezimmer, um die Fingerabdrücke auf der Tür des Medizinschränkchens zu entfernen. Endlich ging er zum Telefon, rief Scotland Yard an und ließ sich mit Inspector Hill verbinden.

»Es tut mir sehr leid, Inspector Hill, aber ich habe mich verspätet«, sagte er mit gehetzter Stimme. »Ich hatte mehrere Anrufe und Besuche heute zu Hause. Das werden Sie gewiß verstehen. Aber jetzt bin ich in London und komme sofort zu Ihnen.«

Der Inspector schien gar nicht verärgert zu sein.

Sydney wischte das Telefon ab und wollte den Apparat zu Tilbury hinübertragen, aber die Schnur war nicht lang genug. Er mußte Edward vom Sofa herunternehmen und auf den Fußboden setzen; dann drückte er ihm die Hand um den Hörer. Er trug den Apparat mit Hilfe von Edwards Taschentuch zurück, nahm den Hörer von der Gabel und ließ ihn auf dem Tisch liegen. Das Taschentuch blieb zusammengeknüllt auf dem Rauchtisch neben dem Drink liegen. Wenn er hinausging, mußte er die Türdrücker berühren, aber Türdrücker waren bekanntlich immer verwischt, wenn man sie nach Fingerabdrücken untersuchte, das wußte Sydney. Sie abzuwischen, würde viel schlechter aussehen.

Er verließ die Wohnung. Die Dormorflasche wollte er in einen Mülleimer oder in ein Abflußrohr auf der Straße werfen, aber nicht in dieser Gegend hier.

29

Auf dem Weg nach Scotland Yard – Sydney war vorsichtig und nahm ein Taxi am Hyde Park Corner und nicht an der Sloane Street oder in Knightsbridge – kam es ihm zum Bewußtsein, daß er gar nicht darauf geachtet hatte, was man für Sensationen empfand, während man einen Mord beging. Er hatte überhaupt nicht an sich gedacht. Natürlich war der Mord noch nicht endgültig begangen, er war sozusagen noch im Werden. Tilbury war noch am Leben und blieb auch vielleicht am Leben, wenn er innerhalb der nächsten Stunde oder so gefunden wurde und man ihm den Magen auspumpte. Es war noch in der Schwebe, dachte Sydney. Irgend etwas war nicht da, und er hatte es während der Tat nicht einmal bemerkt. Was er getan hatte, war nichts als ein blinder, brutaler Racheakt gewesen, die Revanche für Tilburys

Verlogenheit und die feige Art, mit der er das Weite gesucht und Alicia tot oder sterbend zurückgelassen hatte.

Das Taxi hielt, und Sydney zahlte.

Er traf den wachhabenden Polizisten, der ihn innerhalb des Gebäudes zu einem anderen Beamten brachte, von dem er zu Inspector Hills Büro im zweiten Stock geleitet wurde.

Bei Inspector Hill waren zwei Männer in Zivil, die beide im Raum blieben, obwohl sich der Inspector sofort Sydney zuwandte. »Ah, Mr. Bartleby, guten Abend. Bitte nehmen Sie doch Platz.« Das Telefon klingelte. »Hier ist Hill. Oh ... ja, ausgezeichnet. Bitte suchen Sie ihn, und bringen Sie ihn her.« Er legte auf, fuhr sich mit der Hand über den Kopf und sagte zu Sydney: »Endlich kommen wir voran. Es tut mir wirklich sehr leid – mit Ihrer Frau, Mr. Bartleby. Sie wurde heute nachmittag identifiziert; es ist leider nicht der geringste Zweifel.«

»Ja, ich weiß. Ich wußte es«, sagte Sydney.

»Sie wußten es?«

»Ja, als ich das Bild in der Zeitung sah. Das Foto von der Felsenklippe.«

»Aha. Und nun eine Frage – nur aus Routinegründen: wo waren Sie Mittwoch abend?«

»Ich war abends und nachts zu Hause.«

»Können Sie das beweisen, wenn es nötig ist?«

Sydney dachte kurz nach. »Nein.«

»Na, es wird ja vielleicht auch nicht nötig sein. Wir sind gerade dem Mann auf der Spur, mit dem Ihre Frau zusammenlebte, diesem Eric Leamans. Wir haben eine sehr gute Beschreibung von ihm. Sagt Ihnen der Name Edward Tilbury etwas?«

»Ja«, erwiderte Sydney.

»Und was?«

Sydney warf einen Blick auf die beiden interessierten Zuhörer zu seiner Linken; einer war mittleren Alters, der andere jünger. »Ich wußte seit letztem Freitag, daß meine Frau mit ihm zusammen war, aber ich wollte ihr die Möglichkeit geben, selbst zurückzukommen. Von sich aus. Deshalb habe ich es der Polizei nicht gesagt.«

»Ach – und wie haben Sie das festgestellt?«

»Ich habe die beiden in Brighton gesehen. Ich wußte den Namen des Mannes nicht, aber ich habe ihn später festgestellt.«

»Darf ich fragen, wie?« fragte Inspector Hill.

Sydney wußte, die Polizei mußte Tilburys Namen von Inez

und Carpie erfahren haben. »Ich habe jemand gefragt – Londoner Freunde von uns. Inez Haggard und Carpie Dunne.«

»Hm. Mit denen haben wir gerade gesprochen. Haben die das die ganze Zeit gewußt?« erkundigte sich der Inspector stirnrunzelnd.

»Nein, erst seitdem ich es auch weiß. Sehen Sie, ich habe ihnen den Mann beschrieben, den ich in Brighton gesehen hatte. Und daß sie es der Polizei nicht gesagt haben, ist ganz allein meine Schuld, weil ich sie darum gebeten habe. Ich habe ihnen auch nicht erzählt, daß ich meine Frau mit Tilbury gesehen hatte, aber es war mir eingefallen, daß Tilbury sich auf einer Party, die sie gaben, eingehend mit meiner Frau unterhalten hatte. Ich wußte seinen Namen nicht, aber ich wußte noch, wie er aussah.«

»Aha. Na schön, Tilbury wird heute abend hierhergebracht werden.«

Sollte er, überlegte Sydney, dem Inspector von dem Brief und dem Telegramm berichten, die er an Alicia geschickt hatte? Vielleicht hatte Alicia sie vernichtet. Tilbury hatte nichts davon gesagt. Das Telegramm konnte herauskommen, denn das Postamt bewahrte die Unterlagen eine Weile auf. Es bestand sogar die Möglichkeit, daß die Polizei zu dem Schluß kam, Tilbury sei am Abend von Alicias Tod gar nicht dort gewesen und das Telegramm von Sydney sei nichts als ein Täuschungsmanöver: Sydney habe es am Mittwoch morgen abgeschickt, sei dann auf den Zug gesprungen, Mittwoch abend in Lancing gewesen, habe Alicia in einem Eifersuchtsanfall über die Klippe gestürzt, danach Tilburys Sachen aus der Villa entfernt, damit es so aussah, als habe Tilbury sie getötet und sei geflohen, und dann sei er – Sydney – nach Hause zurückgekehrt. »Ich nehme an, Sie haben mit den Eltern meiner Frau gesprochen?« fragte er, um das sekundenlange Schweigen zu unterbrechen.

»Ja, heute mittag. Die Tote hatte ein Muttermal am inneren Unterarm. Wir riefen bei den Sneezums an, und sie bestätigten, daß ihre Tochter ein derartiges Mal hatte. So haben wir sie überhaupt erst identifiziert.«

Sydney kannte das Muttermal; es war ein rötliches Mal in Form einer winzigen Landkarte von Frankreich, das hatte Alicia immer gesagt. Wieder dachte er, daß ihr Gesicht von dem Sturz unkenntlich gewesen sein mußte. »Wo ist sie jetzt?«

»Nach der Autopsie wird sie nach Kent gebracht«, erwiderte Hill und nahm das Telefon auf, das einmal geläutet hatte.

»Ach? Ja, natürlich, dann brechen Sie die Tür auf. Und rufen Sie mich wieder an.« Er legte den Hörer auf. »In Tilburys Wohnung ist das Telefon nicht aufgelegt, das Licht brennt, und er macht nicht auf. Interessant.«

Sydney sagte nichts.

»Wo haben Sie Ihre Frau in Brighton gesehen?« fragte Hill.

»Ich habe im Bahnhof gewartet, ob ich Tilbury fände«, sagte Sydney. »Oder vielmehr einen, der so aussah wie er.« Er beschrieb, wie er Tilbury im Taxi gefolgt war bis zu der Stelle, wo er Alicia traf, die jetzt rote Haare hatte, und wie er die Städte westlich von Brighton abgegrast und sie mit Hilfe des Postamts in Angmering gefunden hatte. »Ich dachte, es sei nur eine Frage der Zeit, bis sie von selbst zurückkam oder von sich hören ließ. Ich wollte es ihr ersparen, dies alles aufzudecken.«

»Wir haben sie auch in Angmering aufgespürt«, sagte einer der Polizeibeamten an Sydneys linker Seite.

»Aber erst heute«, sagte Inspector Hill mit erzwungenem Lächeln und nahm, da das Telefon wieder klingelte, von neuem den Hörer auf. »Nein, Michael, tut mir leid, ich kann darüber jetzt nicht reden, ich erwarte einen Anruf, und die Leitung muß frei bleiben.« Er hatte kaum aufgelegt, als es von neuem klingelte. »Oh? . . . Ja, in Ordnung. Schön. Bis gleich dann.« Er drückte die Gabel herunter und drehte dann eine Ziffer. »Hier Inspector Hill. Ich hätte gern sofort einen Wagen.« Er legte auf und sagte: »Tilbury hat in seiner Wohnung eine Überdosis Schlaftabletten genommen. Der Arzt muß gleich kommen. Ich denke, wir müssen hingehen.«

Alle erhoben sich, nahmen ihre Hüte und Mäntel und gingen nach unten, wo bereits ein schwarzer Wagen wartete.

Zwei Leute standen in der Eingangshalle, und einige andere oben auf dem Treppenflur vor der Wohnungstür. Die Tür war abgeschlossen. Sydney erkannte die Frau, die er vorhin getroffen hatte, aber sie schien ihn nicht weiter zu beachten. Hill klopfte, und die Tür wurde geöffnet. Sydney folgte mit den beiden andern.

Tilbury lag noch auf dem Sofa; ein langer Gummischlauch hing ihm aus dem Mund und führte zu einem grauen Emaillegefäß auf dem Fußboden. Die Augen waren geschlossen, das Gesicht bleich und schlaff.

»Kommt nicht viel«, sagte der Arzt zu Hill.

»Meinen Sie, daß die Dosis tödlich war?« fragte Hill.

»Kommt drauf an, wieviel er genommen hat«, sagte der Arzt und hob den Plasticbehälter auf, der noch eine Pille enthielt. »Es ist Seconal, ein Gran pro Tablette.« Er legte den Behälter wieder auf den Rauchtisch.

Inspector Hill nahm ihn auf und las das Etikett, auf dem der Name eines Arztes und einer Apotheke stand sowie die Anweisung: »Eine bis zwei Tabletten nach Bedarf.« Er öffnete den Behälter, roch daran und legte ihn auf das Tischchen zurück.

»Ich krieg jetzt nichts mehr raus«, sagte der Arzt und nahm Tilbury den Schlauch aus dem Hals. »Jetzt ist das Krankenhaus dran.« Er ging zum Telefon.

Hill sah auf seine Uhr und verzog das Gesicht. »Es wird Stunden dauern, bevor Tilbury reden kann. Mr. Bartleby, können Sie heute nacht in London bleiben? Wir möchten mit Ihnen reden, wenn Mr. Tilbury wieder bei Bewußtsein ist. Sie können natürlich auch nach Haus fahren und morgen wiederkommen.«

»Nein, nein, ich bleibe hier«, sagte Sydney.

»Würden Sie uns dann morgen früh zwischen neun und zehn anrufen?«

»Ja.« Sydney sagte den Beamten guten Abend und ging.

Die Frau, die ihn gesehen hatte, war nicht draußen auf dem Treppenflur, wohl aber die beiden Männer.

»Wie geht's ihm?« fragte der eine. »Lebt er noch?«

Sie hatten sicher von der Überdosis gehört. »Ja, er lebt noch«, sagte Sydney; die Antwort ging bis zu den Männern unten in der Eingangshalle.

Von der ersten Telefonzelle aus, die er fand, rief Sydney bei Inez und Carpie an. Er wollte auf keinen Fall allein bleiben; die beiden waren jetzt genau die richtige Gesellschaft.

»Sydney, mein Goldstück!« rief Inez. »Bist du in London?«

Sie würden sich riesig freuen, wenn er käme, sagte sie dann. Sie seien allein, obwohl ihr Telefon den ganzen Abend nicht stillgestanden habe.

Ganz allein waren sie nicht gewesen, das sah Sydney, als sein Taxi in die kleine Gasse einbog. Alex Polk-Faraday kam gerade aus dem Haus und ging mit gesenktem Kopf fort. Sydney wußte, daß er ihn und das Taxi gesehen hatte, denn Taxis fuhren nicht allzuoft in die Sackgasse ein. Alex ging ihm aus dem Weg.

»Sydney! Komm herein, mein Lieber«, sagte Inez an der Tür. Beide umarmten ihn mit einiger Zurückhaltung und teilnehmenden Worten wegen Alicia. Sie schenkten ihm einen Whisky ein, den Carpie, wie Inez sagte, gerade eben extra für ihn geholt hatte, und dann begannen sie mit Fragen. Hatte er Tilbury gesehen? Was machte die Polizei mit ihm?

»Ich hab ihn gerade gesehen«, sagte Sydney. »Er hat eine Überdosis Schlafmittel genommen, und sie bringen ihn jetzt ins Krankenhaus.«

»Waaas?« rief Carpie.

»Ganz bestimmt, der hat sie hinuntergestoßen, der Schweinehund«, sagte Inez. »Glaubst du nicht auch?«

»Ich weiß es nicht«, sagte Sydney.

»Ist die Dosis tödlich?« fragte Carpie.

»Das weiß ich auch nicht.«

»Warum hat er sonst alle seine Sachen aus der Villa entfernt«, sagte Inez. »Sogar Alicias Handtasche hat er weggetan, was? Keiner hat sie gefunden. Der hat's getan. Kein Wunder, daß er sich umbringen wollte.«

Sydney merkte, daß er trotz des Whiskys nicht viel reden konnte und immer noch etwas unsicher auf den Füßen stand. Carpie nahm die Flasche und füllte sein Glas nach. »Kann ich wohl heute nacht hierbleiben?« fragte er. »Auf der Couch? Ich soll nämlich morgen früh wieder auf der Polizei sein.«

»Aber ja, Sydney, natürlich. Sag mal, hast du schon gegessen? Wir nämlich nicht, weil wir bis eben Besuch hatten.«

»Deinen alten Freund Alex«, sagte Inez. »Ich wußte, er würde sich drücken, als er hörte, daß du kommst. Wir brauchten ihn gar nicht zu bitten.«

Sydney nickte mit schwachem Lächeln; es interessierte ihn nicht mehr, was Alex über ihn sagte. Ihre Stories würden vermutlich wie vorgesehen in sechs Teilen gesendet werden und dann aufhören. Ihm kam der Gedanke, daß er auch allein weitermachen oder es jedenfalls versuchen konnte.

»Er mußte ja nun sein Liedchen etwas ändern«, sagte Inez. »Jetzt behauptet er, du seist kein Mörder, bloß ein Verrückter.«

»Als ob er das nicht selber wäre«, rief Carpie aus der Küche, die vom Wohnzimmer abgeteilt war.

»Mensch, Syd, eigentlich sollten wir keine Witze machen«, sagte Inez. »Es sieht so aus, als ob Alicia nicht ganz richtig war, was? So lange wegzubleiben ...«

»Wir haben Alex nicht gesagt, daß du das von Tilbury schon eine Woche lang gewußt hast!« schrie Carpie, um das Geräusch des fließenden Wassers zu übertönen. »Das hätte ihn noch viel wütender gemacht«, fügte sie fröhlich hinzu.

»Ich hab das eben auf der Polizei angegeben«, sagte Sydney.

»Ja, wir auch, heute«, sagte Inez. »Das macht dir doch nichts aus, nein? Wo Alicia . . .«

»Nein, es macht mir nichts aus«, sagte Sydney. »Jetzt laßt uns mal von was anderem reden. Diese Woche habe ich die ›Planer‹ an Potter & Desch verkauft.« Seine Stimme war immer noch kummervoll.

Beide Mädchen gratulierten ihm, und die Gläser wurden neu gefüllt.

Das Dinner war gut, aber Sydney konnte nicht viel essen. Sehr bald danach machten ihm die Mädchen die Couch zurecht, und während er noch auf das gedämpfte Schwatzen aus den oberen Regionen hörte, schlief er ein.

Er erwachte, als morgens die beiden Kinder gefüttert wurden. Es war Viertel vor acht. Sturzartig kam ihm der Gedanke, daß Tilbury vielleicht am Leben war und in dieser Minute seine Aussage machte. Die Polizei wußte natürlich nicht, wo Sydney zu erreichen war. Er konnte nichts essen und trank nur Kaffee und Orangensaft zum Frühstück.

»Was will die Polizei jetzt von dir?« fragte Carpie.

»Wahrscheinlich wollen sie, daß ich mit Tilbury rede.«

Inez ließ fast den Teller fallen, als sie sich zu Sydney umdrehte. »Mein Gott, vielleicht ist er schon tot! Weißt du, in welches Krankenhaus sie ihn gebracht haben?«

»Nein.« Und wenn ich es wüßte, würde ich auch nicht anrufen, dachte Sydney. Hatte Tilbury alles gesagt? Welches Urteil hatte ein Mann zu erwarten, der einen anderen zur Einnahme einer Überdosis Schlaftabletten zu zwingen versucht hatte? Das gleiche wie für Mord, selbstverständlich. Oder war es denkbar, daß Tilbury am Leben blieb und sich als so außergewöhnlich, so unglaublich edelmütig erwies, daß er der Polizei kein Wort von Sydney Bartlebys Besuch sagte? Vielleicht wollte er auf diese Weise sühnen? Wenn er ein Buch darüber schrieb, dachte Sydney, konnte er es dann riskieren, Tilbury als so edelmütig hinzustellen? Nein, nur wenn er schon vorher Anzeichen von Edelmut bewiesen hatte, und die hatte Sydney bisher bei ihm nicht erlebt.

Die Stunde bis neun war scheußlich und angefüllt mit Angst; um sich zu entspannen, trank Sydney ab und zu einen Schluck

Whisky, den ihm Carpie aufdrängte. Inez war mit den Kindern spazierengegangen. Sydney brachte es nicht fertig, das Radio anzustellen und die Meldungen zu hören, und die beiden Mädchen dachten wohl nicht daran.

Sydney rief Scotland Yard an. Inspector Hill war noch nicht da. Ein Mann, mit dem er verbunden wurde, sagte auf Sydneys Frage, daß Edward Tilbury um vier Uhr morgens gestorben sei.

»Das Herz hat versagt«, berichtete die Stimme. »Es kommt immer auf das Herz an, ob man durchkommt.« Der Mann nahm vermutlich an, er spräche mit einem Angehörigen. »Inspector Hill muß jeden Augenblick hier sein.«

»Wie steht es?« fragte Carpie aus der Küche.

»Tilbury ist in der Nacht gestorben«, sagte Sydney. Carpie wandte sich um, ein Geschirrtuch in der Hand. »O weh. Mein Gott, eine tödliche Dosis. Das sieht doch so aus, als ob er sie hinuntergestoßen hat, was?«

»Ich weiß es nicht«, sagte Sydney. »Aber das ist ja jetzt auch wohl egal. Ich nehme an, Tilbury machte sich Sorgen um seine Stellung, oder?«

»O ja, bestimmt. Das weiß ich. Um sechs oder so habe ich mit Vassily gesprochen. Gott, ob Vassily wohl schon weiß, daß er tot ist?«

Sydney hörte sie kaum. Er mußte doch wohl die Sneezums anrufen. »Carpie, kann ich mal ein Gespräch nach Kent führen? Ich laß mir die Gebühren sagen.«

»Aber ja, natürlich, Syd. Mit Alicias Eltern, nicht wahr?«

Sydney nickte und begann das Gespräch anzumelden. Er mußte die Nummer bei der Auskunft erfragen, er konnte sich nicht darauf besinnen. Carpie ging nach oben, um ihn allein zu lassen. Ein Hausmädchen meldete sich, und Sydney fragte nach Mrs. Sneezum.

»Eine Minute, bitte. Ich sehe nach, ob sie da ist.«

Sydney wartete länger als eine Minute. Dann meldete sich Mrs. Sneezum: »Hallo?«

»Hallo, Mrs. Sneezum. Hier ist Sydney. Ich wollte nur sagen, wie schrecklich mir das alles ist, mit Alicia. Ich . . .«

»Oh, Sydney . . .« Die Stimme schwankte, aber Mrs. Sneezum faßte sich gleich wieder. »Es tut uns allen schrecklich leid. Ich hatte keine Ahnung, was da los war. Keiner von uns, Sie doch auch nicht, nicht wahr?«

»Nein«, sagte Sydney. »Es tut mir so leid, daß es so enden

mußte.« Es tat ihm wirklich leid; Mrs. Sneezum erschien ihm jetzt, trotz ihrer Steifheit – und Sydney hatte nie eine andere Seite an ihr kennengelernt –, menschlicher und wirklicher als alles, was er in den letzten Tagen erlebt hatte. »Edward Tilbury ist tot. Ich habe es gerade gehört, vor ein paar Minuten. Er hat eine Überdosis Schlaftabletten genommen.«

»Gütiger Himmel! Oh, mein Gott. Das ist ja eine furchtbare Tragödie – wie auf der Bühne. Immer denke ich, das alles kann doch gar nichts mit Alicia zu tun haben. Es kann doch gar nicht wirklich wahr sein. Verstehen Sie, was ich meine?«

»Ja.« Ja – als ob auch sein Mord an Tilbury gar nicht wirklich sei, denn Tilbury hätte das auch selbst tun können, wenn er seine Stellung verloren hätte, und daran war kaum zu zweifeln.

»Sydney, ich möchte Ihnen sagen, daß Sie sehr viel Geduld bewiesen haben mit unserer verirrten Tochter. Sie ist bis zum äußersten gegangen, zum Rande des Todes – bis sie einfach nicht mehr weiter wußte. Ich weiß, es ist schwer, darüber zu reden, aber wollen Sie nicht irgendwann zu uns kommen? Schreiben Sie uns doch eine Zeile, Sydney.«

»Ja, das will ich tun. Ganz bestimmt«, sagte Sydney dankbar, weil Mrs. Sneezum die unmögliche Unterhaltung zu Ende brachte. »Bitte, sagen Sie Ihrem Mann meinen Gruß.«

»Ach, lieber Gott, Sydney, die Beisetzung. Der Trauergottesdienst ist morgen vormittag um elf. Hier in unserer kleinen Kirche.«

»Ja, danke, Mrs. Sneezum. Ich komme hin.«

»Kommen Sie morgen zu uns«, sagte sie mit leicht bebender Stimme.

Es war zu Ende. Sydney trocknete sich die Stirn und zog fünf Shilling aus der Tasche für die Gebühren.

Carpie kam die Treppe herunter.

»Ich mach mich jetzt auf den Weg nach Scotland Yard«, sagte Sydney. »Vielen, vielen Dank, Carpie. Auch für den Rasierapparat.« Sydney hatte sich mit Seife und Inez' oder Carpies Apparat rasiert.

»Kommst du später noch mal rein, wenn Inez da ist? Ruf uns auf jeden Fall an.«

»Ich werd anrufen«, versprach Sydney. Er war nicht sicher, was Inspector Hill noch mit ihm vorhatte; wenn er ganz frei war, wollte er sofort nach Haus fahren und überlegen, was er mit dem Haus, mit seinem Leben, mit allem anfangen wollte. Er stieg die Treppe halb hinauf, wo Carpie stand, und drückte ihr einen Kuß auf die Wange. »Ich danke euch sehr. Ihr seid die besten Freunde auf der Welt.«

»Oh, Syd, wir haben dich so schrecklich gern. Du kommst auf unsere Prominentenliste. Die ›Planer‹ müssen ein Bestseller werden.«

Inspector Hill traf Sydney im Flur vor seinem Büro und lächelte freundlich. »Tut mir leid, daß ich heute morgen nicht da war. Ich habe eine Dame abgeholt, die sich etwas verspätet hatte. Sie meint, sie habe Sie gestern abend in Tilburys Haus gehen sehen. Um sechs ungefähr?«

Hill sah Sydney erwartungsvoll an. Sydney reagierte, wie er meinte, so gelassen wie es nur denkbar war. Das »Oh?«, das weder etwas zugab noch leugnete, deutete auf keinerlei Alarm.

Die rundliche, etwa fünfundvierzigjährige Frau, die Sydney gestern mit ihrem Hund getroffen hatte, saß in Inspector Hills Zimmer.

»Hier ist Mr. Bartleby«, sagte Hill. »Mrs. Harmon.«

»Guten Tag«, sagte Sydney.

»Guten Tag«, gab sie zurück. »Ja, dies ist der Mann, den ich gesehen habe.«

»Mr. Tilbury hat Sie hereingelassen«, sagte Inspector Hill immer noch freundlich. »Er war um sechs Uhr zu Hause. Stimmt das?«

»Ja, das stimmt«, sagte Sydney.

»War das der Grund, warum Sie gestern abend etwas später kamen?«

»Ja.«

»Ich glaube, das ist alles, Mrs. Harmon«, sagte Hill. »Ich danke Ihnen sehr, daß Sie gekommen sind. Wenn Sie wollen, kann einer unserer Fahrer Sie nach Hause bringen.«

Mrs. Harmon erhob sich. »Nein, danke schön, Inspector. Ich habe hier in der Nähe noch etwas zu besorgen, dann kann ich geradesogut den Bus nehmen.« Sie warf Sydney noch einen Blick zu, nickte und ging hinaus. Der Inspector begleitete sie höflich bis in den Flur.

»Warum sind Sie zu Tilbury gegangen?« fragte er, als er zurückkam und die Tür geschlossen hatte.

»Ich wollte gern die wahre Geschichte von ihm erfahren – wenn das möglich war. Ich wollte wissen, was wirklich mit Alicia geschehen ist.«

»Nehmen Sie Platz, Mr. Bartleby.«

Sydney setzte sich. Auch Inspector Hill nahm hinter seinem Schreibtisch Platz. »Und was hat Tilbury gesagt?«

Wenn nun, dachte Sydney, Tilbury gar nicht tot war? Wenn nun der Mann, den er heute morgen am Telefon gesprochen hatte, den Auftrag gehabt hatte, Sydney zu sagen, Tilbury sei tot – das konnte die Polizei später immer noch als Irrtum hinstellen –, damit man erst mal sah, was Sydney zu sagen hatte? »Er hat gesagt, Alicia sei am Mittwoch abend sehr aufgeregt gewesen. Sie lief aus dem Haus, und Tilbury versuchte sie einzuholen. Er sagte, sie rannte auf die Klippen am Strand zu, an der Seestraße. Und er konnte nicht verhindern, daß sie sich hinunterstürzte.«

»Haben Sie ihm geglaubt?«

Einen Augenblick zögerte Sydney. »Ja.«

Inspector Hill sah ihn aufmerksam an. »Hatten Sie erwartet, daß Tilbury Ihnen gegenüber beichten oder zugeben würde, daß er sie hinuntergestoßen hatte, oder so etwas?«

»Nein. Ich wollte einfach die Wahrheit hören. Ich nahm an, daß Tilbury es wußte, weil er ja dabeigewesen war.«

Immer noch blickte Inspector Hill ihn ruhig an. »Wie lange waren Sie bei Tilbury?«

»Ungefähr zehn Minuten. Vielleicht auch fünfzehn.«

»Haben Sie mich von dort aus angerufen?«

»Ja«, sagte Sydney. Er gab es ungern zu, aber wenn er aus einer Telefonzelle angerufen hätte, so hätte der Beamte in der Zentrale von Scotland Yard das Geräusch des Apparatknopfs und der fallenden Münze gehört und sich womöglich daran erinnert. Na, jetzt hatte er es gesagt.

»In welcher Stimmung war denn Mr. Tilbury? Er war doch sicher überrascht, als er Sie sah?«

Vielleicht hatte Mrs. Harmon das ausgesagt, dachte Sydney. »Ja. Zuerst hatte er Angst, glaube ich. Er hatte auch allerhand getrunken. Als er mir alles erzählt hatte, sagte er, er hätte Angst, seine Stellung zu verlieren, wenn alles ans Licht kam, und er wußte natürlich, daß es herauskommen mußte.« Sydney merkte, daß er jetzt keinerlei Schuldgefühl hatte und daher auch zweifellos nicht schuldbewußt aussah. Viel weniger als damals, in den ersten Tagen nach Alicias Verschwinden, wenn er sich mit jemand unterhielt. Alles Übungssache, wahrscheinlich.

Inspector Hill preßte die Lippen zusammen und lächelte resigniert. »Und von den Schlaftabletten hat er nichts gesagt? Daß er sich das Leben nehmen wollte?«

»Nein.«

»Haben Sie ihm gegenüber irgendwelche Drohungen geäußert? Daß Sie die Sache seiner Firma mitteilen wollten oder so etwas?«

»O nein. Ich wußte ja, das würde auch ohne mein Zutun herauskommen.«

»Aha. Ja. Und warum haben Sie gestern kein Wort davon erwähnt, daß Sie bei Tilbury gewesen sind?«

»Ja – ich hätte es sicher schließlich noch gesagt, aber ich dachte, Tilbury sollte gestern abend noch hierhergebracht werden. Ich wollte seine Aussage hier vergleichen mit dem, was er zu mir gesagt hatte – wenn ich dabeisein durfte, oder wenn Sie es mir erzählt hätten.«

»Glauben Sie denn, er hätte hier etwas anderes erzählt?«

»Wahrscheinlich nicht. Nein. Er hat es abgestritten, sie hinuntergestoßen zu haben. Er hätte es doch nie zugegeben, auch wenn er es getan hat.« Sydney sprach ruhig. Er fühlte sich ruhig.

»Hm.« Inspector Hill öffnete eine Schublade und zog Sydneys braunes Notizbuch heraus. »Das möchten Sie gewiß wiederhaben.«

Sydney erhob sich und nahm es. »Ja. Vielen Dank, Inspector.« Er fühlte das Notizbuch in der Hand und nahm sich vor, eine Beschreibung des Mordes an Tilbury hineinzuschreiben, solange sein Gedächtnis noch frisch war, denn das Notizbuch war jetzt wohl der sicherste Ort für solche Aufzeichnungen.

»Ein merkwürdiges Büchlein, Mr. Bartleby. Ja – das ist dann wohl alles, was ich heute morgen mit Ihnen zu besprechen habe.« Inspector Hill stand auf und kam hinter seinem Schreibtisch hervor. Ein leicht nachdenkliches Lächeln lag auf seinen Zügen, während er Sydney unentwegt ansah.

Ein Ankläger, der nichts beweisen kann, dachte Sydney, denn ganz bestimmt verdächtigte ihn der Inspector, Tilbury zur Einnahme der Tabletten gezwungen zu haben. Sydney fühlte Hills Gedanken wie einen Radarstrahl, endgültig wie den Arm des Gesetzes auf der Schulter, nur war der Arm nicht körperlich da. Vielmehr wurde er jetzt ausgestreckt, und Sydney nahm die dargebotene Hand. Das Verhalten des Inspectors war freundlich – und allein darauf kam es an, hier und immer.

Patricia Highsmith im Diogenes Verlag

Nixen auf dem Golfplatz
Erzählungen. Aus dem Amerikanischen von Anne Uhde. Leinen

Suspense
oder Wie man einen Thriller schreibt
Deutsch von Anne Uhde. Broschur

Die besten Geschichten von Patricia Highsmith
Herausgegeben von Franz Sutter
Diogenes Evergreens

Der Stümper
Roman. Deutsch von Barbara Bortfeldt
detebe 20136

Zwei Fremde im Zug
Roman. Deutsch von Anne Uhde
detebe 20173

Der Geschichtenerzähler
Roman. Deutsch von Anne Uhde
detebe 20174

Der süße Wahn
Roman. Deutsch von Christian Spiel
detebe 20175

Die zwei Gesichter des Januars
Roman. Deutsch von Anne Uhde
detebe 20176

Der Schrei der Eule
Roman. Deutsch von Gisela Stege
detebe 20341

Tiefe Wasser
Roman. Deutsch von Eva Gärtner und Anne Uhde. detebe 20342

Die gläserne Zelle
Roman. Deutsch von Gisela Stege und Anne Uhde. detebe 20343

Das Zittern des Fälschers
Roman. Deutsch von Anne Uhde
detebe 20344

Lösegeld für einen Hund
Roman. Deutsch von Anne Uhde
detebe 20345

Der talentierte Mr. Ripley
Roman. Deutsch von Barbara Bortfeldt
detebe 20481

Ripley Under Ground
Roman. Deutsch von Anne Uhde
detebe 20482

Ripley's Game
Roman. Deutsch von Anne Uhde
detebe 20346

Der Schneckenforscher
Gesammelte Geschichten. Vorwort von Graham Greene. Deutsch von Anne Uhde
detebe 20347

Ein Spiel für die Lebenden
Roman. Deutsch von Anne Uhde
detebe 20348

Kleine Geschichten für Weiberfeinde
Deutsch von W. E. Richartz. Mit siebzehn Zeichnungen von Roland Topor
detebe 20349

Kleine Mordgeschichten für Tierfreunde
Deutsch von Anne Uhde. detebe 20483

Venedig kann sehr kalt sein
Roman. Deutsch von Anne Uhde
detebe 20484

Ediths Tagebuch
Roman. Deutsch von Anne Uhde
detebe 20485

Der Junge, der Ripley folgte
Roman. Deutsch von Anne Uhde
detebe 20649

Leise, leise im Wind
Erzählungen. Deutsch von Anne Uhde
detebe 21012

Keiner von uns
Erzählungen. Deutsch von Anne Uhde
detebe 21179

Leute, die an die Tür klopfen
Roman. Deutsch von Anne Uhde
detebe 21349

Als Ergänzungsband liegt vor:
Über Patricia Highsmith
Essays und Zeugnisse von Graham Greene bis Peter Handke. Mit Bibliographie, Filmographie und zahlreichen Fotos. Herausgegeben von Franz Cavigelli und Fritz Senn
detebe 20818

Raymond Chandler im Diogenes Verlag

Die besten Detektivstories
Aus dem Amerikanischen von Hans Wollschläger. Diogenes Evergreens

Der große Schlaf
Roman. Aus dem Amerikanischen von Gunar Ortlepp. detebe 20132

Die kleine Schwester
Roman. Deutsch von Walter E. Richartz
detebe 20206

Das hohe Fenster
Roman. Deutsch von Urs Widmer
detebe 20208

Der lange Abschied
Roman. Deutsch von Hans Wollschläger
detebe 20207

Die simple Kunst des Mordes
Briefe, Essays, Notizen. Herausgegeben von Dorothy Gardiner und Kathrine Sorley Walker. Deutsch von Hans Wollschläger
detebe 20209

Die Tote im See
Roman. Deutsch von Hellmuth Karasek
detebe 20311

Lebwohl, mein Liebling
Roman. Deutsch von Wulf Teichmann
detebe 20312

Playback
Roman. Deutsch von Wulf Teichmann
detebe 20313

Mord im Regen
Frühe Stories. Vorwort von Philip Durham. Deutsch von Hans Wollschläger
detebe 20314

Erpresser schießen nicht
Gesammelte Detektivstories I. detebe 20751

Der König in Gelb
Gesammelte Detektivstories II. detebe 20752

Gefahr ist mein Geschäft
Gesammelte Detektivstories III. detebe 20753
Alle drei Bände deutsch von Hans Wollschläger

Englischer Sommer
Geschichten, Parodien, Sprüche, Essays. Mit einem Vorwort von Patricia Highsmith, Zeichnungen von Edward Gorey und einer Erinnerung an den Drehbuchautor Chandler von John Houseman. Deutsch von Hans Wollschläger, Wulf Teichmann u.a.
detebe 20754

Außerdem liegt vor:

Frank MacShane
Raymond Chandler
Eine Biographie
Mit vielen Fotos. Deutsch von Christa Hotz, Alfred Probst und Wulf Teichmann
detebe 20960

Eric Ambler im Diogenes Verlag

Ambler by Ambler
Eine Autobiographie. Deutsch von Matthias Fienbork. Leinen

Der dunkle Grenzbezirk
Roman. Deutsch von Walter Hertenstein und Ute Haffmans. detebe 20602

Ungewöhnliche Gefahr
Roman. Deutsch von Walter Hertenstein und Werner Morlang. detebe 20603

Nachruf auf einen Spion
Roman. Deutsch von Peter Fischer
detebe 20605

Anlaß zur Unruhe
Roman. Deutsch von Franz Cavigelli
detebe 20604

Die Maske des Dimitrios
Roman. Deutsch von Mary Brand und Walter Hertenstein. detebe 20137

Die Angst reist mit
Roman. Deutsch von Walter Hertenstein
detebe 20181

Der Fall Deltschev
Roman. Deutsch von Mary Brand und Walter Hertenstein. detebe 20178

Schirmers Erbschaft
Roman. Deutsch von Harry Reuß-Löwenstein, Th. A. Knust und Rudolf Barmettler.
detebe 20180

Besuch bei Nacht
Roman. Deutsch von Wulf Teichmann
detebe 20539

Waffenschmuggel
Roman. Deutsch von Tom Knoth
detebe 20364

Topkapi
Roman. Deutsch von Elsbeth Herlin
detebe 20536

Eine Art von Zorn
Roman. Deutsch von Susanne Feigl und Walter Hertenstein. detebe 20179

Schmutzige Geschichte
Roman. Deutsch von Günter Eichel
detebe 20537

Das Intercom-Komplott
Roman. Deutsch von Dietrich Stössel
detebe 20538

Der Levantiner
Roman. Deutsch von Tom Knoth
detebe 20223

Doktor Frigo
Roman. Deutsch von Tom Knoth und Judith Claassen
detebe 20606

Bitte keine Rosen mehr
Roman. Deutsch von Tom Knoth
detebe 20887

Mit der Zeit
Roman. Aus dem Englischen von Hans Hermann. detebe 21054

Als Ergänzungsband liegt vor:

Über Eric Ambler
Aufsätze von Alfred Hitchcock bis Helmut Heißenbüttel. Chronik und Bibliographie. Herausgegeben von Gerd Haffmans
detebe 20607

Herausgegeben von Eric Ambler:

Mehr Spionagegeschichten
Von John Buchan bis Ian Fleming
Diogenes Evergreens. Auch als detebe 21420

Margaret Millar im Diogenes Verlag

Nymphen gehören ins Meer
Roman. Aus dem Amerikanischen von Otto Bayer
Leinen

Liebe Mutter, es geht mir gut . . .
Roman. Deutsch von Elizabeth Gilbert
detebe 20226

Die Feindin
Roman. Deutsch von Elizabeth Gilbert
detebe 20276

Fragt morgen nach mir
Roman. Deutsch von Anne Uhde
detebe 20542

Ein Fremder liegt in meinem Grab
Roman. Deutsch von Elizabeth Gilbert
detebe 20646

Die Süßholzraspler
Roman. Deutsch von Georg Kahn-Ackermann
und Susanne Feigl
detebe 20926

Von hier an wird's gefährlich
Roman. Deutsch von Fritz Güttinger
detebe 20927

Der Mord von Miranda
Roman. Deutsch von Hans Hermann
detebe 21028

Das eiserne Tor
Roman. Deutsch von Karin Reese und Michel Bodmer
detebe 21063

Fast wie ein Engel
Roman. Deutsch von Luise Däbritz
detebe 21190

Die lauschenden Wände
Roman. Deutsch von Karin Polz
detebe 21421

Ross Macdonald
im Diogenes Verlag

Dornröschen war ein schönes Kind
Roman. Aus dem Amerikanischen von Wulf Teichmann. detebe 20227

Unter Wasser stirbt man nicht
Roman. Deutsch von Hubert Deymann
detebe 20322

Ein Grinsen aus Elfenbein
Roman. Deutsch von Charlotte Hamberger
detebe 20323

Die Küste der Barbaren
Roman. Deutsch von Marianne Lipcowitz
detebe 20324

Der Fall Galton
Roman. Deutsch von Egon Lothar Wensk
detebe 20325

Gänsehaut
Roman. Deutsch von Gretel Friedmann
detebe 20326

Der blaue Hammer
Roman. Deutsch von Peter Naujack
detebe 20541

Durchgebrannt
Roman. Deutsch von Helmut Degner
detebe 20868

Geld kostet zuviel
Roman. Deutsch von Günter Eichel
detebe 20869

Die Kehrseite des Dollars
Roman. Deutsch von Günter Eichel
detebe 20877

Der Untergrundmann
Roman. Deutsch von Hubert Deymann
detebe 20878

Der Drahtzieher
Sämtliche Detektivstories um Lew Archer I. Mit einem Vorwort des Autors. Deutsch von Hubert Deymann und Peter Naujack
detebe 21018

Einer lügt immer
Sämtliche Detektivstories um Lew Archer II. Deutsch von Hubert Deymann und Peter Naujack. detebe 21019

Sanftes Unheil
Roman. detebe 21178

Blue City
Roman. Deutsch von Christina Sieg-Welti und Christa Hotz. detebe 21317

Der Mörder im Spiegel
Roman. Deutsch von Dietlind Bindheim
detebe 21303

Dashiell Hammett im Diogenes Verlag

Die besten Geschichten von Dashiell Hammett
Ausgewählt von William Matheson
Diogenes Evergreens

Der Malteser Falke
Roman. Aus dem Amerikanischen von Peter Naujack. detebe 20131

Rote Ernte
Roman. Deutsch von Gunar Ortlepp
detebe 20292

Der Fluch des Hauses Dain
Roman. Deutsch von Wulf Teichmann
detebe 20293

Der gläserne Schlüssel
Roman. Deutsch von Hans Wollschläger
detebe 20294

Der dünne Mann
Roman. Deutsch von Tom Knoth
detebe 20295

Fliegenpapier
Detektivstories I. Deutsch von Harry Rowohlt, Helmut Kossodo, Helmut Degner, Peter Naujack und Elizabeth Gilbert. Vorwort von Lillian Hellman. detebe 20911

Fracht für China
Detektivstories II. Deutsch von Elizabeth Gilbert, Antje Friedrichs und Walter E. Richartz. detebe 20912

Das große Umlegen
Detektivstories III. Deutsch von Walter E. Richartz, Hellmuth Karasek und Wulf Teichmann. detebe 20913

Das Haus in der Turk Street
Detektivstories IV. Deutsch von Wulf Teichmann. detebe 20914

Das Dingsbums Küken
Detektivstories V. Deutsch von Wulf Teichmann. Nachwort von Prof. Steven Marcus. detebe 20915

Außerdem liegt vor:

Diane Johnson
Dashiell Hammett
Eine Biographie. Aus dem Amerikanischen von Nikolaus Stingl. Mit zahlreichen Abbildungen. Leinen